PEINE DES FAUNES

DE LA MÊME AUTRICE

La Mer Noire dans les Grands Lacs, roman, Julliard, 2021

ANNIE LULU

PEINE DES FAUNES

roman

julliard

Conception graphique de la couverture : Valérie Gautier

ISBN : 978-2-260-05503-7
Éditions Julliard – 31, rue Étienne Marcel 75001 Paris

Pour les yeux d'Iseult

« On s'évade de n'importe quel bagne, le mieux gardé. »
Benjamin Fondane, *Écrits pour le cinéma*

« Car telle la destinée des fils d'Adam,
telle la destinée des animaux ;
leur condition est la même, la mort des uns
est comme la mort des autres ;
un même souffle les anime :
la supériorité de l'homme sur l'animal est nulle,
car tout est vanité. »
L'Ecclésiaste, III,19

I

PILIERS DE LA CRÉATION

Arusha, Tanzanie, mi-mai 1986

— Tu es sûre, *mama* ?
— Le remède au feu, Maggie : c'est le feu.
— Essaie encore de le convaincre.
— Convaincre ton père, ha ha ha ! Votre précellence, dans votre grande mansuétude, je m'incline devant vous, ô fils de pharaon, laissez votre humble servante quitter son foyer…
— Attends au moins qu'il revienne de voyage.
— … en échange, à mon retour, je serai votre esclave comme mes ancêtres en Égypte, je travaillerai le jour, je travaillerai la nuit, je travaillerai toute l'éternité à votre gloire, j'irai aux cours du grand *Mwalimu*, dans votre unique intérêt, ô votre splendeur…
— À un moment, il verra que tu es malheureuse.
— … car une épouse qui sait lire, écrire et compter ne gaspillera plus le fruit de vos peines, c'est pourquoi la loi du peuple tanzanien a été votée, pour vous servir, ô maître éternel…

— Et il te dira oui.

— … et que j'apprenne des mathématiques difficiles qui vous feront faire des économies infinies, ô votre grandeur, et que j'aie mon diplôme de couture pour repriser vos slips, ô votre éminence…

— *Mama* : arrête.

— Tsss ! Écoute-moi bien, ma fille : personne n'a à m'autoriser quoi que ce soit, tu m'entends ? Quoi que ce soit ! Si tu te laisses faire par un homme, l'amertume et la laideur s'empareront de toi. Tu deviendras grasse et méchante, comme la mégère qu'on voit avec sa tête d'illettrée dans la maison d'en face.

— Si tu pars, je vais devoir m'occuper de tout ici à ta place. C'est ma dernière année de lycée, *mama* ! Et si papa changeait d'avis pour moi, tu y as pensé ?

— Alors, c'est ça qui te préoccupe, Maggie ? L'avis de ton père, les décisions de ton père, les hurlements de ton père et toi, toi, toi ! C'est bizarre, parce que jusqu'il y a une minute j'étais persuadée que tu étais ma fille. Et je n'ai pas souvenir d'avoir mis au monde une pisseuse.

— Si tu le mets encore en colère, ce sera terminé pour moi. Il ne me reste qu'une année, après j'irai à l'université. Je pourrai travailler, me marier et partir, *mama*, partir et toi, tu pourras faire tout ce que tu veux.

— Vous, là ! Qui êtes-vous ? Qu'avez-vous fait de mon enfant ? Rendez-moi ma fille et reprenez l'espèce de flaque par qui vous l'avez remplacée.

— S'il te plaît *mama* : attends encore un peu. Ça passera vite.

— Ah ça oui, ça passe vite, un an, tellement vite qu'en quelques mois et moins d'un an on fait un enfant, Maggie. Un an où je vais suer et ça va tellement moisir là-dessous qu'un rejeton va encore se former sous mon aisselle : ce sera le soir, j'aurai trop mangé, je serai fatiguée, j'irai m'allonger, je ne sentirai rien du tout et hop, un an après ça criera encore de tous les côtés pour me téter jour et nuit, et moi je serai coincée ici pour toujours avec neuf gosses. Et pendant ce temps-là, mon village aura disparu, toutes nos terres auront disparu, l'avenir sera détruit, annulé, Maggie, tu comprends ? Annulé ! Huh, « *mama*, un an, c'est rien ». Tu te rappelles comment j'ai su que tu allais venir au monde, Maggie ?

— Non, stop *mama*, ne recommence pas avec cette histoire. Arrête de changer de sujet.

— Je ne change pas de sujet, on parle bien de la même chose. C'est pourquoi je vais te rafraîchir la mémoire, Maggie. Moi, je m'en souviens comme si c'était hier.

— Maman, arrête ! Reste, je t'en supplie. Fais ça pour moi. Si tu pars, je ne pourrai jamais aller à l'université. Papa aura besoin de moi et il ne me laissera plus épouser Jay cet été. C'est moi qui devrai m'en occuper, de *tes* enfants. Il va être furieux quand il va rentrer et que tu ne seras pas là.

— Une nuit chaude de janvier 1968, une gerbe de gaz et de poussière s'est formée au bord du cratère d'un volcan, à exactement 5 756 mètres au-dessus du niveau de la mer, à Gilman's Point, sur notre Kilimandjaro. Et cette gerbe s'est remplie de panache, s'est entourée de faisceaux de vapeur, et ce téphra luminescent, bouillant et minuscule, a survolé le cratère, a fusé entre Rongaï et Siha, traversé toute la forêt et les vallées à l'est du mont Meru, pour trouver notre ville, Arusha, et dans notre ville a trouvé notre rue, et dans notre rue ma maison et celle de ton père, et dans notre maison, la gerbe a trouvé MON ventre.

— Ça fait cent fois que tu me racontes cette histoire.

— Pour tes frères, ce n'était pas le Kilimandjaro, ça, c'est sûr. C'était juste l'œuvre ordinaire d'un mari. Mais pour tes sœurs et toi, j'ai vraiment senti la gerbe, comme je te le raconte.

— Les filles ne viennent pas des volcans, *mama*.

— Les femmes sont des vapeurs de volcan, Margaret. Nous venons des montagnes.

— Je t'en prie : n'y va pas. Tu ne peux pas me laisser ici toute seule.

— Tais-toi et dépêche, tu vas être en retard. De toute façon, je prends le bébé avec moi. Tu pourras continuer d'aller au lycée, avoir ton diplôme et épouser ton bon à rien. Et arrête de te plaindre à la fin ! Gémir, gémir, tu ne sais faire que ça. *Nakupenda*, ma fille, *je t'aime*.

— *Nakupenda, nakupenda*, si tu m'aimais vraiment comme tu dis, tu ne me ferais pas ce que tu me fais.

— À toi je ne fais rien, justement, parce que je n'en ai pas l'énergie. Mais je vais faire du bien à mon âme et faire du bien à l'âme de ma grand-mère qui me regarde, moi, sa seule petite-fille, depuis sa tombe, avec les yeux troués des morts. Je suis beaucoup trop intelligente pour vous tous, ici.

— Quand il va l'apprendre, il ira te chercher à pied juste pour te battre.

— Ah oui, on va me punir ? Ha ha ha, personne parmi vous ne me mérite ! Vous auriez dû avoir une mère et une femme comme l'abrutie d'en face, là.

— Il va vraiment te battre, *mama*.

— Moi aussi, Maggie, je vais le battre, tu m'entends ? Je vais le battre et lui arracher les yeux.

— Une femme ne bat pas son mari.

— Ça, c'est ce qu'on verra.

— En tout cas, ne compte pas sur moi pour m'occuper de ton cher jardin. Pendant que papa ira te récupérer et te traînera par les cheveux de ton village jusqu'à Arusha, je vais rester ici bien sagement à regarder crever toute ta broussaille !

Rébecca, que tout le monde surnommait Nyanya, *grand-mère*, à cause de la ressemblance frappante qu'elle avait avec sa grand-mère maternelle morte en couches, attendit que Margaret ait claqué la porte de la cuisine donnant sur la cour arrière de la maison avant de poser la main sur son collier, fermer les yeux et la bénir en chuchotant. Voir sa fille aînée aller au lycée à pied, c'était discerner dans le mouvement de la jupe bleue couvrant ses mollets l'entreprise d'un voyage duquel elle revenait quotidiennement changée. Alors, chaque matin de la semaine, Nyanya avait pris l'habitude de rentrer en elle-même, serrer son pendentif et pencher la tête vers l'intérieur pour laisser s'échapper une buée timide d'entre ses lèvres qui suivrait l'effluence de sa fille dans la rue, *Jacob alla son chemin ; des envoyés de Dieu le rencontrèrent ; Jacob en les voyant dit : « C'est le camp de Dieu ».*

— *Mama*, et moi tu m'as sentie aussi dans ton ventre quand j'ai existé ?

La bénédiction était le plus souvent interrompue par les cadets de Margaret, parfois par la petite benjamine, la dernière de ses huit enfants, que Nyanya portait en pagne dans le dos. Elle chuchotait alors à la hâte les mots restants de sa prière, *J'espère en Ton secours.*

— Aaaameeeen. Et moi *mama*, j'étais de la vapeur, aussi ?

— Qu'est-ce que c'est, la vapeur ?

— C'est ce qui va sortir de vos oreilles quand je vais les faire chauffer entre ces deux doigts-là si vous ne finissez pas votre porridge !

Puisque sa fille Margaret était entrée en dernière année au lycée, Nyanya avait décidé qu'il serait plus honorable qu'elle aussi aille apprendre, au Folk Development College qui dispensait depuis le milieu des années soixante-dix des cours pour les mères au foyer tanzaniennes. Ces écoles avaient été ouvertes par le *Mwalimu*, le président Julius Nyerere, après qu'il eut découvert lors d'un voyage en Europe que les Suédois avaient des écoles pour adultes dans toutes les campagnes, les Folk High Schools. Lui-même, le président héros de l'indépendance, que tout le monde appelait *l'Instituteur*, ne devait-il pas devenir le directeur d'une immense école, la Tanzanie ? Mais comment réussir la révolution agraire, dans un pays où les paysans ne savent pas lire… Au tout début des FDCs, en 1975, Nyanya avait vingt-quatre ans et déjà cinq enfants, dont Margaret, l'aînée de ses filles, et elle ne vivait ici, à Arusha, que depuis son mariage. Plus jeune, ses journées dans la bananeraie familiale ou aux champs ne lui donnaient guère la vigueur d'apprendre, de surcroît aux dépens de tout le travail à abattre, malgré les encouragements de son frère Marcus, le *mwalimu*, l'*instituteur* de la famille. Alors, plus tard, dans la chambre de ses filles, après le ménage, Nyanya avait quelquefois ouvert un des livres de Margaret et essayé d'en déchiffrer une page, ou bien une strophe d'un poème d'Emily Dickinson, éclatant comme un recueil secret de caractères tirés d'une liturgie inaccessible :

You cannot put a Fire out–
A Thing that can ignite
Can go, itself, without a Fan–
Upon the slowest Night–

Pour être la mère d'une fille qui a su rattraper neuf ans de scolarité en quatre ans et apprendre à lire de longs livres en anglais, il faut que je sois une femme au cœur du secret des lettres, moi aussi. C'est ce que se disait Nyanya, qui avait demandé à Margaret de lui enseigner, après ses devoirs du soir, l'énigme des lettres de l'alphabet, dans la cuisine, pendant la préparation des légumes *samaki* et du riz *pilau*. Puis, avec le temps, le déchiffrement des mots, qui forment des mondes avec des lettres.

— Iiiiiiiiiiitch
— Iiiiitch
— sèkuuuund
— ssèè – kuund
— Iiiiiiiiiiz

— Iiiiiz
— Deeeeeeeuh
— Deeuuh
— Laaaaaaaaasstt
— Laaaaaast
— *Each second is the last*
— Itch sèkun iz délast
— *Each second is the last, mama*. Chaque seconde est la dernière.
— Itch sèkènd iz dé last
— C'est ça, *mama*.
— Ton grand-père serait si fier. Lui aussi, il avait des livres. Des livres avec d'autres lettres.
— C'étaient quelles lettres, *mama* ?
— C'étaient les livres que son propre père avait rapportés de leur pays, quand ils sont arrivés pour faire du commerce à Dar es Salam.
— Des livres du Yémen ?
— Oui, des livres du Yémen.
— C'est où déjà le Yémen, *mama* ?
— Si tu remontes depuis chez nous, tu traverses le Kenya et l'Éthiopie, jusqu'à la mer…
— Oui ?
— C'est le pays après la mer.
— Et toi, tu es déjà allée au Yémen ?
— Bien sûr que non.
— Et ma grand-mère, elle venait du Yémen aussi ?
— Ta grand-mère Omra ? Non. Mais ton grand-père et son père, ils avaient des livres du Yémen. Et le matin, quand

mon père priait, il priait avec un livre. Il se couvrait la tête comme ça, debout, il mettait le livre sur son visage et il priait.

— Où ils sont, ces livres ?

— Ah, est-ce que je sais !

Pour être la mère d'une telle fille, une fille de dix-sept ans qui sait maintenant enseigner la poésie, il faut que moi aussi je sache lire et écrire le dédale des lettres. Et Nyanya demandait à Margaret, chaque soir, de l'aider à décoder les vers d'Emily Dickinson. Au début, les poèmes qu'elle préférait apprendre à lire étaient les plus courts, pas uniquement à cause de leur brièveté, mais parce que leur concision portait un esprit souvent proverbial, comme les *kangas* swahilis, ces phrases brèves et percutantes imprimées sur les pagnes des femmes. *What I can do—I will—Though it be little as a Daffodil—*. Nyanya glanait dans les rimes d'Emily Dickinson ses maximes à elle, les devises et les paroles qu'elle estimait être fidèles à elle-même, et les reprenait toute la journée, au jardin qu'elle cultivait, dans la cour pendant la lessive, en donnant le bain aux enfants, à la cuisine. Nyanya entremêlait les vers de différents poèmes entre eux. Elle formait de cette façon des sentences nouvelles, personnelles, qui devenaient ses propres enseignements, *Each second is the last, What I can do—I will—Though it be little as a Daffodil—*, et les chantait à Margaret quand elles dressaient la table, lavaient la vaisselle ou se nattaient l'une l'autre. L'alphabet romain apprivoisé était pour elle une nurserie stellaire d'où sortaient des colonnes de gaz ardent, prêtes à former la concrétion de matière que serait une étoile, un livre, une naissance. Plus les semaines de leçons avec sa fille passaient, plus Nyanya discernait que le déchiffrement de la lecture était aussi puissant que savoir décrypter le ciel. Et qu'elle avait déjà vécu cela, lire, déchiffrer, une nuit chaude de janvier 1968, quand, après avoir accouché déjà de quatre garçons, elle sentit en elle les prémices de Margaret. Voilà ce qu'elle essayait de lui faire comprendre sans parvenir à l'exprimer. Ma fille, toi qui sais lire des poèmes et même en écrire, tu es si dure, tu railles ta mère, pourtant c'est la vérité, tu viens du même endroit que ces lettres que tu m'as enseignées. J'ai su lire à l'intérieur de moi pour comprendre ton origine. Une gerbe de vapeur et de poussière détachée d'une nébuleuse terrestre.

— *Mama*, ça brûle !

— Passe-moi le torchon, vite !

Arrachée sèchement à ses pensées, Nyanya éteignit le feu de la gazinière, enveloppa l'anse de la casserole avec le linge et la posa à la hâte sur l'égouttoir en céramique flambant neuf de l'évier.

— Argh, c'est pas vrai !

Elle ressaisit l'anse en métal et laissa tomber la casserole sous l'eau du robinet dans un cri de douleur.

— *Mama*, tu t'es brûlée !

— *Sawa, sawa*, laisse.

— Tu veux que je t'apporte la crème ?

— Vaaaaaa t'asseoir, oh ! Et finis ton porridge avant que je t'arrache la tête ! Je cuisine pour les mouches ici, ou quoi ? C'est quoi, ces enfants !

Quatre, peut-être cinq secondes de silence étouffèrent la pièce, les enfants regardèrent dans leurs assiettes, gavèrent leur bouche de porridge froid. Nyanya, debout, appuyée d'une main au-dessus de l'évier, ferma les yeux, fit un lent mouvement d'extension des doigts de la main droite sous le jet du robinet. La petite dans son dos, réveillée par l'agitation ou bien par l'odeur de riz au lait brûlé, bramait de toutes ses forces pour le sein. Nyanya desserra son pagne, déposa le bébé dans son landau, s'assit tout près pour s'enduire, calmement, la main de vaseline, au son des cris du nourrisson.

— *Mama*, c'est vrai qu'aujourd'hui tu vas aller à l'école et après tu vas partir ?

— Tu vas à l'école comme Maggie, *mama* ?

— Oui, comme Maggie.

— Mais qui va faire à manger et s'occuper de nous si tu pars ?

— Tu vas partir avec le bébé, *mama* ?

— Tu vas où, *mama* ?

— Vous deux vous avez une minute pour mettre vos chaussures. Celui qui n'est pas prêt, si je l'attrape, vous allez voir !

— On est prêts, *mama*.

— Moi j'étais prête avant.

— Traîtresse.

— Ça suffit ! C'est quoi ces enfants ingrats qui traînent comme ça ? Allez, allez, allez ! Plus vite ! Vous voulez me faire honte ?

— En tout cas, à l'école des adultes, ils vont voir comme tu es belle aujourd'hui, *mama*.

— Elle est belle tout le temps.

— Mais aujourd'hui, plus.

— Pff, tu comprends rien.

— C'est toi, tu comprends rien.

— *Watoto ! Les enfants !* Vous êtes prêts ?

— Prêt, *mama*.

— Moi aussi, je suis prête !

— Bon, *sawa*. Et qu'est-ce qu'on dit en sortant de la maison ?

Les enfants, en rang sur le porche, récitèrent de concert :

— *Tu aimeras l'Éternel, ton Dieu, de tout ton cœur, de toute ton âme et de tout ton pouvoir. Ces devoirs que je t'impose aujourd'hui seront gravés dans ton cœur.*

— Amen. Allez, dépêchez-vous.

Du perron vers le portail, Nyanya inspecta à la hâte le jardin, longeant les plants de banane baignés de soleil près des murets, les jeunes tangeriniers odorants près du citronnier. Elle respira le parfum des orchidées polystachya en pleine floraison, s'arrêta furtivement devant les massifs d'anthuriums, les heliconias majestueux qu'elle avait eu tant de peine à faire éclore, inhala la fragrance encore trop faible des étoiles égyptiennes à venir. Ses fleurs favorites. Les futurs astérisques rouges à pistil blanc qui viendraient orner l'œuvre de sa patience.

Contre tout son amour et d'innombrables enfants, son mari avait tenu promesse et lui avait offert un jardin. Une maison à la capitale, avec un jardin. Un paradis de plantations, sa pépinière à elle. Son verger. Son potager. Ses massifs de fleurs érigés comme une enceinte de luminaires polychromes autour de la maison. *Habiba*, ma chérie, tout ce que tu touches avec tes mains resplendit de beauté, et moi je suis le plus heureux des hommes d'avoir épousé la meilleure d'entre toutes les femmes.

Nyanya travaillait au jardin chaque jour avec la même ferveur qu'elle mettait à prier matin et soir. Ses fruitiers et ses fleurs se déployaient, fructifiaient, attiraient les oiseaux du parc de la ville, éblouissaient tous ceux qui venaient visiter son mari. Elle mettait un point d'honneur à trouver des semences rares aux couleurs chatoyantes et aux parfums intenses. Parfois elle chargeait son époux de lui en rapporter de Zanzibar à l'occasion de ses fréquents voyages commerciaux. Et leur jardin était tel leur mariage. Pétillante promesse tenue. Comme un pilier de la Création d'où proviennent des centaines de planètes et d'étoiles, le jardin de Nyanya prenait naissance dans son incroyable force de gravitation : son ouvrage. Son goût du labeur. Et cet ouvrage lui attirait toutes les fertilités imaginables. Je suis une femme qui lit la terre, qui lit le temps du ciel et le sexe de mes enfants avant même leur conception. Dans ce Folk Development College, il n'y a rien que je n'aie su lire ou faire. *What I can do—I will—Though it be little as a Daffodil—*. Elle ferma le portail, posa la main sur la tête d'un des petits et se tourna vers la rue.

Ils longèrent l'avenue résidentielle à pied une bonne vingtaine de minutes.

— *Mama*, quand papa et Issa reviendront on ira à l'école en voiture ?

Nyanya exécrait par-dessus tout le modèle ultramoderne et lustré que conduisait son mari et sur lequel se retournaient les passants. Elle préférait que les voisins stupéfaits des lodges et villas environnants la voient, irréductible, continuer d'aller en sandales, à l'égal de la villageoise qu'elle considérait fièrement être restée malgré son installation à Arusha près de vingt ans auparavant. Et puis de toute manière, cette ville à la silhouette jumelle de celle du continent africain était un immense jardin : a-t-on idée de transpercer à moteur les charmilles d'un jardin ?

Dans le quartier de l'école élémentaire, l'allée de terre battue se gonflait d'uniformes d'écoliers, de cheveux fraîchement tondus et de tresses nettes et luisantes, les sourires et les risettes des enfants soulevaient les balayures du chemin comme le pollen de fleurs entre des vols d'abeilles. Vétilles de joie, plaisanteries, les rues d'Arusha ondoyaient d'une légère euphorie, quand garçons et filles de familles voisines se retrouvaient pour faire route ensemble jusqu'à l'école du quartier, sous les fenêtres des mères. Margaret était partie avant la mêlée, le lycée était plus éloigné de la maison que l'école élémentaire fréquentée par ses petits frère et sœur. Quant à ses frères aînés, ils avaient tous quatre interrompu leur scolarité précocement, étaient déjà mariés et le plus jeune, d'un an et demi son aîné, en formation pour reprendre l'affaire familiale, était en voyage d'affaires avec leur père à Zanzibar. Margaret, toujours seule et en avance. Comme sa mère. Nyanya, seule maman dans la rue au milieu de ces élèves chanceux qui n'iraient pas travailler aux champs, mais s'assiéraient pour recevoir l'instruction promise par le *Mwalimu*. Car comment protéger le futur de la révolution si les travailleurs ne savent pas lire, etc., etc.

— Nyanya, eh, *dada yangu*, ma sœur !

— *Habari dada !* Comment ça va ?

— Passe me voir sur le chemin du retour.

— Je passerai peut-être mercredi.

— Tu travailles encore trop, hein Nyanya. Tu n'as pas le temps pour moi ?

— Non, *hapana* : *FDC.*

— *Akili ni mali*, Nyanya, *l'intelligence est un atout.* Tu as raison !

— Qu'Il t'entende ! Je viendrai.

Lorsque Nyanya décida de s'inscrire à la *Èfedissi*, Margaret baissa les yeux et se mordit l'intérieur de la joue en triturant la manche de son gilet pour ne pas offenser sa mère. Margaret craignait de révéler à Nyanya ce que tout le monde dirait d'elle : qu'une femme de son âge, trente-six ans déjà, et de sa condition, fille d'une lignée de commerçants respectables originaires d'Arabie, aille apprendre l'écriture et la couture parmi les filles-mères et les villageoises pauvres en cours d'insertion, était ridicule. D'ailleurs, les FDCs étaient faits pour ça, permettre aux villageois des provinces reculées du pays d'apprendre l'électronique et l'agriculture pour développer les *ujamaas*, les coopératives agricoles, c'est bien pour cela qu'il n'y en avait qu'une seule à Arusha, au nord-est de la ville, côté campagne, et pas dans le centre. Les FDCs, c'était pour les paysans sans-le-sou.

— Si tu préfères prendre des leçons pendant la journée, *mama*, papa pourrait employer une professeure rien que pour toi.

— Pourquoi ? Au FDC, il y a plusieurs professeurs.

— Mais tu voudrais vraiment devenir couturière ? Alors que tu sais déjà fabriquer des robes et tailler des costumes et que tu pourrais avoir quelqu'un qui vient à la maison pour te perfectionner. En plus, tu n'aurais pas à faire tout ce chemin, à prendre le *dala-dala* bondé, tu aurais plus de temps pour t'occuper du jardin et des choses qui te plaisent.

— *Sawa*, Maggie. J'ai besoin de voir des gens.

— Quels gens ?

— Des gens, ma fille, des gens différents.

— Et papa, qu'est-ce qu'il a dit ?

— Que les enfants ingrats oublient d'honorer leur mère et leur père quand on les laisse poser des questions depuis leur plus jeune âge. Comme ils sont naïfs, ça leur laisse penser qu'ils ont le droit d'avoir une opinion. Alors en grandissant, ils deviennent insolents et leur impertinence les condamne aux flammes de l'enfer.

— Pardon, *mama*.

— Et ces enfants ingrats sont des arrogants. Et les arrogants sont comme les beignets dont la levure a tellement gonflé que leur goût est fermenté et dégoûtant. Il n'y a aucun moyen de rattraper cette pâte. On ne peut que s'en débarrasser jusqu'à la dernière miette et la brûler.

— Pardon, *mama*, je ne voulais pas te manquer de respect.

— Tu n'as pas assez travaillé la terre quand tu étais petite pour savoir remercier ces gens que tu méprises et qui remplissent ton assiette.

— *Mama*, ne m'en veux pas. Je ne pensais pas ce que j'ai dit. Pardon.

— Tu ne sais pas penser, Maggie. C'est ça, ton problème. Tu ne fais que juger, ceci, cela. Qui t'a inscrite à l'école au lieu de te garder au ménage et de faire de toi une nourrice ?

— C'est toi, *mama*.

— C'est moi. Et je n'ai pas désiré faire venir au monde une orgueilleuse. Tu prends des airs dédaigneux avec ta mère, tu as honte qu'on me voie aller à pied jusqu'au FDC chez les pauvres qui te dégoûtent. Au lieu d'être simple et modeste et de nous dire merci à ton père et à moi d'avoir quitté nos terrains et notre maison pour envoyer nos filles à l'université, au lieu de te taire et d'écouter ceux qui ont plus d'expérience que toi. Toi qui sais si bien écrire l'anglais, tu as déjà élevé huit enfants, Maggie ?

— Non, *mama*.

— Tu as fait quoi jusqu'à maintenant dans ta vie ?

— Rien, *mama*.

— Alors ferme ta sale bouche. Tu as compris, Maggie ? Hein ?

— Oui, *mama*.

— Allez, sors de ma vue !

Margaret prenait de l'assurance, devenait prétentieuse, insolente et il suffisait d'un mot ou d'une moue superflus pour que Nyanya l'accable de longues admonestations qui la faisaient pleurer pendant des heures. Les dernières leçons, les poèmes de Dickinson, avaient un piment de chagrin.

Arrivée devant l'école élémentaire avec les petits, Nyanya salua le directeur et passa le buste par la porte pour dire bonjour à l'instituteur. Puis elle se rendit à pas pressés vers la station de bus pour prendre un *dala-dala* jusqu'au nord-est de la ville, à la limite d'Arusha, d'où elle marcha encore un quart d'heure jusqu'à l'entrée du Folk Development College. Devant le bâtiment de plain-pied aux murs extérieurs fraîchement repeints, Nyanya s'inclina, défit son pagne pour faire remonter le bébé plus haut sur son dos et le noua de nouveau en serrant plus fort. Elle sentit un liquide couler dans sa paume, écarta ses doigts chargés d'une lymphe transparente. L'odeur l'écœura. Sur toute la largeur de sa paume, juste au-dessus des cals dus à ses travaux de jardinage, quatre cloques brûlantes avaient gonflé, une sous chaque première phalange. Nyanya se mordit une lèvre, essuya ses doigts poisseux avec un coin de son chemisier, et entra au FDC.

— *Djambo*, je viens vous dire que j'arrête les cours.

— Votre nom ?

— Rébecca Faradji.

— Couture ?

— Couture. Vous pouvez donner ma place à quelqu'un d'autre.

— Attendez ici, je vais voir si le directeur est déjà en rendez-vous ou s'il peut vous recevoir.

— Je n'ai pas besoin de voir le directeur. Je viens vous prévenir, c'est tout.

Un jeune homme strict et élancé s'approcha de la secrétaire et lui tendit deux pochettes cartonnées remplies de documents.

— *Djambo*, Rébecca, tout va bien ?

— Bonjour, directeur, je viens vous dire que j'arrête les cours.

— Mais enfin, pourquoi ? Vous êtes notre meilleure étudiante, pourquoi arrêter maintenant ?

— Je dois retourner dans ma famille.

— Le village, c'est loin, Rébecca. Ils n'ont pas besoin de vous. Ici tout le monde a besoin de vous, les enfants ont besoin de vous et nous aussi, au FDC, nous avons besoin de vous. S'il y a une difficulté pour laquelle je peux...

— Je suis désolée, je dois partir. C'est urgent. Ma fille Margaret s'occupera de son frère et sa sœur en attendant.

— Maggie, celle qui va au lycée ?

— Oui.

— Qu'y a-t-il de si grave, Rébecca ? Voulez-vous m'en parler ?

— Je dois me mettre en route. Merci pour tout. Je m'inscrirai à nouveau l'année prochaine.

Nyanya reprit le chemin de terre battue, à pas plus lents qu'à l'aller, jusqu'au carrefour où le *dala-dala* l'avait déposée. Elle essuyait le pus de sa main brûlée avec le revers de son pagne. Sa paume poisseuse collait au tissu. Elle toucha les poches secrètes qu'elle avait cousues dans son vêtement pour s'assurer de n'avoir rien oublié d'important, ni les shillings ni les deux bijoux de joaillier offerts par son mari, inspecta les provisions et les langes dans son sac. Le bébé dans son dos se mit à pleurer. *Tais-toi, l'enfant ! Je n'en peux plus. Manger, prendre, t'accaparer, c'est tout ce qui t'intéresse ! La ferme, maintenant. La ferme !* Mais la petite vagit davantage. Elle n'avait pas faim. Collée à son dos, elle sentait le pouls, les muscles raides et inquiets de sa mère. Ses cris étaient une ultime tentative pour décourager ce départ. Mais trente étouffants degrés Celsius et la pluie subite de la fin de la saison humide ne pouvaient suffire à dissuader une femme comme Nyanya de faire ce qu'aucune autre femme n'aurait osé faire. Quitter son foyer en l'absence de son époux, laisser deux enfants en bas âge à la charge d'une lycéenne et partir, un bébé sur le dos, sans bagages, sous les flots du ciel inclément, vers un village dont le monde se contrefichait, pour en défendre ce qu'il restait de terre. *La ferme, à la fin ! Tu ne vas pas meugler tout le voyage, non ? Qu'est-ce que j'ai fait pour mériter des gosses pareils ! Mon Créateur, je t'en supplie, fais taire cette enfant.* Nyanya ferma les yeux et inspira profondément. Elle cherchait un moyen d'atténuer le battement de dureté sous ses seins. Un moyen d'être affectueuse. Elle fit basculer l'enfant, depuis son dos vers son ventre, noua le pagne en le croisant sur l'épaule, défit un côté de son chemisier, étendit son étole sur la petite pour cacher la tétée et la protéger de la pluie puis murmura : *Jacob alla son chemin ; des envoyés de Dieu le rencontrèrent ; en Ton secours j'espère ô Éternel, j'espère en Ton secours.*

Margaret arriva au lycée sans se rappeler le chemin qu'elle avait pris. Ses pensées étaient tellement imbibées de peurs et de colère contre sa mère qu'elle ne remarqua rien sur la route, ne vit aucun visage, ne croisa aucun véhicule, se dirigea en automate vers ce qui était peut-être sa dernière journée d'études. Elle tenta de réfréner la fadeur qui s'emparait de ses traits, mais aucune distraction ne modérait sa préoccupation. Ses sourires de salutations étaient ostensiblement factices. Elle retrouva Jay, son fiancé, au seuil du premier cours, l'entraîna à l'écart, lui toucha la main et la macula de noirceur.

— Maggie… elle l'a fait ?

— Elle s'est barrée ce matin. Je ne pourrai plus te voir que le lundi, tous les autres jours je devrai aller chercher les enfants, les nourrir et les torcher comme si je les avais faits.

— Maggie, ne parle pas comme ça de ton petit frère et de ta petite sœur. Ils n'ont rien fait eux non plus pour mériter de se retrouver sans leur mère.

— Mon père va la tuer, Jay. Quand il va rentrer et qu'il verra qu'elle s'est enfuie comme une lâche, il ira la chercher et la frappera à mort.

— Maggie, qu'est-ce qui te prend ? Comment tu peux parler comme ça de ta mère ?

— Ma mère ? T'appelles ça une mère ? Qui abandonne sa fille l'année de son diplôme, trois mois avant son mariage ? À cause d'elle, ma vie est finie.

Margaret s'enfonça dans la poitrine de son fiancé et gémit en lui frappant le torse.

— Calme-toi, Maggie. Tout va bien se passer. S'il le faut, ton frère et ta sœur pourront venir vivre avec nous. Ou bien je paierai à ton père le droit d'habiter chez lui le temps que ta mère revienne.

— Tu ne comprends pas, Jay. Mon père va me punir pour ce que ma mère a fait et on ne pourra plus se marier.

— Cheick Hashim est un homme bon et sage. Ton père n'aime pas l'injustice.

— Mon père est un commerçant, Jay, commerçant ! Il voyage tout le temps pour Zanzibar ou Pemba, il va me demander de m'occuper de la maison, de m'occuper des enfants, de m'occuper du jardin, de m'occuper de tout, absolument tout !

— C'est temporaire. Et je suis là. Je vais t'aider. Tous les jours, je vais t'aider, Maggie. Jusqu'à ce qu'elle revienne. Ne pleure pas.

— Jusqu'à ce qu'elle *revienne* ? Comment peux-tu être aussi naïf ? Elle ne reviendra jamais !

Toute la journée, Margaret s'efforça de disperser l'amas de projections ténébreuses qui la harcelaient. Des noyaux de tragédies, des constellations de drames tournaient en boucle dans son esprit malgré tous ses efforts de concentration. Durant certains cours, elle se laissait aspirer par les hélices sombres de la frayeur, si bien qu'elle ne faisait que se retourner vers Jay et réprimer ses larmes. Elle devinait ce lundi comme son dernier jour de liberté. Son père pouvait rentrer ce soir, ou demain, ou mercredi, il découvrirait le départ de sa femme, il serait furieux, et elle, Margaret, devrait tout abandonner pour remplacer sa mère aux fourneaux, au ménage, à la garde et à l'éducation des cadets, en plus du lycée, sa toute dernière année de lycée, puis devrait partir elle-même, dans quelques semaines, jeune mariée, s'installer ailleurs, en laissant les deux petits à son père absent la moitié du temps, impossible, elle serait obligée d'arrêter ses études, impossible, impossible, comment faire. Toute perspective était lugubre, bilieuse, toutes les images de son avenir proche étaient révoltantes. Injustes. Dans aucun scénario elle ne réussissait à préserver à la fois ses études et son mariage. Si son père la laissait continuer d'aller au lycée, chaque seconde au foyer, à l'aube et tous les soirs, devrait être consacrée à l'entretien de la maison, du jardin potager et aux enfants, et il ne la laisserait jamais se marier. Ou alors il la laisserait épouser Jay en juillet, comme ce qui était prévu, mais alors elle devrait sûrement sacrifier sa première année d'université pour obtenir la dot la plus élevée possible. Ou encore, à cause du départ soudain de Nyanya, la famille de Jay ne serait plus d'accord, et pas de dot du tout. Mais dans ce cas ils devraient travailler et abandonner tous les deux leurs études. Il faudrait s'occuper des petits frère et sœur, comment travailler en même temps ? Elle devrait renoncer à étudier de toute manière. Alors tant qu'à faire, Jay et elle n'avaient qu'à s'enfuir. Mais lui n'avait aucune raison de partir, il aimait ses parents et ses sœurs plus que tout. Un avenir brillant d'ingénieur diplômé l'attendait à Saint-Augustin, peut-être même qu'il aurait l'occasion d'aller à l'étranger. Sans elle. Si près des deux buts, si près des deux choses qu'elle désirait le plus au monde, les scénarios inexorables du report de son mariage et de son abandon forcé du lycée s'imprimaient en filigrane dans les dernières notes de cours qu'elle prenait mécaniquement. Margaret aperçut un brandon fulgurant de flamme, le fragment de son feu, se détacher de tout cet impossible. Alors, plutôt que de se laisser sacrifier, elle décida de se condamner elle-même. Ou plutôt de sauver sa peau. Et, au prix de la pire des hontes, de déshonorer sa mère. Et de piéger son père.

À la fin des cours, Margaret demanda à Jay de l'aider à maintenir le jardin de Nyanya en état. Elle dit qu'elle redoutait que la pluie soudaine de la matinée ait abîmé les jeunes plants et que son père lui en veuille de ne pas avoir pris soin du potager. Jay accepta et proposa de lui montrer comment s'occuper des légumes et des arbustes. Cela, bien entendu, Nyanya le lui avait enseigné depuis des années déjà. Ils se retrouvèrent seuls sur le patio où étaient entreposés les outils, bottes et gants de travail, protégés de tout vis-à-vis. Ils choisirent ceux dont ils auraient besoin, puis Margaret se planta face à lui.

— Tu m'épouseras quoi qu'il arrive ?

— Quoi qu'il arrive, Maggie. Nous allons nous marier.

— Promets-le-moi.

— Je sais que tu es inquiète. Ce ne sera pas facile, mais c'est toi la femme qui m'est destinée. Et je te promets de t'épouser.

— Alors embrasse-moi.

— C'est trop tôt. Et ton père pourrait rentrer d'une minute à l'autre. Je ne veux pas te causer de déshonneur.

— Qu'est-ce que ça change, puisque de toute façon, c'est toi mon mari ? Tu as promis de m'épouser.

— Ce n'est pas permis, Maggie. Nous devons être patients et nous comporter comme des fiancés respectueux de nos parents.

— Tu as peur.

— Non, je n'ai pas peur.

— Si. Tu te dis que tu ne pourras plus changer d'avis si tu me touches.

— Je n'ai pas l'intention de changer d'avis, Maggie.

— Alors qu'est-ce que ça change ? Tu n'as pas envie de savoir ce que ça fait ? Nous n'aurons plus jamais l'occasion d'être seuls, ni même d'être ensemble aussi souvent à partir de demain, je devrai m'occuper des petits et je ne te verrai presque plus.

— Je viendrai tous les jours avec toi les chercher.

— Tu ne tiens pas à moi, Jay Wiloma. La seule, l'unique opportunité que tu as de prendre ta fiancée dans tes bras, de l'embrasser, sans que personne n'en sache jamais rien, tu la gâches avec ta frousse. Tu ne tiens pas à moi. Tout ce que tu racontes, ce sont des mensonges.

— Tu m'insultes, Maggie ?

— Je veux être sûre que tu m'aimes. Comment je pourrais en être sûre, hein ? Et si mon père ne veut plus, comment je pourrais être sûre que tu me défendras, que tu lui tiendras tête ?

— Pas de cette façon, Maggie.

— Qu'est-ce que ça change, Jay ? Qu'est-ce que ça change ?

— Tout. Je ne veux pas que tu le regrettes.

— Jamais de ma vie je ne le regretterai. Moi, je t'aime et je veux te le prouver. C'est toi qui te laisses influencer par ta peur.

— Je sais que tu m'aimes. Ce n'est pas la question.

— Alors c'est toi qui ne m'aimes pas.

À mesure qu'elle le provoquait, Margaret collait sa poitrine à celle de Jay, l'enlaçait, pressait ses mains contre ses hanches et soufflait contre son visage en levant une jambe contre lui. Il la contredit, systématiquement, mais ne la repoussa pas. La douceur s'attaqua à Jay. Il accepta tous les baisers et en donna. Il accepta d'être déchaussé, attiré vers le salon. Il accepta l'ardeur qui l'enjamba, le recouvrit, que Margaret s'empare de lui, le guide en elle, souffre une première fois dans un tiraillement de douleur, puis se balance, se serre de force contre ses côtes, l'emprisonne entre ses genoux au moment précis où il devait par tous les moyens tenter de s'en dégager.

Margaret se mit à murmurer des vers d'Emily Dickinson, à les chanter : *And now I'm different from before, As if I breathed superior air—*. Elle ajusta sa jupe, aplanit ses cheveux, remit ses chaussures et alla vers la cuisine où elle trouva la casserole de riz au lait brûlé négligée par Nyanya le matin même et commença à en nettoyer énergiquement le fond noirci avec une brosse, en continuant de fredonner, *Into this Port, if I might come, Rebecca, to Jerusalem.* Jay se précipita hors de la maison et inspira à pleins poumons. Il alla loin, jusqu'au marché Kilombero, erra entre les étals, avant de faire demi-tour, rejoignit Margaret en chemin, l'accompagna chercher ses petits frère et sœur à la sortie de l'école, puis marcha avec eux vers la maison.

— Je vais rester et attendre ton père.

— Et s'il ne rentre pas ce soir ?

— Je partirai à l'heure du repas.

— Tu ne devrais pas rester, les voisins vont finir par se rendre compte que ma mère n'est pas là. C'est moi qui suis allée chercher les enfants. La commère d'en face nous a sûrement vus rentrer sans elle. Dans trente minutes, tout le quartier sera au courant.

— Il faut que ton père sache que je veux commencer les préparatifs du mariage.

— Rentre chez toi. Demain, je te dirai s'il est arrivé.

— Est-ce qu'il va passer sa colère sur toi, Maggie ? Je ne le permettrai pas.

— Sa colère sera sans limites, Jay. Sans limites.

— Alors je reste.

Mais ce soir-là, Cheick Hashim ne rentra pas encore. Lorsque Jay quitta la maison, la voisine d'en face ouvrit son portail et l'escorta du regard. Margaret nourrit les enfants et les borda. Les enfants pleurèrent après Nyanya. D'insupportables cris que Margaret amplifia, puis fit taire en fin de compte, dans l'épuisement des gifles. Elle eut du mal à dormir, craignant qu'à tout moment son père et son frère aîné ne rentrent de voyage. Elle s'assoupit dans le séjour, à l'endroit même où elle s'était assise sur Jay. Dans l'opacité de la nuit, une coalescence de fibres scintillantes, comme des fils de pierres fines, s'approcha de son visage et la réveilla. Un faisceau de spinelles. Margaret pensa : Nyanya ne m'a jamais dit que la gerbe était rouge comme le rubis. *Les femmes sont des vapeurs de volcan, Maggie.* Margaret sut qu'elle et Jay auraient une fille.

Le lendemain, elle déposa ses cadets à l'école et arriva en retard au lycée. Sa colère s'était presque éteinte et avait laissé place à une amertume discrète, mêlée de sensations fugaces d'apesanteur, que seul Jay devinait et prit pour du remords.

— Je pense qu'il va rentrer aujourd'hui.

— Alors je vais rester encore jusqu'à ce qu'il arrive.

— Tu diras que tu t'es inquiété que je sois seule longtemps. Et nous ferons relire leurs leçons aux petits jusqu'au dîner.

— Tu regrettes ?

— Pour rien au monde.

— Maggie, j'ai parlé à mon père, hier. En dehors de la fête et de la dot que nous avons proposée, mes parents ne pourront pas nous aider beaucoup plus. Le reste de l'argent qu'ils ont doit leur servir à vivre et à payer mes études à Saint-Augustin.

— Et si mon père demande davantage, maintenant que ma mère n'est plus là ?

— Il faudra trouver une autre solution.

— Quelle solution ?

— Je ne sais pas.

— On devra tous les deux travailler.

— Une fois à l'université, ce ne sera pas possible pour moi de prendre un travail, Maggie. Tu as vu le programme des cours en ingénierie ?

— Si je suis seule à travailler, ça ne nous suffira pas. Et moi aussi j'ai le droit d'aller à l'université.

— Écoute, je suis sûr qu'on s'inquiète pour rien. Ton père est un homme bon. Il a beaucoup d'argent. Tu auras ta dot et il t'aidera aussi.

Le soir, lorsque la voiture se gara devant le large portail de la maison et qu'Hashim en descendit pour l'ouvrir, la voisine d'en face lui fit signe.

— *Habari gani*, comment ça va, Faradji ? As-tu fait bon voyage ?

— Bon et fructueux voyage. Comment va ton mari ?

— Ah les affaires marchent toujours bien pour toi, Hashim. Pour nous aussi, Dieu soit loué. C'est dommage que je n'aie pas pu dire au revoir à Rébecca hier.

— Que veux-tu dire ?

— Rébecca, j'aurais aimé lui dire au revoir avant qu'elle prenne la route de Meru.

— Ah, c'est hier matin qu'elle est partie, c'est vrai !

— J'aurais pu surveiller Margaret et les petits si elle me l'avait demandé. Mais elle avait l'air pressée. Le fiancé est venu hier aider ta fille au jardin, et aujourd'hui encore. Tout va bien, Hashim ?

— Sa famille réclame ma femme pour une affaire urgente. Mais je ne pouvais avancer mon retour. Sois en paix, tout va bien.

Cheick Hashim gara la voiture dans l'allée principale devant la maison et retourna fermer le portail pendant qu'Issa, son fils, et deux autres passagers descendaient de voiture les bras chargés de paquets et de sacs volumineux. Les petits sautèrent de joie à l'approche du moteur. *Papa ! Papa ! Maman est partie, papa.* Leur père les porta chacun sur un bras et les embrassa en montant les marches vers le porche.

— Oui, je sais, je sais, *mama* est partie, elle était obligée, mais elle sera là dans quelques jours. Voulez-vous voir ce que je vous ai apporté ?

Jay se tenait à l'entrée de la maison. Il salua respectueusement son futur beau-père et s'empressa de débarrasser les invités de leurs charges.

— Tu as travaillé au jardin, Jay ?

— Oui, Cheick Hashim. Je suis resté hier après-midi, puis aujourd'hui en attendant votre retour car je ne voulais pas que Maggie se retrouve seule dans la maison.

— Mais, enfin, que veux-tu qu'il arrive ?

— Eh bien, comme madame votre épouse est partie hier matin…

— Oui, oui, tu t'inquiètes trop, mon garçon. Merci pour ton travail ici. Tu es un jeune homme de valeur ! Tu peux rentrer maintenant.

— Merci, Cheikh Hashim. Cela ne me dérange pas du tout de rester et de soulager vos efforts après votre voyage.

— Rentre. Rester encore n'est pas convenable.

Jay prit congé sans pouvoir dire au revoir à Margaret qui s'affairait dans la cuisine pour accueillir les deux invités. Son frère la rejoignit pour ranger les sacs de safran que son père et lui avaient rapportés de leur voyage.

— Sens-moi cette pure merveille, Maggie.

— Issa, vous saviez que maman allait partir avant votre retour, et tu ne m'as rien dit ?

— On ne savait rien du tout ! Notre père doit être furieux. Mais tu veux quoi, qu'il s'humilie devant ses hôtes ? Il est sur le point de conclure la plus belle affaire de sa vie.

— Alors, elle s'est vraiment enfuie. Tu te rends compte de ce qu'elle m'a fait, Issa ? De ce qu'elle nous a fait ? Tu te rends compte ?

— Elle t'a rendu service. *Dada yangu*, ma petite sœur, tu sais que je t'ai toujours soutenue avec tes études et tout ça, mais tu vas bientôt te marier, il faut te préparer à la vie qui t'attend.

— Même mariée, je vais continuer mes études, Issa. Et Jay aussi. Il n'a jamais été question qu'aucun de nous s'arrête.

— Tes études, tu n'en auras plus besoin, Maggie, crois-moi. Une belle vie t'attend, un mariage grandiose, tu seras heureuse, même sans tes études.

— Alors papa ne va pas se fâcher contre moi pour ce qu'a fait notre mère ?

— Es-tu notre mère ? Notre père n'est-il pas un homme juste ? Il veut ce qu'il y a de meilleur pour sa grande fille.

Cet après-midi-là, après avoir récupéré ses cadets à la sortie de l'école, Margaret s'était empressée de préparer les plats préférés de son père. Elle avait cuisiné des côtes de chèvre au four et du poisson d'eau douce, du *sukuma wiki*, des œufs durs, une sauce au piment, du *chapati*, du riz *pilau* et des samosas à la viande hachée, mets que Nyanya cuisinait lorsque son mari était à la maison, entre deux voyages. Nyanya, qui ne consommait jamais de viande, de poisson, ni d'œufs, et mangeait toujours ses repas dans la même vieille assiette rapportée de chez ses parents, disait en cuisine à sa fille :

— La viande adoucit ton père, chaque fois qu'il en mange il est heureux comme un enfant après une tétée. Ses oreilles se ferment aux mauvaises nouvelles. Les hommes aiment la viande, Maggie.

— Et pourquoi toi tu n'en manges jamais, *mama* ? Tu préfères réserver le meilleur pour ton mari ?

— Quoi ? Le *meilleur*, ha ha, n'importe quoi. Je suis une mère. Je ne mange pas les enfants des autres mères. Je ne veux rien manger qui a eu une mère.

— Dieu nous a donné la terre et les animaux pour que nous en disposions. Il n'y a rien de mal à les manger, *mama*. Et puis on ne peut pas comparer une femme avec une poule ou bien avec une brebis, ni un enfant avec un œuf ou un agneau.

— Et que sais-tu, toi Maggie, d'être mère, toi qui ne l'es pas ? Et puis que sais-tu de Dieu ? Au premier homme et à la première femme, au jardin, Il a donné les fruits et toutes les plantes. Sauf un. Ils Lui ont désobéi. Ensuite leur fils a tué son propre frère et le goût du sang est apparu sur la Terre. Alors Dieu nous a détruits, à cause de toute notre violence, il nous a envoyé le Déluge. Ce n'est qu'après que nous avons eu le goût du sang que Dieu nous a permis de manger ses autres enfants. Ne crois-tu pas que cela Le fait gémir et pleurer chaque fois qu'Il voit ses créatures sacrifier les autres, Maggie ? Et sans aucune raison.

— Nous sommes faits pour manger de tout ce qui existe, *mama*. Il a dit : *Tout ce qui se meut, tout ce qui vit, servira à votre nourriture ; de même que les végétaux, Je vous livre tout*. Voilà la parole de Dieu, *mama*, *Tout ce qui se meut, tout ce qui vit*.

— Suis-je en mauvaise santé, Maggie ? M'as-tu déjà vue faible ? Alors. C'est dans un jardin qu'Il nous a placés en premier, pas dans une boucherie. Et puis le fait d'avoir le droit de faire une chose ne t'oblige pas à la faire. En quoi ça te regarde que je préfère manger comme Adam et Ève et pas comme tous ces meurtriers descendants de Caïn ? Il nous a dit *d'abord*, il nous a ordonné *en premier* : *Tous les arbres du jardin, tu peux t'en nourrir*. Seulement *après* le Déluge Il nous a autorisé le sang, pour ne plus avoir à détruire l'humanité, car nous sommes assoiffés de violence. *Sawa, sawa*, aide-moi à servir le *biryani*, ça va refroidir.

— Tu es injuste, *mama*. Dieu nous a autorisés à manger de tout et nous ne le faisons pas par goût du sang, mais parce qu'il nous a dit de le faire et que c'est la tradition.

— Un jour la tradition autorisera les hommes à manger leurs femmes et leurs filles en l'absence de poule et de brebis, Maggie. Nous aussi on se meut, nous aussi on vit.

— *Mama*, tu inventes n'importe quoi.

— J'invente ? Il y a écrit *Tout ce qui se meut, tout ce qui vit*, c'est toi-même qui l'as dit, non ? Est-ce qu'il y a écrit

Je vous livre tout sauf les humains ? Est-ce qu'il y a écrit *Je vous livre tout sauf les femmes* ?

— Il y a écrit *Tu ne tueras point.*

— *Tu ne tueras point*, oui. Mais pas *Tu ne tueras point un être humain*. Est-ce qu'il y a écrit *Tu ne tueras point, sauf les animaux* ?

— C'est le bon sens, *mama*. Le simple bon sens.

— Moi aussi, j'ai du bon sens, ma fille. Je suis mère, je ne mange pas ce qui a une mère. Et mon père et ma mère, ce sont eux qui me l'ont enseigné. C'est ça, *ma* tradition.

Margaret chassa les divagations de sa mère de son esprit et commença à dresser la table de la salle à manger, pour son père, son frère et les deux invités.

— Non, rajoute trois couverts pour toi et les petits, nous allons manger tous ensemble aujourd'hui ma fille.

Margaret fixa son père d'un regard plein de reconnaissance, pour ne pas la tenir à l'écart ni lui faire porter le poids du départ non autorisé de son épouse. Elle admirait le calme avec lequel son père se comportait face à cette circonstance outrageante, recevoir deux invités, des hommes avec lesquels il faisait affaire, en l'absence imprévue de la maîtresse de maison, elle admirait son éloquence paisible et son hospitalité, et se réjouit d'avoir anticipé sa venue en travaillant plus de trois heures en cuisine avant son arrivée. Cela devait être ça : son père avait tout de suite compris la situation dans laquelle Maggie s'était trouvée contre son gré. Devant ses efforts considérables pour atténuer son courroux légitime et tenir les affaires en ordre, il avait eu de l'empathie pour sa fille. *J'ai montré à mon père que je suis une femme capable, que je peux étudier, m'occuper des enfants et tenir la maison au-delà du nécessaire.* Margaret resplendissait de l'assurance timide de celle qui, toujours sous le joug de l'éternel et révérenciel respect des parents, avait désormais la force conférée par le poids des responsabilités. Elle déposa un grand légumier et un plateau argenté sur la nappe et sortit pour rapporter la suite du repas. À la vue de la table dressée devant eux, les deux invités étaient bouche bée. Margaret revint les deux bras chargés de côtes de chèvre et de poisson.

— Cheick Saïdi, voici ma fille Margaret Mueda. Son petit frère, Hassan. Et sa petite sœur Sarah. Mon épouse a emmené la plus petite en voyage dans sa famille à Meru, un bébé encore.

— Quelle belle famille, Hashim. Toi qui prospères avec sagesse et générosité, même quand le pays s'effondre et se corrompt, quels talents tu as donnés à tes enfants.

— Ils ont reçu ces dons de la générosité du ciel, moi je ne fais que les protéger, les éduquer et les nourrir.

Margaret servit chacun par ordre d'importance et d'aînesse, Check Saïdi, son père, Samuel le fils de Cheikh Saïdi, Issa, Hassan, Sarah, enfin elle-même en dernier. Elle fit une hôtesse gracieuse et exemplaire pour la plus grande joie de son père et de ses invités. Entre les négociations d'affaires qui se poursuivaient à table, toute l'attention lui était destinée. Cheikh Saïdi était un des négociants de girofle les plus respectés de la prestigieuse île de Pemba. Issu d'une famille ancienne et mixte, il avait réussi, par sa probité et la valeur de sa parole durant sa longue carrière, à gagner l'admiration de ses pairs dans la vente d'épices. Il avait initié tous ses fils au commerce familial, mais c'est Samuel, à ses côtés, âgé de vingt et un ans, qui reprendrait et dirigerait l'affaire. Samuel était éduqué et avait eu le privilège de faire trois années d'études dans une prestigieuse *business school* londonienne grâce à la nationalité britannique de sa mère.

— Margaret aussi fait des études. Chaque année, elle a les meilleurs résultats dans toutes les matières. Elle fait ma fierté et celle de mon épouse. Et les mets raffinés de sa mère n'ont plus aucun secret pour elle.

— Hashim, ta générosité et ta bienveillance sont immenses. Dans notre pays, très peu de femmes peuvent étudier, et une sur cent sait lire et compter.

— Et qu'étudiez-vous, mademoiselle ?

— Je suis en dernière année au lycée. Je me prépare à aller à l'université ici, à Arusha.

— Félicitations, c'est impressionnant.

— Je vous remercie. Venant d'une personne diplômée d'une université anglaise, cela m'encourage.

— Et qu'étudierez-vous à l'université ?

— La littérature. Je voudrais être professeure de littérature. J'ai une préférence pour la poésie anglo-saxonne.

— N'est-il pas rare, mon père, de voir autant de talents et d'intelligence combinés en un seul être ?

— En effet, Samuel, la qualité de cette maison et de celles et ceux qui y vivent est à l'image remarquable du chef de famille.

Vers la fin du repas, Margaret s'éclipsa pour préparer les deux anciennes chambres de ses grands frères pour Cheick Saïdi et son fils, fit leurs lits avec le linge que Nyanya parfumait de sachets de fleurs séchées et de lavande d'Afrique du Sud, puis revint débarrasser la table, servit aux hommes du *chaï* avec du lait sucré, changea et borda les enfants avant de retourner à la cuisine ranger la nourriture et faire la vaisselle. Le fils de Cheikh Saïdi ouvrit la porte et se tint au seuil de la cuisine.

— Je vais refaire du *chaï*. Je vous l'apporte tout de suite.

— Margaret, vos qualités et votre beauté m'impressionnent. Nos deux pères scellent aujourd'hui une amitié durable à laquelle vous n'êtes pas étrangère.

— Je n'ai fait que ce que m'a appris ma mère.

— Elle doit être une femme remarquable. À écouter votre père Hashim, on entend l'éloge des qualités d'une épouse capable de lui offrir le bonheur et de nombreux beaux enfants. Fils et filles.

— Oui, ma mère est une femme pieuse et prodigieuse. Elle vient d'une lignée de riches commerçants yéménites. Ils ont acheté de nombreuses terres quand ils se sont installés au nord-est d'Arusha.

— J'ai cru comprendre que sa propre mère, votre grand-mère, est éthiopienne ?

— Mamie Omra ? Euh… oui, sûrement.

— Des femmes de valeur.

— Oui, c'est vrai. L'eau et le lait chauffent. Le *chaï* est bientôt prêt.

Margaret souriait de satisfaction en repensant aux égards dont elle avait fait l'objet toute la soirée. Le lendemain matin, elle se lèverait très tôt pour préparer le café, le *chapati* et les fruits du petit déjeuner, avant de s'occuper de Hassan et Sarah. Puis elle les déposerait à l'école et irait au lycée où elle pourrait raconter à Jay les bienveillantes dispositions que, selon Issa, leur père avait à l'égard de leur mariage, et comment il s'était félicité devant des invités importants que sa fille fasse des études. *Aucune fatigue n'a de place dans ce corps.* Les hommes, réjouis par l'issue heureuse de leur voyage commercial, veillèrent, discutèrent, rirent jusque très tard. Margaret s'allongea, épuisée par ces deux jours sans précédent et remercia secrètement sa mère de s'être éloignée à un moment si opportun pour elle, en fin de compte. Et dans son obstination à partir, de lui avoir fait confiance. *What I can do—, I will—.* Dans son sommeil, elle caressait le panache étincelant qui éclairait désormais tout l'intérieur de son ventre et miroitait de mille facettes grenat sur les murs de sa chambre. L'éclat de la naissance à venir. Et les vers d'Emily Dickinson que Nyanya avait réussi à déchiffrer habitèrent en sourdine son rêve :

You cannot put a Fire out—
A Thing that can ignite

Le mercredi, au lycée, Margaret raconta à Jay les événements de la veille dans le moindre détail.

— Issa a dit que je ferais un mariage grandiose et que notre père ne voulait que mon bonheur.

— Tu es sûre ?

— Oui, pourquoi ?

— Je suis si heureux d'entendre cette nouvelle, Maggie. Nous allons enfin pouvoir réaliser notre rêve. Je t'avais dit de ne pas t'en faire au sujet de ton père. C'est un homme bon.

— Oui, je me suis inquiétée pour rien. Mais comprends-moi, j'étais tellement en colère contre ma mère. Maintenant, j'arrive en retard tous les matins à cause des petits que je dois déposer à l'école.

— Ta mère savait que tu t'en sortirais très bien. Sinon, elle ne t'aurait pas laissée seule ici. Ne t'inquiète pas, je suis là. Et très bientôt, tu seras ma femme.

— Nous devons absolument commencer les préparatifs, Jay. Juillet, c'est dans à peine deux mois et demi, et rien n'est prêt.

— Alors tu ne regrettes pas d'être allée trop vite, Maggie ?

— Qu'est-ce que tu racontes ? Je te l'ai déjà dit, pour rien au monde je ne le regretterais. Tu es déjà mon mari. Si cela ne tenait qu'à moi, nous serions mariés depuis l'enfance où nous nous sommes connus.

Quand Margaret et les enfants rentrèrent, leur père faisait découvrir le jardin à ses hôtes. Il demanda à sa fille de les accompagner et de leur présenter toutes les espèces florales, fruitières, végétales que recelait l'œuvre de sa mère. Samuel s'arrêta sous les navettes agitées d'oiseaux autour de plusieurs nids.

— De quels types sont ceux-là ?

— Ce sont des petits passereaux.

— Bleu et or, comme la voûte étoilée.

— Oui, c'est d'ailleurs de là qu'ils tirent leur nom.

— C'est-à-dire ?

— On les appelle « rouges-gorges étoilés ». On ne les trouve que d'ici jusqu'en Afrique du Sud. Ils sont rares et beaux.

— Ils ressemblent à d'autres oiseaux que j'ai vus à Londres. Ils sont identiques de forme, gris et ont le ventre non pas doré mais couleur feu.

— Oui, les rouges-gorges d'Europe ont la gorge orange. Ce sont les oiseaux préférés de ma mère. Ils sont les proches cousins de ceux que nous avons ici.

— Et que font-ils ? Ils construisent en ce moment des nids, n'est-ce pas ?

— Oui… ce sont toutes des femelles. Elles vivent normalement seules, mais…

— … C'est la saison des mariages.

— Oui. Elle vient de commencer.

— Où avez-vous appris tout ce que vous savez, Margaret ?

— Ma mère m'a enseigné tout ce que je sais. Comme sa propre mère avant elle. Ma mère dit que les créatures sont l'or et la parure du monde et que notre unique tâche devrait être d'en prendre soin.

— Votre mère est une femme de sagesse. Malheureusement, nous, les hommes, avons notre lot d'autres tâches ingrates et difficiles sur cette Terre.

— Elle dit que c'est pour cela que le monde est malheureux, parce que nous nous occupons de choses inutiles au lieu de prendre soin du jardin de Dieu.

— Il me plairait beaucoup, à son retour, qu'elle me guide en personne à travers ce jardin. Je suis certain que j'apprendrais beaucoup d'une femme au cœur si pur.

— Je crains que lorsqu'elle reviendra vous soyez déjà retourné à Pemba avec votre père. Mais ma mère adore partager les histoires sur ses plantes et les animaux qui trouvent refuge ici, en effet.

— Mon père retournera seul chez nous. Nous allons aujourd'hui faire l'acquisition d'une maison. Je m'installe à Arusha pour tenir notre bureau commercial principal. L'affaire familiale doit se moderniser, les temps changent. D'ailleurs, père, pardonne-moi, je ne veux pas t'interrompre, mais n'est-il pas l'heure ?

— Tu as raison, Samuel. Hashim, à ce soir mon frère. Que n'ai-je eu un frère comme toi, tu es comme mon sang.

— Saïdi, ma maison est désormais la tienne. Issa vous conduira en voiture.

— À très bientôt, Margaret.

— Au revoir, Samuel. J'espère que vous trouverez l'endroit qui vous convient.

Issa démarra le moteur et ouvrit le portail pendant que les deux invités s'installèrent dans la voiture. Le vieux Saïdi n'avait que sourire aux lèvres, son fils Samuel affichait une expression à la fois sérieuse et comblée. Il semblait toujours fasciné par l'accueil qui leur était fait depuis la veille et détachait difficilement son attention de Margaret.

Elle se retrouva seule avec son père et les enfants dans la maison, pour la première fois depuis le départ de sa mère. Ce moment ne pouvait être repoussé indéfiniment. L'appréhension terrible qui l'avait quittée le jour précédent, au retour paisible d'Hashim, refit surface. Elle marcha tête baissée et alla préparer une collation de fruits et de *chapati* pour ses frère et sœur. Lorsqu'elle les servit à la table de la cuisine, son père l'appela depuis le séjour.

— Oui, *baba*.

— Assieds-toi, ma fille.

— Mon père, *baba*, je te demande pardon, j'ai essayé de l'en empêcher…

— Ta mère est partie contre ma volonté. Mais sa famille risque de tout perdre s'ils ne s'unissent pas pour sauver leurs terres. J'enverrai Issa la chercher demain au village. Tu t'es bien débrouillée ici. Je voulais te parler d'autre chose.

— Je t'écoute, *baba*.

— Je dois m'assurer que le départ de ta mère ne t'a pas, disons, perturbée… Une jeune fiancée seule dans une maison peut avoir des idées, comment dire, bizarres.

— Que veux-tu dire, *baba* ?

— Je veux savoir si ma fille aînée, la prunelle de mes yeux, ma fierté de beauté et d'intelligence, est toujours pure.

— *Baba*, j'ai honte de parler de ces choses. Je ne suis pas encore une femme mariée.

— Très bien. Alors dans ce cas, écoute-moi ma chérie. Ta dot sera triplée.

— Mais, les parents de Jay ne pourr…

— Par le père de Samuel.

— Je suis déjà fiancée, mon père. Nos deux familles se sont fait une promesse. Je veux épouser Jay.

— Je sais que tu es amie avec ce garçon depuis longtemps. Mais tu dois d'abord considérer ce qui est bon. Comment dites-vous déjà, ta mère et toi ? En toute objectivité. Pense à l'avenir de tes deux petites sœurs qui suivront tes pas. Plus tard, grâce à ton exemple qui sera connu de tous, elles pourront épouser, elles aussi, des hommes de grandes familles. Je dédommagerai les Wiloma. Ne fais pas de peine à ton vieux père, *binti yangu*, tu es mon adorée, je ne veux que ce qu'il y a de meilleur pour toi.

— Mais j'aime Jay, *baba*, nous sommes fiancés. Il est hors de question que j'épouse un autre homme.

— Ma chérie, tu dois considérer plusieurs choses. Ta mère est partie et le voisinage cause. Les parents de Jay exigeront de baisser la dot. Samuel te dote du triple, même dans ces circonstances où l'absence de mon épouse pourrait flétrir l'honneur de notre famille. En plus de la dot, il a promis de te payer tes études jusqu'au diplôme que tu souhaiteras. En plus encore de cela, il va acheter et te donner la maison qu'il aura choisie aujourd'hui comme gage de mariage. Ce garçon est éduqué, il a vécu en Angleterre et a un passeport britannique. Vos enfants pourront vivre là-bas, avoir un avenir au-delà de tes espérances. Et toi aussi d'ailleurs. Pense à l'abondance extraordinaire dont la volonté divine nous a bénis.

— *Hapana*, non, *baba*...

— Il y a autre chose. Toute la nuit, il nous a convaincus, son père et moi, de ses sentiments. Samuel est fou d'amour pour toi. Il dit qu'il a rencontré l'épouse parfaite, celle dont tout homme rêve. Et je pense qu'il a raison. Comment rester insensible à l'espoir tourmenté d'un jeune homme de cette qualité, ma fille ?

— Je ne peux pas faire ça.

— Alors tu vas abîmer mon cœur, Maggie. Le ciel t'envoie un homme parfait, à l'esprit moderne, comme toi, qui va permettre à nos deux familles de prospérer plus que jamais. Et moi je veux être tranquille et savoir que tu ne manqueras de rien. Tous tes frères aînés ont épousé des *waislamu*, des femmes d'une grande vertu. Et je souhaite que tes cadets aussi fassent de même. Tu dois montrer l'exemple.

— *Baba*, ce que tu me demandes est imp…

— J'ai pris ma décision.

Margaret se leva, spectrale, et se dirigea vers la cuisine où elle se mit à préparer le repas du soir pour son père, ses frères et sœur, les deux convives. Elle comprit l'exacte raison qui avait atténué d'emblée l'emportement pourtant prévisible de son père lorsqu'il découvrit que la seule personne en mesure de s'opposer efficacement à l'idée de ce nouveau mariage, Nyanya, était absente. Et que Nyanya étant elle-même fautive, elle n'oserait pas à son retour contester publiquement la décision de son époux. Margaret servit sans un mot les hommes et les enfants, rangea, nettoya et alla se coucher. Le scintillement chaud du faisceau de pierres précieuses qui habitait son ventre la poussa vers le sommeil.

Le jeudi, au lycée, Jay lui annonça que ses parents voulaient renégocier la dot à la baisse. On disait que Nyanya avait quitté le foyer et ne reviendrait pas immédiatement. Dans ces circonstances nouvelles, la part prévue pour la mère de la mariée et sa parenté devait être rediscutée. Jay suggéra d'attendre le lointain et hypothétique retour de Nyanya avant de démarrer les préparatifs du mariage. Il semblait hésitant. L'exemplarité morale de la famille Faradji, qui avait convaincu ses parents d'accepter qu'il épouse une femme non chrétienne, s'effritait à cause de ouï-dire colportés par le voisinage. Lui-même ne pouvait s'empêcher de se laisser influencer par ces rumeurs. Après tout, la maîtresse de maison était absente et la fille s'était donnée à lui le jour même du départ de sa mère, sans autre formalité, malgré des réprobations vertueuses et répétées. Mais ce que Jay ignorait encore, c'est que son père, impatient et avide, était à ce moment précis chez Hashim pour reprendre les pourparlers. M. Wiloma accepta sans résistance la rupture des fiançailles et un dédommagement en numéraire au nom de son fils, sans l'avoir consulté et sans qu'ils en reparlent jamais.

En ces quatre jours de mai 1986, à Arusha, la vie de Margaret Mueda Faradji, une des seules lycéennes de Tanzanie, bascula.

Le jour de son départ, le lundi, quand Nyanya atteignit son village par la route, à l'extrême limite de la région d'Arusha et du Kilimandjaro, derrière le mont Meru, la soirée brunissait déjà. L'enfant dans son dos paraissait assommée par le cahotement du voyage trop long pour si peu de distance. Le village était plutôt une bourgade, aux pieds du parc national d'Arusha, une nacelle de beauté piégée entre deux volcans et voisine de deux lacs qui abritaient ce que grand-mère Omra, la mère de Nyanya, appelait *nos frères de jambes, les plus majestueux oiseaux du monde*, c'est-à-dire toutes sortes d'échassiers. L'îlet de béryl paraissait encore aussi protégé que pendant son enfance et Nyanya comprit enfin pourquoi son grand-père et son père avaient élu domicile dans ces couleurs tantôt émeraude, tantôt safranées, loin de l'aridité des terres de sable de leurs ancêtres. Elle se remémorait les longues heures de marche avec sa mère et son frère à la recherche d'un instant d'observation volé à quelques touracos dans les zones boisées, ou bien à des trogons multicolores ou encore à d'autres espèces d'oiseaux chamarrés, et se souvenait de la première fois qu'elle vit les fleurs qu'elle cultivait désormais dans son propre jardin, les lys-torche rougeoyants de sa mère, aux inflorescences si singulières, ses premières boutures rapportées en ville plus de vingt ans auparavant, pour son mariage avec Hashim. Hormis son frère Marcus qui venait lui rendre visite à Arusha au moins une fois par an, Nyanya n'avait vu aucun membre de sa famille depuis les funérailles de son père presque dix ans plus tôt. Elle voulut immédiatement voir sa mère et, saluant plusieurs villageois postés à l'extérieur des quelques maisons de terre traditionnelles aux toits végétaux qui côtoyaient des habitations plus récentes en briques, elle se dirigea tout droit vers la maison d'Omra.

Omra priait. *Voici les routes au milieu des terres, comme un paquet de cordes jetées*, et *le monde meurt*, mon Père, *le monde que Tu as fabriqué par le mouvement de Ton égaiement avec la sagesse. Voici les cordes qui démangent les paumes des fils du premier tueur. Ils les échancrent au milieu des terres comme les sillons de sang noir du Serpent malhonnête qui vient nous exproprier, qui vient souiller nos entrailles, violer le sol et assécher nos puits. Et tous ces rejetons vont forer le ventre des créatures. Déplacer leurs routes, et nous affamer, nous les faunes, nous toutes les créatures qui respirent et ont une mère sur cette terre, maculer les eaux. Et tous ces descendants du meurtre vont s'installer dans des camps d'hommes sans femmes et briser nos filles et manger nos oiseaux. Pour vingt ans d'argent qu'ils ne verront eux-mêmes jamais. Ô combien de destructions, de souffles éteints et de cris. Sous Ta parure quel tracé les arrêtera. Sur Ta terre, quel linéament portera la vie contre les fils de Caïn. Protège toutes les faunes que nous sommes de la sémination du sang. Protège-nous, les faunes, des bras des hommes et de leur violence. Et je fixe mon regard vers Toi, car Tu es à ma droite.*

Nyanya prit garde de ne pas l'interrompre. Elle aimait par-dessus tout admirer le tableau rare de sa mère en prière. Omra était auréolée d'une lueur puissante chaque fois qu'elle se recueillait, un chatoiement inexplicable et somptueux jaillissait de ses mains sur son visage et de ses yeux à travers ses mains. Enfant, cela impressionnait beaucoup Nyanya et Omra lui disait : *Comme je n'ai pas la chance de voir la flamme des deux bougies que j'allume chaque semaine avec toi ma fille, Le Nom a placé cette lumière en moi, à la place de mes yeux*. Omra était la femme la plus majestueuse, la créature la plus belle que Nyanya ait jamais rencontrée. Qui que ce soit ayant croisé la route de cette aveugle aux orbites luminescentes ne pouvait penser autre chose. On racontait, pour élucider l'énigme de son éclat, qu'Omra était la fille d'un ange ou bien d'un séraphin et de sa mère morte en couches, une descendante de la tribu de Dan dont tous les habitants du Gondar vantaient la ressemblance exacte avec Ève. Ainsi, Omra, de crainte de disparaître aussi tôt que sa mère, n'eut-elle le premier de ses deux enfants, Marcus, qu'à l'âge de quarante ans, bien que mariée à vingt. Partout où Omra était allée, elle avait été une fascinante étrangère, toujours encensée pour ses aptitudes extraordinaires, dont la première était son don de faire croître n'importe quelle semence et la seconde, de purifier l'eau. De nombreux villageois se rendaient chez elle à la saison sèche pour obtenir sa bénédiction sur leurs graines. Omra évitait la ville. Elle évitait tous les lieux où, selon ses propres mots, *les hommes vouent un culte au Créateur alors même qu'ils violent la Création.* Elle n'adressait jamais la parole aux hommes, sauf à son époux puis, après sa disparition, à son seul fils, *Car tu n'as jamais goûté du sang, de la chair ou de la peau*, disait-elle, ne répondait jamais à leurs salutations, les soignait dans le plus strict silence lorsque leur santé l'exigeait et que l'on faisait appel à ses connaissances, et ne parlait qu'aux femmes. Mais les années passant, il lui devenait de plus en plus difficile de demeurer isolée, malgré son souhait qu'on la laissât à l'écart. Nyanya se tenait donc debout à l'entrée de la maison de sa mère, face à sa splendeur.

— Béni soit Le Nom, notre Dieu, qui a de belles choses dans son monde.

— Béni soit Le Nom, notre Dieu, qui est bon et fait du bien.

— Bonjour, ma mère.

— Rébecca, je t'attends depuis longtemps. On dirait que seul le malheur fait revenir les enfants travailleurs, la paix semble les éloigner.

— C'est aussi un travail qui m'attend ici, *ima*.

— Pourquoi n'as-tu pas soigné l'enfant que tu portes dans ton dos ?

Un frisson traversa Nyanya. Elle desserra prestement le pagne et prit la petite dans ses bras. L'enfant ne respirait que difficilement. La fièvre l'avait envahie, ses yeux étaient gonflés et sécrétaient un liquide séreux, tout son visage était maculé d'éruptions prêtes à faire flamber sa peau.

— Pourquoi maltraites-tu tes enfants, Rébecca ?

Le bébé, fébrile, se mit à tousser. Omra s'empara de la petite fille.

— Rébecca, j'ai besoin de plus d'eau. Va en chercher. Couvre-toi la bouche, le nez, ne parle à personne, ne touche personne. La rougeole est une épidémie mortelle.

— *Ima*, où se trouve...

— Les deux seaux dont tu as besoin sont derrière la maison. Marcus arrive, reste loin de lui.

Omra démaillota doucement l'enfant, la nettoya avec un tissu qu'elle trempa à tâtons dans de l'eau savonneuse et l'enveloppa dans un lange propre, avec précaution, en touchant constamment la petite tête et les contours du corps du bébé. Puis elle se mit à confectionner une pâte avec de la poudre d'argile, qu'elle appliqua en cataplasme sur le ventre du bébé. Elle serra la petite contre sa poitrine et la berça. On frappa à la porte.

— Tu ne peux pas entrer, mon fils.

— Qu'y a-t-il, *ima* ?

— La fille de Rébecca est malade.

— Rébecca est ici ?

— Ta sœur est allée chercher de l'eau. Ne t'approche pas d'elle. On ne peut pas risquer de contaminer les enfants du village. Tu ne pourras revenir que dans plusieurs jours.

— C'est la rougeole ?

— Oui. Le chagrin des mères. Elle en tue un sur trois.

— Ils vont commencer à forer, *ima*. Ils ont fait revenir les géomètres. Ils ont arpenté aujourd'hui, pour la deuxième fois, même les terrains qui n'ont pas été vendus.

— Nous tiendrons.

— Personne ne doit savoir que l'enfant est malade. Ils pourraient profiter de la peur d'une épidémie pour persuader les derniers voisins de céder leurs terres.

— Mais nous, nous tiendrons. C'est pour cela que ta sœur est revenue.

— Qu'Il t'entende, *ima*.

— Les hommes n'ont qu'à partir, Marcus. Nous ne les retenons pas. Mais je ne peux pas laisser ce Serpent traverser le sol et l'eau des créatures. Nous devons les protéger. Même si nous sommes la dernière maison sur son tracé.

Marcus rentra chez lui rapidement pour éviter de croiser Nyanya. Il se savonna le visage et les mains, puis fit bouillir une casserole d'eau dont il inhala les vapeurs imprégnées de plantes, avant de se remettre, à la lueur d'une chandelle, à écrire. Il était l'instituteur de la commune.

En balançant le bébé au-dessus des fumigations d'eucalyptus qu'elle avait préparées avec l'eau rapportée par Nyanya, Omra voulut comprendre pourquoi sa fille n'aimait plus ses enfants et ce qui avait altéré en elle le rayon d'abnégation qu'elle portait encore quelques années auparavant, lors de sa dernière visite, à la mort de son père. Elle entreprit de questionner Nyanya au sujet de chaque aspect de sa vie quotidienne, de sa vie d'épouse et de l'éducation de ses fils et ses filles encore à la maison, Issa, Margaret, Hassan, Sarah, de la conception de la dernière-née, que Nyanya n'appelait jamais par son nom, de leurs personnalités respectives.

— Nous avons perdu l'Éclat, *ima*, c'est tout. J'espérais qu'au moins un de mes enfants porterait l'Éclat, même après que moi je l'ai perdu. Ma fille, ma fille Maggie… Quand je l'ai conçue, la gerbe était la promesse du retour de l'Éclat. Pour Sarah, la gerbe était plus faible. Et pour la dernière, plus faible encore.

— On peut retrouver l'Éclat par nos œuvres, Rébecca.

— Si seulement tu avais raison, *ima*. Toi, il ne t'a jamais quittée.

— Moi, je suis née aveugle. Tout ce que tu as vu, je ne l'ai jamais vu.

— Alors faut-il être infirme pour être digne de Lui ?

— Le premier qui a dit Sa loi était bègue : Moïse. Et celui qui a vaincu la nuit en eut la hanche démise et devint un éclopé : Jacob. L'Éclat est dans mes yeux et je ne peux rien voir de ce qui vous en prive.

— Je suis fatiguée, *ima*. Et découragée. J'ai fini par penser que l'Éclat est perdu. Que tu es la dernière à le porter.

— Qu'est-ce qu'ils mangent ?

— Quoi ?

— Tes enfants, ton mari, que mangent-ils ?

— … Mais, vois comme dans la pénurie ils sont tous bénis d'abondance. C'est parce qu'ils ont le cœur bon, *ima*.

— Et la bouche pleine de sang. Le bébé n'a bu que ton lait jusqu'ici, Rébecca ?

— Elle a goûté quelques aliments. Des purées.

— Nous allons la sevrer. Quand elle sera guérie, elle restera avec moi. Désormais, elle s'appelle Oria. Et c'est moi qui l'élèverai.

— Comment dirai-je à mon mari que je suis partie avec un enfant et que je suis revenue les bras vides ?

— Peut-être Oria et ses filles retrouveront-elles auprès de moi l'Éclat que toi et les tiennes n'avez plus.

— L'Éclat nous a quittées, *ima*, il faut l'accepter.

— Quelques mois avec toi et cette enfant n'a pas de nom et se trouve au bord de la mort. Ne veux-tu pas lui laisser une chance de vivre ? Tu dois t'en séparer.

— Tu me dis que c'est moi qui tue mon enfant, *ima* ? C'est la rougeole qui tue mon enfant. Ai-je inventé la rougeole ?

— Ce qui la tue, c'est la sève rouge sur tes mains quand tu nourris le ventre de son père. C'est le goût de la violence qui la tue. Elle ne le supporte pas, ne vois-tu pas ? Cette pauvre petite vient pour moitié d'une lignée de cercueils qui marchent. Est-ce ce que ton père et moi avons souhaité ? Nous t'avons laissée libre, Rébecca, de choisir un homme vraiment bon, *et toujours, libres, ils finissent par choisir la mort.*

— Garde-la, *ima*. De toute façon, cette petite fille, je ne l'ai pas voulue.

Nyanya s'affaira autour du poêle, prépara du *chapati* et de l'*ugali* de maïs, fit réchauffer une casserole de légumes *sukuma* au piment déjà cuisinés par Omra, puis sauter d'autres légumes dans de l'huile. Comme Omra le lui demanda, Nyanya mangea d'abord, avant d'allaiter Oria. Ensuite elle fit longuement sa toilette avec une bassine et un tissu imbibé d'eau savonneuse en conversant avec sa mère, lui peigna affectueusement les cheveux, et s'allongea.

— Pourquoi es-tu venue, Rébecca ?

— On ne peut pas laisser ces hommes nous exproprier pour leur pétrole.

— Je me fiche d'être expropriée. Puisque de toutes les terres que ton grand-père a achetées ici, en réalité rien ne nous appartient.

— Que veux-tu dire, *ima* ? Nous avons les plus beaux hectares qui traversent les flancs de Meru et les étangs des faunes !

— Ce sont les terres du Nom, Rébecca. C'est le jardin du Créateur.

— Tu as raison. Mais j'aimerais que mes enfants reviennent ici un jour, *ima*. Ils hériteront de ces terres, eux aussi. Ils devront les protéger.

— Ils ne reviendront pas, Rébecca.

— Un jour, Maggie reviendra. Elle a la tête dure comme moi. Plus tard, elle comprendra pourquoi je l'ai laissée aujourd'hui. Pour qu'elle connaisse un jour cette maison. Qu'elle profite de nos terres, de nos champs, de la beauté des faunes qui les traversent.

— Tu as élevé tes enfants à la ville, Rébecca.

— Mais je leur ai tout appris, *ima*.

— Et ils s'en serviront certainement. Pour leur plaisir. Contre les créatures. Tes fils mariés mangent-ils ce qu'ils cultivent ?

— Ils ne cultivent pas.

— À quoi bon donner naissance à des enfants qui compteront sur le deuil d'innombrables mères pour se rassasier ? À quoi bon donner naissance à des enfants qui mangent les enfants des autres ? Dis-moi la vérité, Rébecca, pourquoi es-tu revenue ?

— Je pense qu'Il m'a poussée ici avec la petite.

— Il veut que tu voies quelque chose, ma fille, quelque chose qu'Il va faire.

Le lendemain, vers le milieu de l'après-midi, Marcus apparut à l'entrée de la maison.

— Le conseil va commencer, *ima*.

Omra laissa Rébecca et l'enfant chez elle et sortit se joindre à la réunion d'urgence. La majorité avait basculé, plus de la moitié des familles des terres environnantes venait d'accepter le dédommagement proposé par la compagnie pétrolière et parfois même un emploi dans la construction de l'oléoduc, sous la pression des visites incessantes des négociateurs de la compagnie et la présence des chargeuses et des pelles hydrauliques sur les terrains. Dans un contexte de pénurie généralisée dans le pays, privées de leurs terres cultivables contre de l'argent immédiat, toutes ces familles devraient bientôt s'exiler vers la ville pour se nourrir. Mais comment résister aux shillings que les négociateurs leur agitaient sous le nez, à leur fatalisme feint, *De toutes les façons, que pouvons-nous contre un si grand projet, il vaut mieux accepter l'argent tant qu'on vous le propose, après ce sera trop tard, vous partirez les mains vides, c'est un projet d'État, on ne plaisante pas avec l'État*, à leur patriotisme cynique, *Nous devons sortir notre peuple de la famine qui nous guette, le pétrole va nous permettre de nous développer, le pétrole va nous bénéficier à tous, le pétrole va créer du travail pour tout le monde pendant longtemps, le pétrole, le pétrole.*

— Omra, toi qui es la plus sage d'entre nous, que devons-nous faire maintenant ?

— Vous avez peur. Il ne faut pas avoir peur.

— J'ai entendu un ouvrier parler, un qui conduit les machines. Ils vont commencer à creuser alors qu'ils n'ont même pas encore les autorisations. Dès demain.

— Empêchons-les de creuser.

— Mais comment, Omra ? Nous ne sommes plus assez nombreux.

— Vous pensez à vos maisons, à vos maris, vos enfants, seulement à vous-mêmes et aux vôtres, c'est pour ça que vous avez peur et que vous ne pouvez plus réfléchir. Il y a nous, les terres de nos pères, mais aussi les cobes, les bubales, les topis, les lapins, et toutes les grandes créatures que la soif va tuer, que les chasseurs vont tuer, que ce Serpent noir va déplacer de force, que vos enfants verront mourir. Est-ce à moi, une vieille femme, de vous apprendre le courage ? Ils veulent creuser ? Eh bien empêchons-les de creuser.

Omra se fit décrire les machines, leur fonctionnement, leur taille, et proposa un plan simple et efficace. Un petit groupe de mères fut désigné pour garder les enfants au sein de l'école et le reste du village, hommes et femmes, Marcus en tête, se donna rendez-vous aux aurores.

Le mercredi au point du jour, les habitants réunirent tout ce qu'ils avaient de chaînes, fils de fer, cordes, bouteilles en plastique et tuyaux larges, ainsi que des vivres. Ils marchèrent par petits groupes silencieux jusque vers les machines stationnées le long de la première trouée prévue, avant l'arrivée des ouvriers. Le premier à s'enchaîner solidement à une des pelles hydrauliques pour empêcher le commencement des travaux fut Marcus, avec l'aide de sa mère. Soixante-dix-neuf hommes, femmes et adolescents étaient présents sur le terrain de l'excavation, un tiers d'entre eux s'enchaîna aux machines tandis que les autres les entouraient. Lorsque les ouvriers arrivèrent en pick-up une demi-heure plus tard, ils furent stoppés par une rangée de villageois qui leur faisaient barrage, bras et coudes entremêlés, et les empêchaient d'accéder aux machines. Le chef de chantier marcha à l'écart et tenta en vain d'utiliser son talkie-walkie. Il envoya un des ouvriers chercher du secours, se munit auparavant du fusil de chasse entreposé à l'arrière, habituellement destiné à la rencontre de félins ou de grands mammifères sur la route époustouflante du parc national qu'il fallait traverser pour atteindre la commune, et campa debout et armé face aux habitants en attendant les renforts.

— Que vas-tu faire, espèce d'idiot, avec ton fusil ? Tirer sur nous et nos enfants ?

— Tu ne vois pas que vous allez détruire nos terrains et polluer tous les puits ?

— Vous n'avez rien à faire chez nous, allez-vous-en ! On ne vous laissera jamais creuser ici et éventrer les terres que nos parents ont travaillées toute leur vie !

— Que vas-tu faire, hein ? Tu vas faire quoi avec ton fusil ?

— Le Serpent va craquer sous la terre et ton pétrole, là, va se répandre partout sous nos pieds, et tout va crever, plus rien ne va pousser, tu comprends ? Plus rien !

— Combien on te paie, sale traître ! Tu n'as pas honte de diriger une arme contre nous, on pourrait être tes parents, on pourrait être de ta famille, où as-tu grandi ? Je suis sûre que tu es de la région !

— Je te reconnais, tu es de la région !

— Ce Serpent doit mourir dans l'œuf ! Repartez d'ici avec vos machines et laissez nos maisons et nos terres tranquilles !

— Les amis, il faut expliquer à ces types-là ce qu'ils doivent faire et qu'ils nous entendent bien ! Vous allez faire quoi ?

— *Ua nyoka !*

— Quoi ?

— *Ua nyoka !*

— Quoi ?

— *Ua nyoka !*

— C'est ça ! Tuez le serpent !

— *Ua nyoka !* Tuez le serpent dans l'œuf !

— *Ua nyoka kwenye yai lake !*

Les habitants coude à coude entamèrent des chants d'exhortation et ceux d'entre eux qui avaient apporté une percussion à main donnèrent le rythme à tous les autres.

Omra, debout, les mains enchaînées autour du cylindre à huile d'une pelleteuse, écoutait la manifestation sans s'agiter. Elle effectuait de temps en temps des mouvements de rotation des chevilles, surprise en moins d'une heure par une ankylose des pieds qui remontait progressivement vers ses mollets. Elle savait pourtant qu'il faudrait tenir des jours ainsi, peut-être des semaines, attachés aux machines, résister aux intimidations armées des ouvriers du chantier que la compagnie pétrolière enverrait détacher de force les villageois, à coups de bâtons contre quelques shillings supplémentaires sur leur paie ou même contre rien du tout. Des femmes essayaient de parler aux employés de la compagnie, de savoir d'où ils étaient originaires, s'ils avaient des parents communs, mais aucun ne répondait. Parfois le silence gagnait tout le monde. Et l'étendue éblouissante d'herbage naturel courant vers les collines du parc national laissait s'échapper un vol. Au loin, régulièrement, un impala passait furtivement.

Ils arrivèrent vers midi. Nombreux. On ne pouvait plus nommer cela des renforts.

— *Ima*, j'en compte vingt-quatre.

— Nous sommes au moins trois fois plus.

— Ils sont armés. Il y a des *wazungu*. Il y a des chiens.

Marcus harangua les manifestants. Les chants exhortant à anéantir le projet d'oléoduc reprirent de plus belle face aux nouveaux défenseurs de la compagnie pétrolière.

— Ça, pour trouver des armes, des voitures, vous allez vite, mais pour aider les pauvres gens comme nous à nourrir leurs enfants, il n'y a jamais de solution !

— *Ua nyoka !* On ne va pas vous laisser faire ! Vous n'allez pas nous déplacer !

— Mon arrière-arrière-grand-père a travaillé ce terrain où tu veux creuser avec ta machine, tu penses que je vais bouger d'ici ? Tu rêves, tu m'entends ? Tu rêves !

— Je suis chez moi ici ! Chez moi ! Ce terrain que tu vois là, c'est la dot de ma mère ! Va-t'en d'ici avec ta machine de Satan !

— Du calme, du calme, du calme. On ne vous veut aucun mal.

— Les serpents savent parler maintenant, hein ? Les vipères sont bavardes ?

— Aucun mal ? Retirez d'abord toutes vos machines de nos terres. Après on parlera de comment vous allez nous dédommager pour avoir arpenté et commencé vos travaux sans autorisation officielle.

L'homme à qui Marcus venait de répondre portait une chemise de lin et des lunettes de soleil. L'air calme et assuré, il descendit d'une des voitures et se dirigea vers la pelleteuse à laquelle Marcus s'était attaché.

— J'ai dans mes mains, dit-il en agitant une liasse de papiers, sept contrats qui m'autorisent à être ici. Nos machines ont le droit de creuser sur toutes les terres de la compagnie. C'est écrit noir sur blanc.

— Si vous dites la vérité, alors donnez-nous une copie des contrats.

— Oui, faites voir vos contrats !

— On s'en fout de vos papiers, on va s'essuyer les fesses avec ! C'est chez nous, personne ici n'a rien signé !

— Ces sept contrats stipulent que ces terrains ont été vendus. Les anciens propriétaires, vos voisins, ont tous été payés une belle somme d'argent et ces terres ne leur appartiennent plus. Elles sont à nous maintenant. Et nous pouvons creuser quand nous le voulons, nous pouvons construire ce que nous voulons ici, vous comprenez ?

— Vous mentez ! Il ne vous suffit pas d'agiter une pile de feuilles cornées sous notre nez pour qu'on vous croie.

Écoutez-moi tous : les contrats ne suffisent pas, l'État doit autoriser la construction. Et il ne peut pas le faire si nous, nous restons sur nos terres. Nous tous ici, on ne vous vendra jamais rien ! Rentrez d'où vous venez.

— Bien dit, Marcus !

L'homme retira ses lunettes, les plia sur l'ouverture de sa chemise et regarda Marcus.

— Pourquoi vous obstiner ? Vous ne voulez pas que vos enfants aillent à l'école ? Qu'ils fassent des études et qu'ils réussissent ? On vous propose de quoi vous payer une belle vie. Pourquoi vous tenez tant que ça à gâcher votre avenir ?

— Sachez que nos enfants vont déjà à l'école. Je suis le premier à pouvoir vous l'affirmer, je suis leur instituteur.

La foule éclata de rire.

— Et ce n'est pas une question d'argent. C'est quelque chose que vous ne pourrez jamais comprendre. Ces terres sont à nous. Nous sommes nés ici, nos parents sont nés ici. On ne vous laissera jamais détruire cet endroit.

— Personne n'a l'intention de détruire quoi que ce soit. Nous voulons construire. Ce pipeline va enrichir tout le pays pour des générations. Nous allons créer des milliers d'emplois pour tous les hommes de la région. Vous ne voulez pas ce qu'il y a de mieux pour tout le monde ? Vous voulez priver des braves gens de travail et d'opportunités pour leurs enfants ?

— Nous ne discutons pas avec les serpents. Nous ne les écoutons pas non plus. Partez avec vos faux papiers et votre langue de vipère. Emportez vos machines et laissez-nous tranquilles !

L'homme à lunettes retourna vers son véhicule et ordonna aux passagers d'en descendre. Il leur fit un signe de tête et tous se dirigèrent, armés, vers le village, suivis par une dizaine d'autres descendus des voitures. Les femmes protestèrent violemment, mais les gardes de la compagnie les tinrent en joue en les menaçant de tirer. L'homme de la compagnie s'empara d'un fusil à l'arrière d'un des pick-up. Il évoluait lentement, l'arme à l'épaule, entre les voitures et la dizaine d'employés de la compagnie qui encerclaient désormais les manifestants, scrutait alentour, tantôt vers les collines boisées, tantôt vers le village. Il alluma une cigarette, s'arrêta. Aperçut un mouvement au loin. C'était l'impala, curieux, qui repassait aussi furtivement que tout à l'heure. Il visa et l'abattit en une fraction de seconde. Une voiture se détacha du groupe et démarra pour aller récupérer l'animal. Chacun comprit alors que les fusils étaient chargés, de portée respectable et prêts à tirer.

Omra devina au silence général ce que l'homme avait fait. Elle écoutait tout ce qui se passait avec une attention décuplée et pensait en elle-même, affligée, que les villageois, que son propre fils, n'avaient rien compris et ne méritaient pas qu'on les défende. Qu'ils criaient à l'injustice quand on menaçait de les déposséder d'un bien qu'ils pensaient leur appartenir de droit, hurlaient quand leurs enfants étaient en péril, et qu'ils se taisaient face à la mort des créatures et laissaient agir les tueurs même en sous-nombre. Qu'ils défendaient leurs terres parce qu'ils en auraient hérité, en simples possesseurs qu'ils se croyaient être, mais qu'il leur était égal que le Serpent pollue les eaux et empoisonne à mort les faunes qui habitaient ces lieux bien avant que le village ne fût construit, bien avant que l'idée même d'un village ne germe dans la tête d'un animal humain. Mais Omra réprouva sa propre désapprobation et n'accabla personne, sauf elle-même, de n'avoir pas partagé assez de ses connaissances avec les femmes qui vivaient autour de sa maison, de n'avoir pas été assez intelligente avec elles pour qu'elles élèvent, depuis toutes ces années, des êtres humains au lieu de fils détenteurs.

— Regardez-moi ça, vous prenez même en otage vos vieillards en les attachant aux machines.

— Elle s'est attachée toute seule contre votre Serpent, parce que vous voulez détruire sa maison !

— C'est vrai ça, vieille femme ? Mais nous ne voulons pas détruire ta maison ! Nous te proposons de l'argent et du travail pour tes enfants, pourquoi refuser ?

— Vous vous fatiguez pour rien, elle n'écoute pas les hommes et ne leur parle pas.

— Elle ne parle pas aux assassins.

— Les assassins dans votre genre.

— Je ne suis pas un assassin.

Deux gardes revinrent et descendirent de voiture en portant la dépouille de l'antilope par les chevilles, magnifique, dotée de cornes très fines arquées vers l'avant, abattue en pleine tête, une femelle. Omra se tourna vers Marcus. *Elle est gestante.*

— Que dis-tu, vieille femme ?

— Ma mère dit que la femelle que vous avez assassinée est gestante.

Les deux gardes fixèrent les réactions de leur supérieur et confirmèrent que l'impala se trouvait à l'écart de son troupeau sûrement parce qu'elle cherchait un endroit pour mettre bas.

— Mais c'est absurde. Ce n'est pas du tout la saison ! s'écria l'homme. Les antilopes mettent bas dans six mois.

— Marcus, dit Omra, tu peux encore sauver le faon.

— Détachez-moi, les amis !

Un adolescent sortit un petit couteau de l'étui qu'il portait à la ceinture de son short et vint essayer de couper les liens de Marcus, les autres villageois l'aidèrent et détachèrent également Omra. *Donne-moi ça, petit.* Marcus s'approcha de l'impala. Les deux gardes reculèrent. L'envoyé de la compagnie tint Marcus en joue et le menaça avec familiarité :

— Attention à ce que tu fais, mon bonhomme.

— J'ai bien plus que ton âge, *mon bonhomme.*

— Marcus : surtout de droite à gauche, doucement, pas trop profond, intima Omra.

— Oui, *ima.*

Marcus incisa l'animal du mieux qu'il put, avec la courte lame d'adolescent pas assez affûtée, en veillant le mieux possible à ne pas affecter le nouveau-né. Tout le monde retint son souffle quand il commença à extraire le faon du ventre de sa mère et le détacha du long filet de chair du placenta que la femelle éteinte ne pourrait pas manger pour enrichir le lait de son petit. Il déposa le faon au sol et Omra commença à le nettoyer avec son étole.

— Marcus, fais-le marcher.

— C'est une petite femelle, *ima*.

— Loué soit Le Nom. Fais-la marcher.

En quelques minutes, encouragée par Marcus, Omra et les deux gardes qui avaient apporté la dépouille de sa mère, la petite antilope se tint frêlement debout et fit ses premiers pas. Elle suivait Marcus dans ses mouvements, tentait d'aller vers lui. Des chants et des applaudissements retentirent, des villageois éloignèrent le faon du cadavre de sa mère, au même moment les enfants et le groupe de femmes qui les gardait à l'école du village arrivèrent encerclés, ramenés de force par les employés armés de la compagnie pétrolière. Certains des petits pleuraient, Nyanya tenait Oria emmaillotée dans ses bras.

— Laissez nos enfants tranquilles !

— Assassins !

L'homme aux lunettes remit celles-ci d'une main sur son nez.

— Nous n'allons rien leur faire. Nous ne sommes pas des assassins. Jamais nous ne ferions de mal à des enfants.

— Alors pourquoi vous les menacez avec vos armes ?

— Menteurs !

— J'ai demandé à mes collaborateurs d'aller chercher les enfants ainsi que toutes les personnes restées au village pour que tout le monde entende ce que la compagnie a à vous proposer.

— Assassin ! Langue de vipère !

— S'il vous plaît, écoutez au moins ce que j'ai à dire. Toi, petit, je vois bien que tu as l'air sous le choc. Sais-tu ce qui se passe, ici ?

— Ambokile, ne répond pas ! Mwamba, toi non plus, tu ne réponds pas !

— Ne répondez pas, les enfants !

— Vous voyez, vos parents veulent vous cacher quelque chose. Ils veulent vous cacher pourquoi ils ont décidé de vous laisser tout seuls aujourd'hui pour aller faire quelque chose de dangereux.

— Bupe ! Grace ! Fermez vos oreilles, mes filles, ce monsieur-là est une vipère.

— Qu'est-ce que vos parents ne veulent pas que vous entendiez, les enfants ? La vérité. Ils ne veulent pas que vous entendiez pourquoi ils vous ont abandonnés ce matin, et sont venus s'attacher aux machines de notre compagnie comme des délinquants.

— Ambokile : n'écoute pas !

— Nous avons proposé à vos parents beaucoup, beaucoup d'argent pour leurs terres. Car nous avons un immense projet pour construire ici, un projet qui donnera du travail à tout le monde jusqu'à l'océan, de l'argent à tout le monde et qui fera de la Tanzanie un pays riche où vous pourrez réussir et devenir riches vous aussi. Mais vos parents ne veulent pas que vous soyez riches. Vos parents préfèrent que vous restiez au village pour travailler dur toute votre vie. Alors que des garçons et des filles comme vous méritent de vivre en ville avec tout le confort.

— Si tu dis encore une seule de tes paroles de vipère à nos enfants, espèce d'assassin, je te brise le cou et tu ne pourras plus parler !

— Vos parents ont été convaincus par leurs voisins de refuser notre argent et de gâcher votre vie. Notre compagnie n'est ici pour faire de mal à personne. Nous sommes toujours prêts à vous offrir l'indemnité que nous avons proposée, et même : la compagnie offre le double à toutes les autres familles qui ont eu l'intelligence et la générosité de nous vendre leurs petits terrains.

— Petits terrains ? Ce sont nos terres !

— Deux fois plus d'argent, les enfants. La compagnie propose à vos parents deux fois plus d'argent qu'aux autres familles. Mais cette proposition s'achève demain soir. Pensez à tout ce que vous pourriez avoir si vous allez vivre en ville. Pensez à toutes les choses qu'ils pourraient vous acheter, que vous auriez à la maison. Une télévision, un téléphone. Plus de travail dur et fatigant aux champs au lieu d'aller à l'école. Plus de récoltes épuisantes au lieu de jouer dehors comme devraient jouer tous les enfants. Plus d'après-midis de la saison des pluies à vous ennuyer alors que vous pourriez regarder des films, des dessins animés, toutes sortes de programmes.

— Ferme-la, sale vipère !

— Demandez à vos parents de bien réfléchir, les enfants. Réfléchir à votre avenir. Il n'y a pas d'avenir sans argent. De toute façon, le projet de construction aura lieu et tout le monde devra partir d'ici. Alors autant partir avec beaucoup d'argent pour pouvoir rendre ses enfants heureux, non ? Réfléchissez.

L'homme se retourna, désamorça son fusil, alluma une cigarette et se dirigea vers son pick-up où il déposa son arme. Il fit signe à tous d'embarquer dans les véhicules pour quitter les lieux, et aux deux gardes de charger la femelle impala à l'arrière de leur voiture.

— Non, dit Marcus. Vous devez la laisser ici.

— La laisser ? Mais je l'ai chassée. C'est mon trophée. Je vous ai laissé le petit, mais celle-ci, je vais la rapporter à ma femme et nous allons la manger.

— On ne mange pas les mères.

— Quoi ?

— On ne peut pas manger les mères.

L'homme jeta un œil à ses gardes. Ils paraissaient hésitants. Eux non plus ne comprenaient pas ce que disait Marcus, peut-être une coutume de villageois, mais la superstition les faisait vaciller et ils baissèrent presque la tête. L'homme craignit qu'aucun d'entre eux ne veuille dépecer l'animal et le découper convenablement pour le consommer. Chose qu'il ne savait faire lui-même.

— Très bien, laissez-la. Je suis généreux, je donne ma viande aux pauvres.

Et toute la cavalerie des vingt-quatre employés et maîtres-chiens armés de la compagnie pétrolière se retira dans un fracas insupportable de moteurs, abandonnant derrière eux un cadavre, des enfants apeurés et des villageois décontenancés. Une dizaine d'habitants étaient encore attachés aux pelles hydrauliques et commencèrent à demander qu'on les en détache.

— Où est le petit faon ? demanda Omra.

— Là, *ima*.

Marcus prit la main de sa mère et la posa sur la jeune femelle.

— Elle est faible... Rébecca ? Rébecca !

— Oui, *ima*.

— Cette enfant a besoin de toi.

— Je ne comprends pas, *ima*.

— Elle a besoin de lait.

Nyanya déglutit péniblement, toussa, fit répéter sa mère.

— *Ima*, tu veux que j'allaite un animal ?

— N'est-ce pas avec le lait d'un animal que mon père m'a nourrie à la mort de ma mère en couches ? Sa mère vient d'être abattue par l'homme que tu as vu. Ton frère l'a sauvée du ventre d'une dépouille. Maintenant, elle doit être nourrie, sinon elle va mourir. Elle est trop faible pour retourner au village tout de suite.

— Mais *ima*, comment savoir si c'est la bonne chose à faire ? Si ça se trouve, mon lait n'est pas bon pour elle.

— *Qui peut savoir si le souffle des fils d'Adam monte, tandis que le souffle des animaux descend vers la terre ?* Approche.

Nyanya eut honte. Elle voulait attendre que les habitants s'en retournent tous, mais sa mère lui prit Oria des bras, la fit s'asseoir au sol et dirigea le faon vers ses seins.

— Que t'ai-je appris pour que tu discutes comme ça et ne choisisses de toi-même la vie, Rébecca ?

— *Ima*, elle me fait mal.

— C'est bien. Tu dois apprendre à faire vivre les enfants et non à les laisser mourir. Et pour toi, c'est douloureux. Tu n'as qu'à l'appeler comme ça, tiens.

— Je ne vais pas nommer ce faon, *ima*. Je ne veux rien avoir à faire avec cet animal. Je veux bien lui donner des forces jusqu'au village, pour faire honneur à ma mère qui me l'ordonne, mais ensuite tu lui donneras du lait de vache ou de chèvre, ça ne me regarde plus ! Les gencives d'un impala et celles d'un bébé n'ont rien à voir.

— Oni serait un nom parfait.

— Quoi ?

— Elle te fait mal, tu te plains de ta douleur ? Tu n'as qu'à l'appeler Oni, ça veut dire *ma douleur*.

Marcus laissa sa mère, sa sœur et sa nièce avec le faon et accompagna les villageois, puis revint avec un drap, une branche taillée, un jerricane et un petit sac rempli d'ustensiles. Il ligota l'impala, plaça le bâton entre ses fins sabots noirs liés entre eux et porta la dépouille vers les collines, à l'endroit où la balle l'avait atteinte. Omra le suivit. Marcus déposa le corps de l'antilope au sol, Omra l'enduit d'huile en priant. L'Éclat fusait de nouveau de ses orbites, la tristesse s'était emparée d'elle en massant l'animal et la vieille Omra pleurait. Mère et fils priaient ensemble : *Le jour en fait le récit au jour, la nuit en donne connaissance à la nuit. Des profondeurs de l'abîme, je T'invoque. Fais du bien aux bons, à ceux qui ont le cœur droit. Des cieux aux chiens, tout ce qui fut créé loue Le Nom. Que-Le-Nom-accueille-son-souffle.*

Et ils mirent le feu à l'animal.

Omra, Marcus, Nyanya, Oria et Oni rejoignirent lentement les maisons. Il fallait s'arrêter souvent car le faon était encore frêle, incertain, il se collait au pagne de Nyanya, s'asseyait sur ses pieds, cherchait à téter. Finalement Marcus le porta.

Les villageois étaient réunis et avaient presque terminé de manger ensemble lorsque la famille arriva. Les enfants se précipitèrent vers le faon, le caressèrent et l'embrassèrent, voulurent jouer avec lui, et chacun se réjouit de voir apparaître le petit animal, symbole de la victoire du jour. Nyanya dit que le bébé et elle avaient besoin de repos et se dirigea vers la maison avec Oria et le faon. Personne ne devait savoir que l'enfant était malade et il fallait éviter avec précaution toute situation favorable à la contagion.

Les femmes firent une place d'honneur à Omra parmi elles et l'invitèrent à se restaurer en leur compagnie. Omra déclina, les remercia, leur dit que la vieillesse était de plus en plus exigeante avec son estomac, mais qu'elle adorerait boire un de ces jus de fruits délicieux que préparait et vendait une des habitantes. On le lui apporta.

— Que devons-nous faire ? C'est toi la doyenne parmi nous, conseille-nous.

— Eh bien, c'est simple. Nous devons retourner demain aux aurores empêcher de nouveau les machines de creuser. Et le jour après demain. Et encore le jour d'après.

— Et la proposition de la compagnie ? Ils doublent l'offre d'achat pour chaque terrain.

— Oui, c'est vrai, ils doublent. Nous avons déjà été bénis d'avoir pu garder nos terres pendant la nationalisation, peut-être est-ce notre dernière chance demain de ne pas être ruinés.

— Et s'ils détruisent nos maisons, vieille Omra ? Et s'emparent de nos terres par la force ?

— Et s'ils nous tuent ?

— Aujourd'hui : nous avons gagné. Demain, nous gagnerons. Leur argent ne nous nourrira plus dans cinq ans, il aura été avalé par la cherté de la ville et nous serons des villageoises mendiantes chez les riches, à nettoyer leurs maisons. Ici nous avons nos propres maisons. Et de la nourriture, nous en aurons encore dans un siècle si nous gardons les terres de nos pères. Si personne ne vend, il n'y aura pas de construction, plus de machines, pas de Serpent.

— Tu as l'air si sûre de toi, Omra. Et s'ils construisent quand même en contournant la commune ? Nous serons entourés par les chantiers du Serpent. Comment vivrons-nous ?

— Il y a autre chose, mes filles. Autre chose de très important pour quoi nous devons tenir.

— Dis-nous, Omra.

— Les faunes. Le Serpent va tuer les créatures. Ils veulent faire passer le Serpent sous les terres où les faunes boivent, transitent, pâturent et vivent.

— Les faunes pourront revenir après la construction, Omra. Pas nous.

— Tu ne comprends pas, ma fille. Aucune construction n'est parfaite. Comme pour le toit de nos maisons qui avec le temps laisse la pluie s'infiltrer, le Serpent aura une brèche sous la terre. Des milliers et des milliers de litres de ce pétrole vont s'écouler de ses tuyaux et empoisonner les nappes, de l'océan jusqu'au mont Meru. Les échassiers, les impalas, les hyènes, les éléphants, les zèbres, les aigles, les oryx, les topis, tous les arbres et leurs fruits, nos légumes et nos plantes, tout ce qui boit sera empoisonné et malade. Nous devons empêcher cette construction et tuer ce Serpent.

— Alors si nous n'y arrivons pas, nous serons obligés de partir, Omra.

— Jamais je ne partirai. Je ne vendrai jamais ma maison ni les terrains du père de mon époux. Il y a plusieurs générations, nous étions des étrangers ici. Nous devons être les premiers à prendre soin de cet endroit.

— Ce que tu dis est noble, Omra. Mais nous devons au moins prendre le temps de réfléchir à leur proposition. Regarde ce qu'il a fait à l'impala. Ils ont des chiens, des voitures, des armes.

— Les créatures sont importantes, vieille Omra, et tu as raison, nous devons les protéger. Mais nous devons d'abord protéger nos enfants. La compagnie ne va pas s'arrêter pour quelques villageois. Avec tout l'argent qu'ils ont dépensé et tout l'argent qu'ils vont gagner.

— Oui Omra, on doit d'abord penser à nos enfants. Si, comme tu dis, ils vont empoisonner la terre, nos enfants aussi seront empoisonnés.

— Aujourd'hui, nous étions unis. Nous n'avons pas eu peur et ils ont reculé. Restons unis, n'ayons pas peur, et ils renonceront.

— Que Dieu t'entende, Omra.

Les mêmes craintes et mêmes propos furent tenus entre les hommes, et Marcus les rassura. Il fut décidé de se donner rendez-vous le lendemain à l'aube, un peu plus tôt toutefois, pour s'attacher de nouveau aux pelles hydrauliques et empêcher les ouvriers de commencer le chantier de l'oléoduc aux abords de la commune.

Quand Omra rentra chez elle, Nyanya l'interrogea.

— Qu'avez-vous décidé, *ima* ?

— *J'estime plus heureux les morts, qui ont fini leur carrière, que les vivants qui ont prolongé leur existence jusqu'à présent.* Comment vont les petites ?

— Ma fille dort, sa fièvre a baissé. Ton faon dort aussi.

— Est-ce si difficile pour toi de dire le nom des enfants, Rébecca ?

— Aussi difficile qu'il est facile pour toi de les nommer. J'ai une question, *ima.*

— Aujourd'hui toutes les femmes m'interrogent. Et aucune d'entre elles ne m'écoute.

— Pourquoi n'as-tu pas parlé ce matin ? J'ai entendu une villageoise se plaindre que tu n'avais pas dit un mot, sauf quand l'homme de la compagnie a tué l'antilope.

— Je n'avais rien à dire.

— Dans cette lutte, pour rester ensemble, il est bon que tout le monde parle.

— Je ne suis pas avec eux et ils ne sont pas avec moi. Ils sont pour eux-mêmes et moi, je suis pour ce qui vit.

— On ne peut pas préférer les autres faunes à ses semblables, *ima*. Ce n'est pas ce qu'Il veut.

— Que sais-tu de ce qu'Il veut, Rébecca ?

— Les gens le voient et leur cœur s'endurcit contre toi. Ils se sentent jugés et croient que tu préfères les autres créatures à tes voisins et à leurs propres enfants. Ton fils est leur instituteur. Que doivent-ils penser de ton attitude ?

— Qu'ils ont raison de se sentir jugés.

— Ne fuis pas, *ima*. Dis-moi vraiment ce que tu penses. Dis-moi pourquoi tu n'as pas parlé ce matin.

— Parce qu'en effet, Rébecca, je préfère celles qu'ils appellent *les bêtes* aux hommes. Ceux qui invoquent leur pauvreté ou leur progéniture pour justifier leur goût de la chair et pourquoi ils tuent, ceux-là me dégoûtent.

— Tu ne vas pas bien. Tu es restée trop longtemps seule ici.

— C'est toi qui ne vas pas bien, Rébecca. Tu es restée trop longtemps vivre chez eux.

— Mais chez qui, *ima* ? Vivre chez qui, hein ?

— Chez les tueurs. Tu en as même épousé un.

— Tu ne peux pas appeler le monde entier des tueurs, *ima*. Les juger tous depuis les hauteurs de ton Éclat et les condamner. Les mères des maisons d'à côté, qui nourrissent leurs enfants en suivant les traditions qu'on leur a enseignées, ce sont des tueuses pour toi ? *Ima*, comment peux-tu dire une chose pareille ?

— Il n'y a qu'un seul Juge. Je dis ce que je vois.

— Non, toi tu les juges, ces pauvres femmes, tu les juges elles et leurs enfants.

— Leurs plats préférés sont le veau et les jeunes coqs. Elles jouissent de manger les nouveau-nés des autres femelles.

Et chaque année, ou tous les deux ans, à chaque veau, elles recommencent. Elles égorgent les bêtes, les saignent, les plument, les préparent, les cuisent et les servent en brochettes ou en ragoût aux hommes avec de la bière. Bien sûr que ce sont des tueuses.

— Même si ce que tu dis est vrai, *ima*, qui es-tu pour désapprouver quelqu'un qui ne sait pas qu'il fait le mal ?

— Qui te dit qu'elles ne savent pas ?

— *Ima !*

— Tu n'es pas là pour entendre tous les ans meugler les bêtes, s'enfuir de leur enclos et courir vers la maison où on sent encore les restes cuits de leur petit.

— Certains meurent, certains vivent, *ima*. La lionne tue l'antilope pour ses lionceaux.

— La lionne ne cuit pas l'antilope.

— Quelle différence ?

— Prendre ce dont on a besoin pour subsister, c'est une chose, Rébecca, contre laquelle personne ne peut aller. Mais ce n'est pas ce que font les hommes et encore moins leurs femmes. Tu es partie vivre à la ville. Tu sais parfaitement de quoi je parle.

— À la ville, il y a plein de gens affamés qui rêvent d'un ragoût ou d'une brochette, *ima*.

— Alors tu me donnes raison encore mille fois. Tiens, écoute, Rébecca.

Des pleurs d'enfant retentirent depuis la maison voisine, suivis par les cris d'une dispute conjugale. La querelle prit de l'ampleur, devint une altercation, quelque chose fut cassé. La femme semblait avoir de nombreux reproches à faire à son époux. Une autre voix retentit depuis la maison d'en face. Elle aussi pleine d'accusations.

— Les voilà, les tueuses. Qui veulent vendre des vies de travail de la terre pour de l'argent. Ça commence.

— Une mère doit nourrir et protéger ses petits, n'est-ce pas ce que tu m'as enseigné aussi ?

— Alors commence par nourrir la tienne, et le faon. Avec tout ce boucan, ils sont réveillés, maintenant.

La soirée fut brouillée par des caprices d'enfants, des sanglots proches ou lointains, et de temps à autre, le grabuge d'une scène de ménage. Omra pria longtemps. La lumière de l'Éclat et le murmure de ses supplications éclairèrent la maison jusqu'au milieu de la nuit.

Le jeudi à l'aube, lorsque Marcus et Omra rejoignirent le reste des habitants à l'heure convenue, tout le monde était déjà présent depuis un moment.

— Marcus, écoute. Ils proposent le double. Pour moi cela devient suffisant pour nous refaire une vie à l'abri du besoin pendant plusieurs années. Je vais accepter.

— Mais comment peux-tu nous laisser tomber, John ?

— Nous aussi, nous allons accepter.

— Juvénat, vous ne pouvez pas faire ça, avec tous les risques qu'on a pris hier.

— On est désolés, mais le double, ce n'est plus la même chose, Marcus.

— Ce n'est pas toi, Rose, qui disais que cette terre était la dot de ta mère ? Et tu vas la vendre pour laisser construire ce Serpent ?

— Désolée, Marcus, toi tu es professeur, en plus tu n'as pas de femme ni d'enfants. Avec ton travail à l'école tu peux t'occuper de ta mère, mais nous tous nous avons des familles. Comment allons-nous marier nos fils ?

— Elle a raison. Et qu'est-ce qui nous dit qu'ils ne vont pas le construire quand même autour de nos terrains, ce Serpent ?

— Oui, si ça se trouve, aujourd'hui on refuse l'argent qu'ils proposent et dans cinq ans on ne pourra même plus cultiver nos terres, on ne pourra plus rien vendre et ils ne nous proposeront plus rien. On aura tout perdu.

— C'est sûr qu'ils vont le construire, le Serpent. Sinon, ils ne nous proposeraient pas le double.

— Moi je pense qu'on peut demander plus. Ça me paraît honnête. S'ils tiennent tellement à nos terres, ils n'ont qu'à payer le prix.

— Puisque vous avez longtemps discuté en mon absence, dites-moi maintenant combien d'entre vous veulent vendre. Je dois savoir.

Cinquante et une personnes sur soixante-dix-neuf mobilisées levèrent la main.

Tous se dirigèrent vers les terrains où attendaient les machines. Marcus et ceux qui demeuraient opposés à la construction de l'oléoduc commencèrent à s'attacher aux pelleteuses, mais furent physiquement empêchés par la majorité des hommes présents sur le terrain. Il y eut des corps à corps. Des injures. Tous décidèrent de rester, qui pour informer les ouvriers à leur arrivée qu'ils souhaitaient conclure un accord avec la compagnie, qui pour protester et prévenir qu'il y aurait des actions de représailles sérieuses et qu'un tiers de la communauté ne vendrait jamais. Plusieurs heures passèrent. Un petit groupe discutait d'envoyer des émissaires trouver les employés de la compagnie pétrolière. Pour aller plus vite, il fallait contourner la route et traverser le parc naturel et côtoyer ses hyènes et ses grands mammifères. Or la voiture qui servait à tous appartenait à Marcus. Le groupe examinait discrètement la possibilité de la lui voler. Certains tempéraient les plus fougueux en faisant valoir qu'ils disposaient de toute la journée pour se rendre aux baraques de la compagnie et entamer les négociations. Ils décidèrent de s'emparer de force de la voiture de Marcus au plus tard à treize heures et d'attendre l'arrivée des ouvriers d'ici là.

Vers dix heures, des pick-up survinrent avec un convoi de semi-remorques. Les conducteurs de pelles hydrauliques descendirent de voiture pour monter à bord des machines.

— Laissez-nous passer.

— Dites à l'homme d'hier qu'une majorité accepte sa proposition et que nous sommes prêts à négocier la vente des terrains.

— C'est pas la peine, on remballe.

— Les réfractaires ne sont qu'une minorité, je vous assure. Aujourd'hui quasiment tout le village souhaite négocier.

— Ça n'a rien à voir avec vous, c'est une décision d'en haut. Au gouvernement, ils ont changé d'avis.

— Mais il faut leur dire qu'on ne fera pas de problèmes pour la construction. S'il vous plaît, laissez-nous les convaincre.

— Vous comprenez pas, c'est une histoire de négociations avec le pays voisin sur le prix du pétrole. Ils arrivent toujours pas à s'entendre. Et nous, on a d'autres chantiers ailleurs. L'Ouganda a résilié les accords. Donc tout est annulé et on remballe.

Croyant à une ruse, certains des habitants qui souhaitaient vendre continuèrent de tanner en vain les employés de la compagnie pétrolière. Tous assistèrent au chargement des pelleteuses sur les remorques et au départ des ouvriers du chantier.

Au retour, les reproches fusèrent contre Marcus, contre Omra et contre ceux qui s'étaient refusés à négocier avec la compagnie. Les réponses des épouses, fières de la ténacité de leurs hommes, ne se firent pas attendre, mêlées de raison et de ricanements, elles accablèrent tour à tour ceux qui avaient retourné leur veste :

— Pourquoi cette amertume ? Votre vie ne va pas changer. Avant le Serpent, il n'était pas question de partir. Et maintenant, plus de Serpent, donc plus de départ non plus. Alors que nous reprochez-vous ?

— Personne ne vous a forcés à protester. Maintenant que vous voyez s'enfuir l'argent imaginaire dont on vous a vaguement parlé, vous nous en voulez alors que vos maisons et vos terres, elles, sont toujours bien réelles.

— Tu as frappé ta femme pour rien alors qu'elle voulait sauver l'héritage de tes parents. À toi de te débrouiller avec elle maintenant.

— C'est toi qui as raconté des histoires de télévision à ton fils, qui lui as dit que vous alliez partir et qu'il n'allait plus travailler aux champs. Et maintenant les enfants pleurent, ha ha ha. Trouve comment te sortir de là.

L'acrimonie dominait les cœurs. L'offre du double de la somme prévue initialement pour l'achat des terrains avait divisé les familles, monté les épouses contre leurs époux ou réciproquement, dressé les enfants contre leurs parents, les voisins entre eux, et l'aigreur laissée dans le sillon des semi-remorques par le rêve bref d'une vie nouvelle toute payée, du moins pour quelques courtes années, était durable. La même vie, difficile, mais qui les avait toujours rendus heureux, paraissait maintenant sinistre à nombre de ceux qui la vivaient et l'avaient toujours vécue.

C'est dans cette fragrance de discorde qu'Issa arriva, envoyé par son père pour faire revenir sa mère. Il rencontra Omra pour la première fois, au seuil de la maison, mais ne put entrer, car il n'avait jamais contracté la rougeole et la petite Oria risquait de le contaminer. Issa fut frappé par la puissante beauté de celle qui avait donné vie à sa mère. Il salua sa grand-mère et dit que son père l'envoyait chercher Nyanya pour célébrer le mariage de Margaret avec un nouveau prétendant.

— Le bébé est malade, Issa. Ta mère doit rester prendre soin d'elle et l'allaiter. Il est trop dangereux qu'elle revienne et prenne part aux festivités, elle risquerait de tous vous contaminer. Cette maladie peut être mortelle pour ceux qui ne l'ont pas eue enfants. Ton oncle Marcus viendra.

— Grand-mère, mon père m'a dit que tu étais aveugle, mais que tu étais la plus belle femme qui existe sur terre. Il avait raison. Je suis heureux de t'avoir rencontrée.

Issa passa la fin d'après-midi et la nuit chez son oncle, sans avoir vu sa mère. Il repartit le lendemain et rapporta à son père les propos d'Omra.

Hashim réfléchit. Risquer d'attendre le retour de Nyanya et célébrer le mariage en juillet était hasardeux, mais il voulait faire confiance à sa femme. Ce qui lui déplaisait davantage était la possibilité que le bébé meure et que le deuil de l'enfant repousse plus loin encore l'union de Margaret et de Samuel. Laisser trop de temps aux fiançailles, en l'absence de la mère, c'était s'exposer à ce que Margaret fasse échouer ses noces. Il téléphona à Saïdi et ils convinrent d'une date. Ensuite, Hashim attendit que Margaret rentre avec ses petits frère et sœur, l'appela sur-le-champ au salon et lui annonça qu'elle épouserait Samuel la semaine suivante, en l'absence de Nyanya. Étonnamment, Margaret ne dit rien. Elle accepta sans la contester la décision de son père.

Deux mois plus tard, après qu'Oria se fut remise de façon certaine de la rougeole et de ses complications, un matin de la mi-juillet, Nyanya rentra chez elle. Hashim était absent pour la journée. Elle traversa l'allée principale jusqu'à la maison, son jardin, en broussaille, était envahi par les mauvaises herbes, drainé par endroits à cause du manque d'arrosage, les fruits gâtés, le potager abîmé. *Ah, Maggie…* Nyanya soupira d'exaspération. Seuls les rouges-gorges étoilés, leurs têtes bleues et leurs ventres dorés, l'accueillirent avec effervescence. Nyanya se lava, tria les herbes séchées qu'elle avait rapportées de chez Omra et sonna au portail de la maison de sa fille, quelques numéros plus loin dans l'allée, les bras chargés de paquets et de sacs remplis de savons et de crèmes qu'elle avait achetés en arrivant en ville une heure plus tôt. Le visage qui l'accueillit n'était ni austère ni rogue. Maggie prit sa mère dans ses bras et l'invita à entrer. Avec enthousiasme, même. Elle prépara un café. Samuel était absent. Son beau-père, Issa et lui s'étaient associés et travaillaient désormais ensemble.

— Allez, dis ce que tu penses, *mama*. Je vois bien que ça te démange.

— Je suis désolée, Maggie, désolée. Mais tu as laissé ton père te traiter comme les brebis et les œufs que tu méprises. Tu t'es laissée faire par un homme.

— Il n'a agi ni par pur intérêt ni par méchanceté. Je sais qu'il veut sincèrement mon bien et qu'il m'aime. Mais sa génération est incapable de comprendre que le monde change.

— Le monde ne change pas, ma fille. Le fermier aime sa vache de tout son cœur. Il lui donne un nom et des caresses, il la soigne quand elle est malade, il l'éduque et la domestique, la laisse manger dans sa propre écuelle, l'exhibe fièrement devant ses voisins. Pourtant chaque année il égorge ses veaux pour être le seul à pouvoir boire du lait de sa vache et se fabrique des sandales avec leur peau. Et quand elle n'en peut plus d'enfanter pour rien ou simplement quand il est pris d'un caprice, c'est elle qu'il tue, il la mange et il distribue des morceaux de sa femelle bien-aimée à tous ceux qui paient le prix. Aucune différence, Maggie. Tu es naïve. Tu aurais dû t'enfuir avec Jay.

— Pour aller où, hein ?

— N'avons-nous pas une maison au village ? Ma famille n'a-t-elle pas des terres magnifiques ? Vous auriez été heureux.

— Heureux ? À travailler aux champs ?

— Si tu n'aimes pas le prix de la liberté, ma fille, tu ne mérites pas d'être libre.

— Si tu n'avais pas été aussi égoïste en t'enfuyant chez ta mère, je n'aurais pas été obligée d'épouser cet homme. J'ai quand même eu mon diplôme, c'est le plus important. Mais je ne pourrai pas rejoindre l'université en octobre.

— Il n'a jamais été question que mon courage remplace le tien. Je n'ai pas fui. J'ai fait mon devoir. Si tu m'avais écoutée, tu n'en serais pas là. Combien de fois t'ai-je mise en garde, Maggie ? Tu voulais rester naïve et insouciante. Mais *abondance de sagesse, abondance de chagrin*. J'ai de la peine à voir les choses telles qu'elles sont, mais au moins je suis libre. À quoi te sert ta tristesse si tu es prisonnière des décisions d'un homme ?

— … En réalité, je n'avais pas le choix, *mama*.

— Mais tu n'étais pas obligée de l'épouser aussi vite ! Le mariage ne devait-il pas avoir lieu en juillet ? Tu aurais pu accepter, rester fiancée quelque temps pour avoir la paix, attendre mon retour puis refuser de te marier.

— Je ne pouvais pas.

— Mais pourquoi, Maggie ? Pourquoi ?

Et soudain Nyanya comprit. Maggie acquiesça silencieusement puis ajouta :

— Les parents de Jay ont essayé de faire baisser la dot. Cela aurait repoussé la date du mariage.

— Ah, l'ordure ! Surtout, une fois que son désir a été assouvi, ce malpropre a commencé à hésiter. Quelle pourriture. *Rien de nouveau sous le soleil*, les hommes ne changeront jamais, ma fille.

— Je devais faire le plus vite possible.

— Oui, ton père en serait mort de chagrin. Enceinte et non mariée. Les pires bassesses, tu les aurais vécues. Au moins, ton mari pensera que c'est son enfant. Personne n'en doutera. Combien ? Une semaine ? Dix jours ?

— Dix jours environ, oui.

— Alors personne ne se doutera jamais de rien. Ça doit rester un secret, Maggie, tu m'entends ? Pour toujours un secret, ma fille.

— Promis, *mama*... Et je voulais te dire aussi que j'ai vu la gerbe. J'ai su le jour même.

— Une fille. Alors ce malheur est une vraie bénédiction. Rien ne vaut une femme pour éclairer le cauchemar de ténèbres qu'est ce monde.

— Et où est le bébé ?

— Elle est restée avec ma mère. Elle est guérie, mais grand-mère Omra préfère la garder auprès d'elle.

— Peut-être est-ce la meilleure chose pour cette petite. Elle pleurait tout le temps.

— Je ne sais pas, ma fille. J'ai le cœur lourd, je n'ai pas été juste avec cette enfant.

— C'est ton huitième, au fond, tu as fait comme tu pouvais. Qui peut te juger ?

— Dis-moi, Maggie, il t'a pardonné ? Ou bien est-ce qu'il te bat...

— Que veux-tu dire ?

— Ton mari ne s'est-il rendu compte de rien le soir des noces ?

— Ah ! J'ai bien cru que j'allais mourir ce soir-là. Mais rien du tout. En fait, j'ai quand même saigné, *mama*. Beaucoup.

— Comment ça, tu as saigné ?

— Oui. C'est une brute.

Margaret implora sa mère de venir s'installer avec elle et Samuel le temps de sa grossesse, puis pour l'aider les premiers mois avec l'enfant. Nyanya refusa d'abandonner les deux petits. Mais surtout, elle préférait les représailles d'Hashim au délaissement de son jardin. Elle fit toutefois la promesse de venir chaque jour.

Le corps, les cheveux, le visage de Margaret se transformèrent définitivement, sans encombre ni surprise. Samuel couvrait sa femme de présents. Il priait pour avoir un fils, mais Margaret ne lui dit rien du sexe de l'enfant qu'elle connaissait déjà depuis sa conception. La petite naquit le 16 février 1987 dans la chambre de ses parents, accueillie par Nyanya et une sage-femme. En échange de choisir le prénom de tous ses garçons à venir, Samuel laissa à Margaret le choix de nommer la première née. Mais elle ignorait quel nom choisir. Elle voulut l'appeler Rébecca, comme sa mère, mais Nyanya protesta :

— Je ne suis pas encore morte. Attends que je sois sous terre pour donner mon nom à des vivants !

— Mais tu ne le portes même pas ton prénom, *mama* ! Personne ne t'appelle Rébecca. Tout le monde t'appelle *Nyanya*, « grand-mère », parce que tu ressembles à ton arrière-grand-mère, qui elle-même s'appelait Esther !

— Tu veux déjà m'enterrer ? En plus, il y a tant de noms chez nous. Nous pouvons demander conseil à grand-mère Omra, si tu veux. Issa pourrait m'emmener la voir à son retour de voyage.

— Je ne veux pas un nom de *chez nous*. Je m'en fiche, de chez nous.

— Eh bien, débrouille-toi, Maggie !

Alors Margaret choisit un prénom pour sa fille. Elle s'était décidée pour *Djaïna*, un prénom à consonance indienne, comme les prénoms des enfants d'anciens riches commerçants de Zanzibar qui avaient presque tous fini par fuir le pays après l'arrivée au pouvoir du *Mwalimu*. Mais à l'état civil, lors de l'enregistrement, le fonctionnaire confondit le swahili et l'anglais et reporta *Jina* sur le registre des naissances. Intuitivement, cet homme avait dû comprendre ce qu'il y avait vraiment à l'intérieur de cette mère. L'incertitude. L'incapacité à inscrire dans la lignée de son mari ce bébé dont elle savait, sans pouvoir le dire à quiconque, qu'il n'était pas l'enfant. Du point de vue de la langue anglaise, le fonctionnaire avait correctement orthographié le prénom de l'enfant. Mais en swahili, *Jina* signifie : un nom.

Quel est ton nom ?

Un nom.

Personne, y compris Margaret au bout de quelques jours, n'appela plus jamais Jina *Djaïna*. Margaret songea que ce n'était pas si grave. Plus tard, lorsque Jina grandirait, tous ceux qui lui poseraient cette question, *Quel est ton nom ?* partout ailleurs qu'ici où les gens parlaient swahili, n'entendraient jamais l'erreur commise à l'état civil ni ne comprendraient non plus la véritable réponse, *Mon nom est : Jina, un nom, What's your name? My name is Name*. Comme si ce prénom obligeait l'enfant à aller vivre dans un autre pays. Tout comme Nyanya avait été incapable de nommer sa fille benjamine et avait laissé Omra, sa propre mère, trouver un nom pour Oria, un nom qui disait la vérité de ce qu'était cette enfant pour Omra, une *lumière divine*, Margaret avait été incapable de nommer correctement son bébé. Oria et Jina, tante et nièce, avaient presque le même âge, à peine un an d'écart. Deux enfants, deux filles dont leurs mères ne voulaient pas, ou plus.

Malgré les prières et les demandes de bénédictions de Samuel à tous les hommes de foi chez qui il se rendait, Margaret et son mari eurent une deuxième fille. Quatre ans après Jina, le 28 août 1991, la petite Viviane vint au monde. Samuel les chérissait l'une et l'autre, mais il reprochait à Margaret de n'être pas assez pieuse pour lui offrir un fils. Il hurlait fréquemment qu'une femme à ce point sans religion, ça ne s'était jamais vu dans sa famille. Qu'il n'avait pas la tolérance de son beau-père Hashim et qu'au moins la femme de son beau-père, Nyanya, se couvrait la tête. Que ses sœurs et sa mère commençaient à médire du manque de piété dans sa maison et tenaient Margaret pour responsable de l'absence d'enfant mâle : *Suis quelque chose, va quelque part, suis même la tradition de ta mère, si c'est ce qui te tracasse ! Mais prie ! Arrête de te comporter comme une traînée et fais ce qu'il faut pour que j'aie un fils !* Margaret commença dès lors à fréquenter une église et se fit même baptiser publiquement, malgré les supplications et les pleurs de Nyanya.

Hashim mourut en 1991, le jour qui suivit la naissance de Viviane, après avoir passé presque cinq ans sans adresser une seule parole à son épouse, Nyanya.

La maison d'enfance de Jina et Viviane était bordée par une allée étroite menant à l'arrière-cour, un long couloir parcouru par une corde en plastique depuis laquelle les draps et les *kangas* étendus caressaient les succulentes que leur grand-mère cultivait. Au fond, contre le muret, un aloès arborescent d'un mètre et demi de hauteur déployait ses rosettes charnues et ses lances nacarates. Vers la fin d'après-midi, Jina longeait la maison et retrouvait souvent Nyanya, qui avait investi la cuisine, le jardin et la cour de sa fille une bonne partie du temps, dans son coutil d'orchidées, au milieu de traces anciennes de poudre de curry, en train de terminer de ranger les sacs de pommes de terre, d'ignames, de haricots, de riz et de girofle dans des bassines et des pots pour sa fille. Puis Nyanya installait une table gigogne, posait sur un tabouret un grand plateau en aluminium quadrillé par des rangées de pâte en pommeaux, disposait sur une des tables un bol d'huile, un bol de farine, une vannerie de palme tressée, une assiette plate en bois à trépied sculpté et un rouleau à pâtisserie, s'asseyait sur une chaise en plastique face à une large poêle incurvée et allumait le feu. *Jina,* njoo nami, *viens ici*. Jina prenait une deuxième chaise et se plaçait devant la plus petite table, le rouleau à la main. Kitso, le basenji au pelage safran et au poitrail ivoire offert par Nyanya, connaissait le rituel. Il s'approchait de Jina, posait ses pattes sur une de ses sandales et s'y couchait, protecteur, la pointe de la queue rabattue sur la croupe. *Couché, Kitso, couché là*, Jina retirait sa sandale pour la laisser au chien, puis, un pied nu, un pied chaussé, piochait une poignée de farine dans le bol, la semait sur l'assiette en bois. Sa grand-mère lui tendait une boule de pâte et Jina l'étalait lentement avec le rouleau. Le plus dur, c'était de garder en l'aplatissant la forme ronde et régulière de la pâte, ne pas l'étoiler, ne pas la laisser coller au bois, ne pas rajouter trop de farine non plus, travailler vite et avec doigté afin que le pain soit fin et souple. Verser l'huile au fond de la poêle et y déposer la galette en la transportant sans la percer. La faire tourner sur la poêle glissante avec les doigts enfarinés. Au bout de quelques minutes, les cratères bruns du *chapati* commençaient à se former sur sa face inférieure, la chaleur faisait gonfler les bulles d'air séparant délicatement le pain, de l'intérieur, en deux feuilles de blé tendres. Nyanya imbibait la galette d'huile, la saisissait entre l'index et le pouce et la retournait. Un après-midi, lors d'une visite de son frère Marcus, Nyanya apporta un deuxième plateau de *chapati* à cuire.

— *Kwanini* Nyanya ? Pourquoi faut-il en faire plus aujourd'hui ?

— Des gens de l'église viennent aujourd'hui, des amies de ta mère.

L'excitation de Jina était toujours très vive lorsque des adultes venaient dîner à la maison. Elle se demandait si elle aurait le droit de manger avec eux, elle aimait voir les belles robes à fleurs et les tailleurs stricts des amies de sa mère lorsqu'elles rentraient toutes ensemble de la messe, plus rarement lorsqu'elles venaient rendre une visite de courtoisie, le plus souvent en l'absence de son mari en voyage à Pemba, dans sa famille ou pour affaires, deux fois par an.

Ce soir-là, le père de Jina était à la maison. Il jouait avec Viviane, qui venait de prendre son bain, avant de s'installer tous deux sur la même chaise, des quartiers de mangue mûre découpés en gros dés, posés devant eux en éventaire, lorsque Elizabeth, son frère, qui était l'organiste de la chorale religieuse, et une autre femme, sûrement l'épouse de ce dernier, poussèrent le portail. Nyanya ne cessa de s'affairer, se lever, circuler d'une pièce à l'autre, pour assurer l'accueil des invités, pendant que sa fille et son gendre faisaient la conversation.

— Eh bien, Elizabeth, dis-moi, où est Jay ? C'est dommage que ton mari ne soit pas venu ce soir.

— Jay est là où il est. Je ne lui ai pas dit que nous venions, Samuel.

— Comment ça ? Qu'y a-t-il ?

— Nous ne sommes pas venus te chercher la guerre. Tu es un homme de bien. Mais il y a quelque chose de grave que je dois savoir.

Mme Elizabeth ouvrit le sac à main accroché à sa chaise, en extirpa une photographie et la tendit au père de Jina. Margaret fronça les sourcils, soudain ses épaules se raidirent, elle posa ses couverts sur la table et susurra avec une intonation monocorde que Jina n'avait encore jamais entendue : *Nenda chumbani kwako, Va dans ta chambre.* Le chien Kitso accourut en jappant contre l'invitée, oreilles en pointe, depuis la porte de la cuisine restée ouverte sur la cour. Nyanya prit Viviane dans ses bras, agrippa Jina, *Njoo, vite-vite-aller-dans-la-chambre-sortir-de-cette-fichue-salle-à-manger-dépêchez-vous-bon-sang*, mais Mme Elizabeth cria :

— Non ! Jinaaaaaaaa, reste à table ! Personne ne va fuir ici ! Tout le monde reste à table !

Dans la pièce, le temps se figea, chacun était immobile, interdit, comme extirpé d'un cliché précédant un désastre. Mme Elizabeth tenait la photographie de son mari avec Margaret tendue vers le visage de Samuel, photographie que Samuel n'avait pas encore saisie avec ses doigts, bien qu'elle fût déjà absorbée par ses yeux comme des fuseaux prêts à tisser un linceul. Il fit un mouvement de rotation de la tête, fixa sa fille Jina, puis de nouveau le portrait de jeunesse de l'homme dont elle avait indéniablement les traits, l'homme qui sur la photo tenait son épouse Margaret par la taille, quel âge avaient-ils à l'époque, ses yeux se levèrent une fois de plus vers sa fille, puis firent un tour de table : la tête de l'organiste, baissée, celle de l'épouse de l'organiste, baissée, comme celles d'enfants punis alors qu'ils n'ont rien fait, rien fait d'autre qu'être présents, la tête de Jina réfugiée contre le sein de sa grand-mère, sa petite sœur à cheval sur la hanche de Nyanya, Nyanya et ses petites-filles, debout derrière Margaret si menue devant cette table immense, le chien montant la garde tout contre leurs jambes, Margaret les mains posées sur les couverts, les clavicules incurvées, la gorge gainée, les yeux rivés sur l'assiette de son mari. Les cris de Mme Elizabeth. Ses sanglots enfiellés :

— Compare ! Avec ta fille ! Compaaaaaare ! Jay a tout avoué. Ce n'est pas la peine de mentir, Samuel, tu m'entends ? Je veux juste savoir si j'étais la seule ici à ne pas être au courant.

L'œil du père de Jina sur sa femme muette, sa lente expiration virile, le bruit de ses couverts reprenant calmement le repas, découpant l'agneau dans l'assiette, portant la viande à sa bouche plissée. Sa réponse tranquille à l'accusatrice :

— Elizabeth, tu es folle, ou alors tu ne vas pas bien. Je suis navré que ça n'aille pas avec ton mari. Maintenant, sors de chez moi.

À la fin du repas, poursuivi silencieusement après le départ de Mme Elizabeth, l'organiste et sa femme, Marcus dit : « La petite peut venir vivre avec moi », alors le père jeta la bouteille de scotch des grandes occasions, vide, à travers la porte d'entrée jusqu'à faire résonner son fracas dans la cour. Jina ne se retrouva plus jamais seule avec son père dans la même pièce. Parce qu'il se mit à la haïr, à voir en elle les traits de celui auquel il avait ravi sa mère douze ans plus tôt, le prétendant aux noces, écarté par une liasse de shillings et d'incantations dans le cœur du défunt grand-père, ce beau-père heureux de donner la main de sa fille à un homme de Pemba plutôt qu'à un voisin, de promettre un prospère giroflier aux fleurs de sa descendance, ce bienheureux patriarche, Cheikh Hashim ben Faradji, le pèlerin de La Mecque, le mari de Nyanya, qui n'avait jamais vraiment fait adopter l'islam à son unique épouse, parce qu'elle était déjà le parfum vertueux, rare, de la pudeur, l'essence même du respect faite corps à chacune de ses prières, comme une révérence infinie à la tradition de grand-mère Omra, la rose du dévouement, Nyanya qui lui donna quatre fils, huit enfants, *Ni maisha yetu*, *C'est cela notre vie*, une vie de nœuds entre générations d'hommes de parole, *Cheikh Hashim, écoute-moi, aujourd'hui elle l'aime lui, mais moi je la rendrai heureuse, jamais elle ne manquera d'amour, de pagnes, de bijoux, quand nous aurons des filles, elles seront éduquées, quand nous aurons des fils, ils iront à l'université, puis prendront le chemin des épices comme mon propre père, notre maison ne sera que girofle et cannelle, elle oubliera ce garçon, donne-la-moi Cheikh Hashim, sois comme ton nom le pourvoyeur du bien, le destructeur du mal, ma solitude est le mal, mon amour pour ta fille me tourmente*, et il la lui donna. Pour la mettre à l'abri. La faire s'accroître dans l'opulence, faire baigner sa poitrine fertile dans un lait de musc, pour qu'elle soit comme sa mère avant la fugue, une femme de valeur, gardienne dans sa maison de tous les plus beaux noms de Dieu, artisane de la décence et de la modestie, son honneur, sa fille aînée. Bien qu'elle fût déjà fiancée. Bien qu'elle aimât un autre homme à qui elle s'était déjà donnée dans le plus grand secret. Mais qu'est l'amour face à la renommée d'une bonne alliance, le sentiment face à une sage décision, rien d'autre hélas que l'étourderie tactile et perturbatrice de la jeunesse toujours au bord de sa propre dissipation, quand il faudrait penser avec le futur dans les pupilles, rendre ses parents fiers et faire confiance au Tout-Puissant, Lui qui par la voix de ton père pourvoira à tous tes besoins, *Ma fille, pourquoi chagriner mes cheveux blancs, un vieillard qui ne rêve que du meilleur pour toi, ne rembrunis pas notre nom à la vue de tes frères, montre l'exemple à tes sœurs, qu'elles aient, elles aussi, la vie que toi tu auras, fortunée, respectée*, et la fille défaite retint l'affliction dans le galbe de la crainte révérencielle et tout s'enchaîna alors.

Oncle Marcus répéta : « La petite peut venir vivre avec moi », alors le père parla enfin, sortit de son silence, « Non, elle va rester chez elle », tout le monde l'avait entendu, Nyanya posa la paume de sa main sur son diaphragme, dans une exhalaison de soulagement, *Béni sois-Tu Éternel miséricordieux loué soit Ton nom amen*, la mère, muette, Viviane dans les bras, garda la tête baissée, les yeux rougis, le corps au bord de la disparition, effacée par la culpabilité, et tout le monde pensa, *C'est bien, il ne va pas punir l'enfant*, on ne peut pas punir un enfant pour ce qu'a fait sa mère.

Mais il faut bien punir quelqu'un.

L'honneur n'est pas un hôte de compagnie convoqué uniquement lors d'occasions publiques.

Surgie à pas feutrés face au canapé où il avait fini par s'asseoir, seul, avec une bouteille, Jina, incapable de réprimer ses larmes, articula plusieurs phrases adressées à cet homme humilié. Elle dit : « Papa, je veux que tu saches que tu es mon père, peu importe si tu ne m'as pas fabriquée, je t'aime et tu seras toujours mon père. »

Il demeura silencieux. Serra la mâchoire. Fit glisser sa ceinture entre les passants de son jean. En enroula l'extrémité fuselée autour du poing droit, le poids de la lourde boucle métallique au bout de la sangle pendant jusqu'aux chevilles. Se leva d'un bond pour se diriger vers la cuisine. Défigura sa femme pour toujours.

Je parle trop. J'aurais dû me taire. Jina s'accusa d'être la cause de la punition infligée à sa mère.

Oncle Marcus avait repris la route pour la maison de grand-mère Omra deux heures plus tôt, sans sa sœur Nyanya, sans sa nièce Margaret, sans les enfants. Nyanya dit qu'elle le rejoindrait, mais elle ne pouvait pas abandonner sa fille aînée et ses petites-filles, les savoir seules avec son gendre. Assise par terre, dans la cuisine, Margaret étendue entre ses jambes, Nyanya nettoya. *Il faut recoudre.* Des fibres de disque de coton restaient piégées dans les linéaments crus, ouverts, tracés par l'ardillon incisif jeté à l'assaut du visage.

— Je m'en veux de n'avoir pas été là, Maggie. Je m'en veux d'avoir laissé ton père choisir seul de briser tes fiançailles avec Jay. Je pensais que ton mari et toi, vous seriez comme Hashim et moi. Mais toi, tu me ressembles tellement, et lui, il ne ressemble pas à ton père.

— *Mama*, tais-toi. Je ne veux pas t'entendre, maintenant.

— Il faut partir, ma fille, il faut partir, c'est le moment.

— Pour que mes petites aillent travailler aux champs ? Tu dis n'importe quoi.

Lorsque son père battait sa mère, Jina ne disait rien. Un soir, Samuel rentra de nouveau ivre, allongea sa pesanteur visqueuse près du corps de sa femme et commença à la déshabiller en plaquant son cou d'une main contre leur lit. La lampe de chevet était allumée, celle du couloir de la maison aussi, la porte était ouverte sur le salon où jouaient les fillettes après dîner. Jina regarda. Son père mettre sa main droite dans la culotte de sa mère. Son père défaire sa ceinture et la plier dans sa main gauche plaquée contre le cou de sa femme, immobile, suffoquant, la boucle en cuivre contre le larynx. Son père retirer son pantalon, son caleçon et garder ses chaussettes. Son père prendre son caleçon sale et l'appuyer sur le visage de sa mère. Son père parlant anglais. *T'as voulu me baiser, hein, t'as voulu me faire un gosse dans le dos avec ce Jay ? C'est moi qui baise sa femme maintenant, c'est moi qui baise Elizabeth.* Jina ferma la porte. Son père se leva, la rouvrit, la cala avec une chaise. Elle devait regarder. Voir son père oublier d'être un homme. Jusqu'à ce que Nyanya accoure depuis la cuisine et vienne cacher les yeux des enfants avec ses deux paumes, puis retourne s'agenouiller devant le lit conjugal, implorer, pour sa fille pétrifiée, tétanisée par le viol, à coups de puissantes menaces sonores, de prières et de lymphe, le pardon de la brute, qu'il s'arrête, qu'il pardonne, qu'il aille décuver dans l'autre pièce.

Chaque jour jusqu'à leur arrivée en Europe recelait les épars du ciel domestique, la répression inextinguible.

Un matin, Jina avait onze ans, Viviane presque sept, elles terminaient leur bol de riz au lait sucré avant que leur mère ne les accompagne à l'école. Plus tard, la saveur du riz au lait lui manqua. Le parfum des clous de girofle, du lait concentré et de la cannelle qu'y ajoutait parfois leur mère, aussi. Margaret dit :

— Dépêchez-vous les filles, on va être en retard. J'ai des démarches à faire aujourd'hui.

— Quelles démarches, *mama* ?

— Je dois retirer vos passeports… *Tunaenda Ulaya, On va vivre en Angleterre.*

Une indéfinissable tristesse teinta le chemin vers l'école d'une buée impossible à extirper de toutes les rues et toutes les personnes, familières, mais désormais voilées par l'annonce du départ. Jina sentit un poids nouveau faire une torsion dans son ventre. Elle eut froid. Son uniforme lui paraissait lourd et sale. Ses cheveux tressés contre son crâne la démangeaient. Un rouge-gorge étoilé traversa l'avenue devant elles, volant d'un arbre à l'autre.

— Est-ce que Nyanya vient avec nous ?

— Nyanya nous rejoindra après.

— Avec Kitso ?

— Tais-toi.

— Et oncle Marcus ?

— Tais-toi, j'ai dit.

— *Mama, sitaki kwenda Ulaya. Je ne veux pas aller en Europe.* Je préfère qu'on reste ici.

— Tout le monde veut aller en Europe. L'Europe, c'est bien.

— *Hapana, sitaki.* Non, je ne veux pas.

La gifle retentit si violemment sur sa joue que Jina garda les mains sur son visage un long moment. *Tu dis « non » à ta mère ? Si tu pleures, tu vas voir.* Et elle ne pleura pas davantage. C'est sa mère qui pleura, plus tard.

À l'école, bien sûr, Viviane raconta à toutes les élèves qu'elles allaient vivre en Angleterre. Une flopée de gloussements admiratifs et jaloux habilla les deux sœurs le reste de la journée. L'établissement, non mixte, encadré par les pentecôtistes, était un des meilleurs de la ville, peut-être même du pays. Jina, comme Margaret durant le lycée, était l'élève la plus avancée en classe d'anglais. Ce jour-là, l'enseignante, une bavarde, introduisit son cours par l'annonce du départ de Jina et sa famille après la fin d'année. *Jina, your mother told me your family was moving to England. What a great news! It's a beautiful country.* Jina, obstinément opposée à ce voyage, demeura muette, tête baissée.

— *Jina, you don't say anything?*

— *I don't want to go to England.*

— *It will be a great experience. You'll see, you'll change your mind the minute you get there.*

— *I don't want to go to England. And I will never want to go to England.*

Les rires de quelques camarades de classe, les chuchotements moqueurs des filles à travers la pièce, offrirent l'occasion à l'enseignante de les réprimander, dire qu'elle ne tolérait pas le chahut, leur demander d'ouvrir leur manuel page 84. En parcourant de nouveau les photographies ringardes du livre recouvert de scotch sale, un vieux manuel d'anglais obsolète récupéré par l'école grâce au concours d'une association humanitaire qui considérait certainement que ce qui ne peut plus servir aux enfants du Royaume-Uni ferait très bien l'affaire pour le Commonwealth, Jina prit la décision de ne jamais mettre les pieds dans un pays où les rats ont un nom et un toiletteur attitré tandis que des enfants vilains et égoïstes vont sans vergogne visiter une heure par an leurs vieux abandonnés dans des hospices. Devoir quitter sa grand-mère la terrorisait. Elle, sa petite sœur, sa mère et son père seuls dans un autre lointain. C'était la pire idée jamais immiscée dans le crâne longiligne de cette brute de mari débile que sa mère avait ramassé.

À la fin de la journée, en attendant leur mère devant l'école, Jina et Viviane regardaient les élèves du nouvel établissement pour garçons rentrer chez eux, plus haut dans la même rue. Quelques-uns d'entre eux montaient à l'arrière de berlines luisantes conduites par des chauffeurs privés, employés à demeure, d'autres étaient accompagnés par une *nanny*, qui venait les chercher avec une boîte à collation pour imiter les enfants de l'école internationale deux rues plus loin. Ceux dont les parents déboursaient jusqu'à quinze mille dollars américains par an pour les scolariser à l'anglaise. Ces facéties des plus riches. Leur goût pour la bouffonnerie. L'éloge de la démarcation. D'ailleurs, les plus riches n'existaient pas vraiment non plus. Les hommes et les femmes du pays avaient tous des tripes, tout le monde allait aux champs ou à la bananeraie, et ce que le monde contenait d'êtres libres et combattants venait se réfugier ici, à Arusha. C'est ce que Nyanya, depuis sa villa à la capitale et son jardin somptueux, loin du confort spartiate du village de sa naissance, répétait sans cesse.

À l'aéroport d'Heathrow, le vendredi 28 août 1998, le jour des sept ans de Viviane, personne ne les attendait. Après vingt heures de vol et trois escales à Zanzibar, Dar es Salam, puis Amsterdam. Pourtant une bonne partie de la famille du père de Jina vivait dans la banlieue de Londres. Ses nouveaux collègues de l'ambassade étaient au courant de son arrivée. Mais qui serait allé accueillir un zig pareil, de toute manière, un « fils de » imbibé, encagé dans ses poings, et pour lui dire quoi, ici faut faire gaffe, tu ne vas pas pouvoir la tabasser sans tracas mon cher, les gamines à l'école vont parler à des psychologues, il va falloir t'assouplir, tu sais, faire bonne figure et commencer une vie nouvelle, comme ce que tu nous as promis avant l'impression de ton passeport diplomatique, ou pour ne rien lui dire du tout et sourire benoîtement à l'hématome de femme extravasée par tous ses orifices qu'était Margaret, en fuyant l'œil lucide et pénétrant de cette miette de mère écrasée qui savait par-dessus toute chose, déjà, le sortilège maléfique, irrévocable, qui écrouait son lot. Non, personne n'avait la hardiesse d'un face-à-face d'accueil. Tiens-tes-clés-à-la-consigne-ducon. Margaret jeta son sac à Jina, droit dans l'estomac, comme pour lui dire : *On est seules maintenant, ma fille, fous-toi ça dans le caisson.*

Après le ramassage des bagages, le contrôle à la police aux frontières, le passage à la consigne, la famille prit un taxi jusqu'à l'appartement préparé pour son installation, sur Brook Street. Le père composa le code, erroné, téléphona, dans le vide, laissa un message vocal, puis réessaya plusieurs combinaisons avant de trouver la bonne. C'était 2347A, pas A4723 ! essaya deux clés avant d'ouvrir la serrure de l'appartement au premier étage. Le large couloir d'entrée donnait, à droite, sur une porte intérieure aux carreaux vitrés. Le père l'ouvrit. Dévoila un vaste séjour meublé d'un canapé d'angle, une méridienne, une table à manger en bois massif, un miroir surmontant une cheminée décorative sculptée, une bibliothèque en merisier. Margaret demanda où étaient les chambres. À l'étage. Elle se mit à déboutonner sa veste, dit qu'elle voulait monter les affaires. *Papa, regarde ! Un piano !* Viviane se précipita vers le piano droit, au fond du séjour, pour en soulever le couvercle à deux mains en murmurant *oh, c'est lourd, c'est très très lourd* et, encore vêtue de son manteau acheté la veille du départ, elle commença de frapper de façon dissonante les touches du clavier depuis la plus grave.

— Viviane ! Qu'est-ce que tu fais ? Enlève tes chaussures, ton manteau, va te laver les mains avec ta sœur, tu ne vas pas nous fatiguer déjà !

— Mais laisse-la s'amuser. Ma fille a le droit d'être heureuse, non ?

— Qu'est-ce que tu dis, Samuel ?

— Que ma fille est heureuse. Laisse-la. Occupe-toi plutôt de te préparer à sortir avec la tienne.

Jina, debout dans l'entrée, observa son père, qui venait de dire et répéter qu'elle n'était pas sa fille, que seule Viviane l'était, la fixer dans les yeux, ouvrir son portefeuille et tendre une carte bancaire à sa femme sans la regarder.

— Et toi Jina, ma grande, remets tes baskets, tu vas faire les courses avec ta mère.

Jina et sa mère remontèrent la rue. Antiquaires, galeries d'art, bijouteries, magasins de vêtements, de chaussures, restaurants, étoilés ou presque, mais pas de supermarché à l'horizon.

— On a dû se tromper, c'est dans l'autre sens.

— Je ne crois pas qu'il y ait un magasin de nourriture ici, maman.

— Hein ?

— Les magasins pour acheter la nourriture, ils ne sont pas ici.

— C'est dans l'autre sens, viens, dans l'autre sens.

Jina parcourut alors la rue en sens inverse, sur le même trottoir, sa mère marmonnant toujours la même phrase, et lui donna la main. Elles repassèrent devant la porte d'entrée de l'immeuble.

— Maman, viens, on rentre à la maison pour demander à papa.

— Il ne faut pas lui demander. On va trouver, de l'autre côté.

— Et si on trouve pas ? Papa, lui, il doit savoir.

— Je n'ai même pas le code.

— Moi je me rappelle !

Jina composa le code de l'immeuble, Margaret s'arrêta au pied des marches, *C'est dans l'autre sens, dans l'autre sens*, puis suivit sa fille qui sonnait déjà à la porte. Les pas de Samuel se répercutaient avec lenteur sur le parquet, jusqu'à ce qu'il ouvre.

— Il n'y a pas de supermarché dans cette rue, papa.

— Bien sûr qu'il n'y a pas de supermarché dans cette rue ! T'es idiote ou quoi ? Il faut prendre le métro pour aller faire les courses. Margaret ?

La mère de Jina répéta : *Dans l'autre sens, viens Jina, c'est dans l'autre sens.*

— Comment ça, dans l'autre sens ? Tu vas à la station et tu prends le métro pour aller faire les courses, même ça tu sais pas faire ? T'es bonne à quoi ici, hein ?

— Je ne connais pas encore la ville, Samuel. Mais je vais trouver.

— Ouais, c'est sûr que tu vas trouver, parce que je t'ai pas fait venir en Angleterre pour qu'il n'y ait pas de femme dans cette maison. Tu me fais honte. Imbécile.

Viviane s'approcha, en se triturant les mains, depuis le seuil du séjour.

— Papa, *mama*, si on commandait une pizza ? Comme dans les films, on les appelle et après ils nous apportent une pizza.

— Dis oui, papa, s'il te plaît. Ce serait tellement bien de manger une pizza pour l'anniversaire de Viviane, surenchérit Jina.

— Bon. Ça sera plus rapide de toute façon. Le temps que votre mère remue ses fesses on va tous mourir de faim.

Margaret resta debout dans l'entrée plusieurs minutes en marmonnant : *Baba yangu mpendwa, kwa nini umenifanyia hivi ?*

— Maggie ! Viens choisir.

Pourquoi m'as-tu fait ça, mon père adoré ? Je n'aurai pas la force.

— Maggie ! Je t'appelle, non ?

— J'arrive, Samuel. J'arrive.

Samuel ne sut changer. Il ne put s'empêcher de battre et de violer sa femme pour la punir, infatigablement, de s'être donnée à un autre homme avant lui et d'avoir fait passer Jina pour sa fille. Nyanya téléphonait tous les jours. Lorsqu'il était présent et que son épouse était en ligne, Samuel activait le haut-parleur, répondait aux interlocuteurs à sa place, faisait savoir qu'il était là, parfois débranchait et cachait le téléphone dans l'appartement lorsqu'il se rendait au travail ou bien emportait l'appareil avec lui, pour empêcher que quiconque s'en serve en son absence. Il savait que Margaret ne sortirait pas. L'extérieur n'existait pas.

Leurs fréquents cauchemars ou les cris étouffés de leur mère réveillaient de plus en plus souvent les filles. Viviane urinait dans son lit et Jina essayait, le matin, de le cacher. Elle échangeait leurs matelas et, lorsqu'elle se faisait prendre sur le fait les mains pleines de bas mouillés, elle inventait toutes sortes d'histoires, des maux de ventre, feignait de se plier de douleur, mouillait son front avec de la salive qu'elle appelait fièvre, disait que c'était elle qui pissait au lit. Parfois Margaret passait ses nerfs sur Jina. Elle attendait qu'elle rentre de l'école pour la déshabiller et la frapper nue, ou encore l'enfermait dans le minuscule placard à provisions où elle avait fait un trou. Jina devait rester debout des heures durant. Sa mère ouvrait soudainement la porte du placard pour vérifier que Jina était toujours à l'intérieur, puis la renfermait en tournant le verrou. Et Viviane se terrait dans la chambre, ou bien faisait comme si elle ignorait ce qui se passait lorsque son père jouait avec elle ou la cajolait pendant que sa mère torturait sa sœur. La petite pensait avoir compris que si sa mère ne battait pas Jina, ce serait son père qui le ferait. Cette idée la terrifiait. Parfois Viviane allait en douce ouvrir le verrou du placard, pendant que sa mère était aux toilettes, et Jina la réprimandait et refermait d'elle-même la porte. Nyanya n'était pas dupe. Elle devinait les heures épouvantables, à Londres, qui tuaient à petit feu les femmes de sa lignée. Vers la fin du mois de février 1999, Margaret ne lui répondit plus du tout.

À la fin mai, l'école convoqua Samuel et Margaret. Lorsqu'elle vit entrer cette femme apathique, élégamment vêtue, aux manières discrètes, lardée d'une cicatrice d'entaille en travers du visage, aux côtés de ce grand gaillard excessivement souriant qui portait des boutons de manchettes gravés, beaucoup trop luxueux pour la circonstance, et dégainait tout de go sa carte à en-tête diplomatique, la directrice comprit immédiatement. Elle fit un signalement. Plusieurs jours plus tard, deux officiers de police frappèrent à la porte des Saïdi. Margaret était au bout de la rue avec les filles, elles revenaient de la petite cave à cigares touristique où Samuel les avait envoyées faire une course vingt minutes plus tôt. Margaret vit la voiture mal garée devant l'immeuble. Samuel en sortait lentement, escorté par les agents, il levait les bras comme pour dire *Tout cela est absurde ; Comment pouvez-vous proférer de telles accusations contre moi ; Ma femme et mes filles vont revenir d'un instant à l'autre et vous diront bien que vous faites erreur*, la voiture démarrait avec Samuel à l'intérieur, un des policiers restait sur place et observait alentour dans l'attente du retour de Margaret et des enfants.

— Jina, Viviane, *njoo nami*.

— Mais on va où, *mama* ?

— Ferme-la, Jina. Et dépêchez-vous.

Margaret pensa que son mari était enfin confondu pour toutes les violences qu'il lui avait fait subir. Elle vit une occasion inespérée de s'échapper. Elle retourna discrètement sur ses pas et se précipita vers la bouche de métro, la main d'une de ses filles dans chacune des siennes. Depuis leur arrivée à Londres, il n'avait jamais pensé à récupérer le passeport de Margaret, ni ceux des filles. Après qu'elle les eut inscrites à l'école, Margaret glissa les trois carnets dans la doublure de son trench-coat, qu'elle reprisa. Parfois, elle craignait qu'ils se devinent et changeait de veste lorsque Samuel les accompagnait dehors. Chaque semaine, depuis plus de dix mois, au moment des courses, elle avait renoncé à fuir. Aujourd'hui, c'était le moment ou jamais.

Elle ne connaissait personne. Absolument personne qui puisse l'aider à Londres, ni nulle part ailleurs. Le voisinage sélectif du quartier luxueux où ils vivaient ne facilitait pas la rencontre. Dans le métro, Margaret réfléchit. Elle se leva, regarda le plan des stations et choisit une destination. Après un changement, toutes trois arrivèrent sous la voûte en acier de la gare de St Pancras. Margaret inspecta le panneau des prochains départs. Elle retira tout ce qu'elle put au distributeur automatique. Puis elles firent la queue et Margaret paya trois allers simples avec la carte bancaire de Samuel qui avait servi moins d'une heure plus tôt à l'achat de ses cigares. L'attente, le contrôle des passeports, la douane, furent interminables. Elle éprouva le besoin de se justifier au sujet de ce voyage sans bagages, regardait partout autour d'elle. *Nous rejoignons mon mari pour une soirée diplomatique, nous avons déjà tout prévu sur place*. Lorsque l'Eurostar démarra, Margaret s'effondra en pleurs.

— *Mama*, on est arrivées.

— On y est, *mama*.

La nuit tombait sur la gare du Nord. Il fallait s'éloigner le plus possible de la station, mais pour aller où ? Margaret ne connaissait aucun endroit à Paris. La tour Eiffel ?

— On va où maintenant, *mama* ?

— J'ai faim.

— Viviane, tais-toi ! Tais-toi, je n'en peux plus ! Laissez-moi réfléchir.

Deux brasseries et un hôtel leur faisaient face. Un bureau de change avait son enseigne allumée. Des petites boutiques aux vitrines faiblement éclairées. Des alcooliques errants. *On ne peut pas rester ici, s'il se doute qu'on a pris ce train, je suis foutue. Il faut quitter cette gare.* Margaret ne lâchait pas les mains de ses filles, elle les broyait. Elle convertit en francs tout l'argent qu'elle avait retiré à St Pancras. Puis elle retourna vers la file des taxis. Le conducteur baissa sa vitre et démarra le moteur.

— *Good evening, sir, I'm looking for a hotel near Notre-Dame.*

— *What hotel, madame?*

— *Whatever hotel near Notre-Dame, please. In the center of Paris. Would you drive us there?*

— Notre-Dame, c'est parti.

Le taxi les déposa sur le quai Saint-Michel, près de la cathédrale, devant l'entrée d'un immeuble ancien. Margaret et ses filles descendirent de voiture. Elle examina les tarifs des chambres et souffla d'exaspération avant de s'engouffrer vers l'accueil de l'hôtel.

— *Good evening. I'm looking for a one-night room with my two young daughters. We had a disappointment, euh…* problème. *I have no choice but to take us a place to stay for the night, a* chambre?

— Bonsoir madame, *of course. Two rooms?*

— *They're young girls. I would prefer if they stayed with me.*

— *We have a familial suite available,* madame.

— *We're not on vacation, I'm afraid.*

— *A two-beds room is too short,* madame.

— *A two-beds room will be perfect for us.*

— *Do you want a* petit déjeuner?

— *Yes, please. And something to eat tonight for my daughters and I. Sandwiches?*

— *Here is the room-service menu,* madame.

Margaret choisit trois sandwichs et des bouteilles d'eau. Elle présenta son passeport diplomatique et celui de ses filles, régla la chambre et le repas d'avance, en liquide malgré la demande de l'employée. Elle savait qu'elle ne pouvait plus disposer de la carte de paiement de Samuel désormais, que la banque le verrait et finirait par lui indiquer l'endroit où la carte avait été utilisée.

— *As I told you, we had a setback today. I'm sorry but I don't have any credit card with me.*

— *In that case you will have to fill in this form*, madame.

— *Please, if on the off chance you're asked, don't tell anyone we're here.*

— *Is everything okay*, madame? *Do you need help?*

— *Just don't tell anyone we're here.*

— *Our customers'* séjour *is always private*, madame.

— *At least all my Dickinson poetry is useful now.*

— *Sorry*, madame?

— Merci *very much.*

Depuis la chambre au troisième étage, l'imposante façade éclairée de la cathédrale était visible. Ses deux tours, de l'autre côté de la Seine, surplombaient l'immeuble de l'hôtel d'où l'on pouvait observer toute la façade, la majestueuse rosace sous les colonnades, les trois portails. Margaret, depuis le rebord du lit, contemplait le tableau inattendu de sa fuite. La bénédiction que Nyanya disait avant de sortir de la maison ou avant un voyage lui revenait : *Jacob alla son chemin ; des envoyés de Dieu le rencontrèrent ; Jacob en les voyant dit : « C'est le camp de Dieu. »*

— Jina ?

— Oui, *mama*.

— Viens ici. Approche-toi.

Jina et Viviane s'assirent près de leur mère.

— Pardonne-moi, ma fille. Pardonne-moi pour tout ce que je t'ai fait. Je ne lèverai plus jamais la main sur toi. Plus jamais.

Les pleurs de Jina secouaient ses épaules.

— C'est moi qui te demande pardon, *mama*.

— Mais pour quoi, ma chérie ?

— Si je n'étais pas née, tu ne souffrirais pas.

— Écoute-moi bien, Jina. Je vais te dire à mon tour ce que Nyanya, ta grand-mère, m'a toujours dit, et ce que sa mère à elle lui disait : les hommes sont les êtres les plus cruels qui aient jamais été créés. Où que tu regardes dans ce monde, s'il y a du sang ou de la souffrance, c'est qu'il y a un homme. Ils nous tuent, ils nous violent, ils nous battent, ils nous mentent, ils nous humilient, ils font la même chose à toutes les femelles qui habitent sur terre, qu'on soit leur vache, leur mère, leur fille ou leur femme. Et il est rare que des femmes tuent comme les hommes, très rare, Jina. Partout où des gens ont été exterminés, c'était d'abord par des hommes. Partout où des villages ont été brûlés, c'était par des hommes. Et notre plus grand malheur, ma fille, c'est que nous avons besoin d'eux pour faire des enfants... Il faut faire nos enfants et partir. Je n'avais pas compris ça, pourtant Nyanya m'avait prévenue... Tu sais, quand j'étais jeune, j'étais fiancée.

— Tu étais fiancée à papa ?

— Non, Viviane, j'étais fiancée à un autre homme. Avant ton père. Un garçon que je connaissais depuis mon enfance. Et nous nous aimions très fort.

— Et puis tu ne l'aimais plus, *mama* ?

— Si, je l'aimais sincèrement. Nous allions nous marier. Mais votre grand-père a rencontré votre papa en voyage. Et papi a rompu mes fiançailles pour me marier avec votre père.

— Pourquoi papi a fait ça ?

— Parce que votre père était plus riche que mon fiancé.
— Et Nyanya n'a rien dit ?
— Nyanya, ce jour-là, n'était pas là.
— Et ton fiancé n'a rien dit ?
— Mon fiancé a accepté de m'abandonner, contre de l'argent que grand-père a donné à sa famille. Mais toi, Jina, tu étais déjà dans mon ventre.
— Et il est parti quand même ? Alors que tu étais enceinte ?
— Je ne lui ai jamais dit. Mais c'est vrai. Il nous a trahies et nous a laissées, ma fille.
— Alors tout ce qu'a dit cette femme, Elizabeth, c'était la vérité, *mama* ?
— Oui. Mon fiancé est devenu le mari d'Elizabeth. Ils ont commencé à fréquenter la même église que moi. Et un jour, elle a appris qui tu étais.
— C'est pour ça que Nyanya ne voulait pas que j'aille à l'église avec toi ?
— Oui, c'est pour ça que Nyanya ne voulait pas que tu ailles à l'église.
— Nyanya dit qu'on ne doit pas aller à l'église parce qu'on n'est pas des chrétiens, *mama*.
— C'est vrai, ma chérie.
— Alors pourquoi tu vas à l'église, *mama* ?
On toqua à la porte de la chambre. Les enfants sursautèrent de peur.
— C'est lui, *mama*.
— C'est papa qui nous a retrouvées.
— Taisez-vous. Arrêtez de dire n'importe quoi.

En laissant entrer le serveur dans la chambre pour qu'il pose le plateau sur la table basse, Margaret, épuisée, redoutait que Samuel ne surgisse du couloir pour les tuer toutes les trois. Elle imaginait qu'il se tenait derrière la porte de la salle de bains et les écoutait. Elle ferma derrière l'employé de l'hôtel, tira les rideaux et s'installa avec ses enfants sur un lit pour manger.

— Faites attention à ne rien salir, je vous préviens.

La menace ne quittait pas sa voix. Des années qu'elle y habitait.

— Viviane, mange ton sandwich. Tu ne peux pas seulement manger des frites.

— Non merci, *mama*.

— Comment *non merci* ? C'est quoi cette comédie ? Tu réponds à ta mère ? Mange.

Jina, à la place de Viviane, murmura presque, tête baissée vers son repas, yeux mi-clos : *Il y a de la viande.*

— Mange, Viviane. On ne sait pas quand est-ce qu'on pourra encore manger comme ça.

— Nyanya dit que quoi qu'il arrive, on ne doit pas manger les créatures.

— C'est la vie, ma fille. Certains vivent, d'autres meurent. Et Nyanya n'est pas là pour nous dire quoi faire aujourd'hui. Nyanya est dans un autre pays.

— Viviane, vas-y, mange.

La petite repoussa le sandwich avec dégoût. Et Margaret et Jina se le partagèrent.

Après qu'elles se furent lavées, Margaret berça ses filles – *Into this Port, if I might come, Rebecca, to Jerusalem.* Toute la nuit, elle se retourna sous la couverture où elle était restée en partie habillée, de peur de devoir fuir subitement. Comme tous les jours depuis des années, elle redoutait d'être nue ou même un peu dévêtue. Les petites, fatiguées par le voyage, dormaient dans les bras l'une de l'autre sur le lit d'à côté. Que ce soit en prenant sa douche tôt le matin avant que ses filles ne se réveillent, ou en descendant les escaliers de l'hôtel pour aller petit-déjeuner avec elles, Margaret était sans cesse sur le qui-vive. Toutes trois vivaient dans la peur. La peur que l'homme le plus important de leur vie ne les retrouve. En remontant vers la chambre aux alentours de huit heures, elles croisèrent deux femmes de ménage. Margaret enferma les filles puis partit à la recherche de ces deux femmes. Elle essaya de communiquer avec elles, mais aucune ne parlait anglais. Alors elle se décida à retourner à la réception. Une personne différente de celle qui les avait accueillies la veille se trouvait là. Margaret demanda à lui parler. À voix basse, elle expliqua à la nouvelle jeune femme qu'elle avait fui avec ses enfants et qu'elle cherchait un endroit où être en sécurité, qu'elle ne pourrait pas payer l'hôtel plus de quelques jours encore et qu'il lui fallait une solution d'urgence.

— Mais il faut aller voir la police, madame.

— *I have a diplomatic passport. The police won't help me. They will warn my husband.*

— … Bon, attendez, je connais quelqu'un qui pourra peut-être vous aider. Laissez-moi lui téléphoner.

— *I beg you not to call the police.*

— *No, no, don't worry.*

Et la réceptionniste appela sa propre mère. La femme arriva une heure et demie plus tard. Elle était belle, environ l'âge de Nyanya, maquillée et parfumée, elle avait besoin d'une béquille pour marcher. Elle emmena Margaret et ses filles sur le parvis de la cathédrale, et toutes quatre firent une queue interminable pour pouvoir entrer. Le samedi matin, l'affluence était importante. Pendant l'attente, Margaret lui raconta avec pudeur ce qu'elle et ses filles avaient enduré et comment elles étaient parvenues à monter dans l'Eurostar la veille.

— *I need a place to stay with my kids. I need someone to help us. We cannot go back.*

— *You and the girls come with me. In my church*, il y a une association.

La femme était membre de sa paroisse dans une petite ville de banlieue. Avant la fin de la visite, elle s'arrêta à la boutique de Notre-Dame et offrit un chapelet marial à Margaret. Elle habitait un modeste pavillon avec sa fille réceptionniste, où elles avaient une chambre libre ainsi qu'une pièce sous les combles. Elle décida donc d'emmener Margaret, Jina et Viviane chez elle. Elles prirent le métro, puis un train à deux étages et enfin, un bus.

— Il n'y a aucune chance que ce salopard te trouve ici, ne t'en fais pas. Il y a quelqu'un que tu veux appeler ? *Family? Call?* Margaret dit non de la tête.

— Appelle Nyanya, *mama*.

— Oui, appelle Nyanya pour lui dire qu'elle vienne.

— Et si j'appelle votre grand-mère et que je tombe sur oncle Issa ? Il dira tout de suite à votre père où nous sommes. On ne peut pas appeler Nyanya pour l'instant.

Le soir, la réceptionniste rentra. Pendant le peu de temps libre de la journée, à l'hôtel, elle avait dressé une liste de numéros utiles. Ceux d'associations d'hébergement, d'associations de protection des femmes, de groupes d'aide alimentaire. D'autres employés l'avaient aidée. Elle montra la liste à Margaret et lui en expliqua le contenu, puis en donna une copie à sa mère. Le lendemain, la réceptionniste retourna travailler tandis que sa mère emmena Margaret et les filles à la messe. Elle voulait la présenter aux membres de l'église locale susceptibles de les soutenir. Jina pria avec sa mère pour la première fois. Jusque-là, elle et sa petite sœur n'avaient prié qu'avec Nyanya. C'était très différent. Ici, les gens priaient sans lire de livre. Sans se couvrir les cheveux. Sans se couvrir les yeux avec la main. Viviane essaya de l'interrompre en lui tirant la manche, mais Jina l'ignora. La petite de presque huit ans gardait vives à l'esprit toutes les paroles de sa grand-mère. *Qu'il en tombe mille à tes côtés et dix mille à ta droite, toi le mal ne t'atteindra pas. Car Le Nom est avec toi.*

L'été qui suivit leur fuite précipitée fut, d'aussi loin qu'elle puisse s'en souvenir, le plus heureux de la vie de Jina. Ne manquait que la présence de Nyanya à ce tableau parfait. Elles commencèrent à apprendre le français et firent leur première rentrée des classes en septembre 1999. D'abord dans une classe spéciale qui accueillait les enfants étrangers non francophones avec un dispositif adapté à leur niveau de langue, puis l'année suivante, en classe de quatrième au collège pour Jina et en CM1 pour Viviane. Les petites étaient brillantes, Margaret étudiait chaque jour avec elles. Toute la paroisse les appréciait et admirait le courage de cette mère déterminée à offrir une vie digne à ses filles. Des bénévoles les accompagnaient dans leurs différentes démarches administratives, mais Margaret, obligée parfois de présenter son passeport diplomatique, était dépourvue d'autorisation de séjour. Elle souhaitait travailler plus sérieusement et ne plus vivre des subsides de l'église à laquelle, il faut le reconnaître, elle donnait le plus clair de son temps pour aider d'autres personnes dans le besoin : visites aux plus âgés, courses et ménages pour les plus fragiles, Margaret était louée pour sa probité et son engouement à la tâche. Comme Nyanya l'avait été, elle aussi. Mais cela ne suffisait pas à construire une vie. Elle agissait le plus souvent bénévolement. Et elle pouvait être contrôlée dans la rue, arrêtée, et expulsée avec ses enfants à tout moment. Alors la femme qui les hébergeait la guida vers une association qui soutenait les mères de famille en situation précaire et parfois, irrégulière. Elle fut prévenue de la possibilité que la demande échoue. Le rendez-vous en préfecture arriva en février 2001.

— Vous êtes toujours mariée, madame. Votre dossier n'est pas complet, il faut les documents qui concernent votre mari, sa situation.

— J'ai fui mon mari car il me battait et faisait du mal à mes enfants. Tout est écrit dans la lettre.

— Vous avez porté plainte ?

— Nous avons des passeports diplomatiques. Si je vais à la police, il nous retrouvera. Même si j'essaie de renouveler mon passeport ici avec mes filles, le consulat lui donnera l'information. S'il nous trouve, il peut me tuer.

— Mais vous êtes mariée, madame. Vous n'avez pas le droit de partir comme ça dans un autre pays avec vos enfants sans prévenir votre mari. Si vous n'avez jamais porté plainte, il peut dire que vous avez kidnappé les enfants.

— Vous ne comprenez pas…

— C'est la loi, madame. Ou bien vous nous donnez un dossier complet qui prouve que votre mari vit avec vous, ou bien vous allez porter plainte, puisque vous dites qu'il est violent, vous allez porter plainte et vous commencez une procédure de divorce. Et là, vous mettez dans le dossier la plainte et les papiers qui prouvent que vous êtes en train de divorcer pour qu'on puisse examiner votre situation. Sans ça, votre dossier est incomplet, et je ne peux pas le prendre, désolé. Il vaut mieux ça plutôt que d'avoir un refus de séjour tout de suite, non ?

Margaret et la bénévole ressortirent bredouille de la préfecture, après de longues heures d'attente malgré un rendez-vous attribué par courrier, et sans la possibilité de déposer une demande au guichet ce jour-là. Le délai d'attente pour avoir un nouveau rendez-vous était de plusieurs mois. Et elle était repartie avec un formulaire cochant la liste des documents obligatoires, parmi lesquels le guichetier avait rajouté à la main : « plainte » et « demande de divorce ». Il fallait aller au commissariat porter plainte, presque deux ans après son arrivée. Il fallait trouver un avocat qu'elle n'avait pas les moyens de payer et entamer une procédure internationale de divorce contre un membre d'un service diplomatique qui avait la double nationalité tanzanienne et britannique. Leur père n'avait pas fait établir à ses filles de passeport anglais, ce qui bien entendu leur aurait facilité les choses. Margaret était affligée.

Elle se rendit au commissariat, accompagnée par la femme qui les hébergeait et une bénévole. Elle attendit deux heures trente avant que sa déposition ne soit prise.

— Vous dites que vous avez volé sa carte bleue ?

— Je n'ai pas volé sa carte bleue.

— Mais c'était sa carte, pas la carte d'un compte commun ?

— C'était sa carte, mais il me l'a donnée pour que j'aille lui acheter des cigares. Quand je suis revenue avec les enfants, des policiers étaient chez nous et l'emmenaient. J'ai pris mes enfants et j'ai fui. Je n'aurais plus jamais eu cette occasion.

— Mais vous dites que vous avez retiré tout l'argent que vous pouviez au distributeur de la gare et qu'après vous avez utilisé la carte pour payer les billets de train qui vous ont servi à vous enfuir avec vos filles ?

— Oui.

— C'était sans l'accord de votre mari ?

— Bien entendu qu'il n'était pas au courant.

— Est-ce que vous savez s'il a porté plainte contre vous ?

— Pourquoi aurait-il porté plainte contre moi ? C'est lui qui me battait.

— Si j'écris ce que vous me dites là, madame, vous vous accusez toute seule de vol et de kidnapping. Si ça se trouve, il a porté plainte contre vous pour le vol de sa carte bancaire et pour enlèvement d'enfants.

— Mais il a été lui-même arrêté pour les violences qu'il m'a faites.

— Ça, on n'en a pas la preuve. Vous ne pouvez pas savoir pourquoi il a été arrêté, madame. C'était peut-être pour autre chose. Vous avez vu la police l'emmener et vous vous êtes enfuie dans un autre pays avec sa carte bancaire et les enfants sans plus jamais donner de nouvelles. Je vous préviens juste qu'il a pu porter plainte contre vous.

— Dans ce cas, que dois-je faire ?

— Vous avez des papiers médicaux pour les violences ? Quand il vous battait, vous êtes allée à l'hôpital ? Chez un médecin ?

— Non.

— Des voisins qui pourraient témoigner pour vous ou bien qui ont appelé les secours, ne serait-ce qu'une fois ?

— Non.

— Et vous n'avez jamais été à la police, vous êtes sûre ?

— Jamais.

— Même pour votre cicatrice ? Elle est grosse quand même.

— Non, jamais.

— Comment faire pour prouver que votre mari vous battait ?

— Il ne m'a pas seulement battue. Il m'a violée. Plus de trente fois. Ma mère peut témoigner.

— Elle est où, votre mère ?

— Dans mon pays.

— Ce n'est pas un témoin valable. Vous n'avez pas d'autre témoin ? Quelqu'un qui n'est pas de votre famille ?

— Non.

— On va quand même prendre votre plainte. Mais il faut que vous alliez voir un avocat très vite, madame.

Et le cauchemar de Margaret reprit. Samuel avait en effet signalé la disparition de sa femme et de ses enfants ainsi que le vol de sa carte bancaire, qu'il s'était gardé de faire annuler au cas où Margaret serait amenée, dans la détresse, à l'utiliser où elle se trouvait. Ce n'était pas idiot. Il n'avait jamais été inquiété après le signalement de la directrice d'école, mais interpellé dans le cadre d'une enquête diligentée contre plusieurs employés de l'ambassade où il travaillait pour détournement de fonds publics britanniques vers la Tanzanie et de présumées fausses activités de coopération. Margaret ignorait qu'elle était recherchée et qu'une procédure judiciaire avait été déclenchée à son encontre. La situation s'envenima. Son avocate entra en contact avec Samuel, d'abord par courrier. Et le jeudi 10 janvier 2002, il se présenta sans prévenir au cabinet de l'avocate de sa femme. Il sollicita, de la façon la plus courtoise, un rendez-vous avec elle. Elle déclina, lui expliqua qu'elle n'avait pas le droit de le recevoir, qu'il devait prendre un avocat de son côté pour communiquer avec elle. Samuel prit un appartement, engagea un conseil pour le représenter, s'opposa à la demande de divorce pour faute et demanda au juge des affaires familiales la garde de ses filles. Il proposa par écrit d'abandonner les poursuites pénales pour vol et kidnapping à l'encontre de sa femme contre un accord amiable et tenta par tous les moyens une réconciliation avec Margaret. Il obtint un droit de garde et de visite. Margaret ne le respecta pas et fut condamnée une première fois. Samuel la poursuivit de nouveau pour exercer son droit de garde, tout en lui proposant de se réconcilier. En décembre 2002, pour les fêtes de Noël, Margaret dut, accompagnée en voiture par un fidèle de la paroisse, déposer Jina et Viviane chez leur père.

— Je n'ai jamais fait de mal à mes filles, Maggie, et je ne leur ferai jamais de mal. Elles méritent d'avoir un père qui les rend heureuses.

— Économise ta salive, Samuel. Depuis ce fameux jour, tu les as traitées différemment l'une de l'autre et tu as renié l'une d'entre elles.

— Je suis un autre homme, Maggie. En te perdant, j'ai compris que je vivrais malheureux toute ma vie. Je ne supporte pas de vivre sans toi et sans les enfants.

— Je t'ai dit que ce n'est pas la peine, Samuel. Ne te fatigue pas.

— Maggie, j'ai changé de pays, j'ai pris un appartement, je me suis battu pour avoir un nouveau poste à Paris, j'ai mis de l'argent de côté, juste pour toi et les petites. J'ai complètement changé.

— Mais tu ne pourras jamais changer ce que tu m'as fait. La balafre sur mon visage me le rappellera toute ma vie, Samuel. C'est la première chose que les gens voient quand je les rencontre.

Ils parlèrent une demi-heure sur le perron de l'immeuble où vivait désormais Samuel. Les platanes qui longeaient l'avenue étaient effeuillés et sans oiseaux. L'ami qui les avait accompagnées accepta de monter avec elles et de rester, au cas où les choses tourneraient mal. Jina et Viviane furent couvertes de cadeaux, mais ne décrochèrent pas un mot à leur père. Il ne perdit pas son sang-froid. Au début du dîner, Samuel offrit une parure à sa femme, les boucles d'oreilles, bracelet, collier et bague coordonnés d'un joaillier français réputé. Il avait préparé les plats préférés de chacune, une assiette spéciale pour Viviane à qui la viande répugnait, un large plat multicolore de fruits découpés, sablé le champagne pour son épouse auquel il ne toucha pas lui-même, proposé un cigare à l'ami qui l'accompagnait.

— Ça faisait longtemps que je rêvais du jour où je verrai ces bijoux sur toi. Tu es resplendissante, Maggie, et j'ai failli te perdre. Vous perdre toutes les trois. À partir d'aujourd'hui, je vous promets de vous rendre heureuses. Comme quand nous étions tous ensemble et que vous étiez petites, mes filles. Je vous offrirai tout ce que vous voudrez. Je vous offrirai la vie que vous méritez. Votre père n'est plus le même homme.

— Il faut du temps, Samuel.

Jina avala une gorgée d'eau de travers et toussa. Les paroles que sa mère lui avait dites à l'hôtel devant Notre-Dame, le soir de leur fuite, lui revenaient. *Ils nous tuent, ils nous violent, ils nous battent, ils nous mentent, ils nous humilient, ils font la même chose à toutes les femelles qui habitent sur terre, qu'on soit leur vache, leur mère, leur fille ou leur femme. Et notre plus grand malheur, ma fille, c'est que nous avons besoin d'eux pour faire des enfants... Il faut faire nos enfants et partir.* Et sa mère revenait.

Samuel se leva de table pour aller vers le séjour. Sur la table basse, il prit une enveloppe bombée et la posa près de l'assiette de Margaret.

— La carte que tu as prise, tu peux la garder et t'en servir. Je vais mettre le compte à nos deux noms et je déposerai de l'argent dessus chaque mois pour que ni toi ni les filles ne manquiez de rien.

— Les filles, et si nous appelions votre grand-mère ? Vous savez, depuis que votre grand-père n'est plus de ce monde, Nyanya est toute seule avec votre oncle Hassan et votre tante Sarah.

Margaret reparla à sa mère pour la première fois depuis trois ans. Les petites pleurèrent, Nyanya pleura, submergées par l'émotion. Samuel l'invita à venir les visiter et promit qu'il s'occuperait du visa.

Elles repartirent ce soir-là, revinrent le lendemain toute la journée, pour Noël. Puis le week-end suivant, toujours avec l'ami de la paroisse. Puis encore chaque vendredi soir et chaque samedi avec lui pendant deux mois. Puis l'ami cessa de monter à l'appartement et les déposait en bas de l'immeuble.

La femme qui les hébergeait tout d'abord ne dit rien. Mais un soir, à dîner, elle essaya.

— Moi, c'était pas une montre Cartier comme tes bijoux, mais pas loin.

— Quoi ?

— Quand je l'ai laissé revenir la première fois. Il m'a couverte de cadeaux. Une petite montre en plaqué or. C'était un ouvrier comme moi. Il avait dû faire les enchères au clou pour la trouver, la montre.

— Le père de votre fille ?

— Oui. Je me disais que ce serait mieux si elle avait ses deux parents, pour l'argent, les études et tout ça. Et puis c'était le seul homme que j'avais jamais connu. Alors on s'est rabibochés.

— Et après, que s'est-il passé ?

— Une semaine après il m'a cognée si fort que j'ai atterri aux urgences. Ils ont dû me plonger dans un coma artificiel pour me tirer de là. Ma fille a failli être orpheline.

— Pour nous, je suis sûre que ce n'est pas pareil. Je sens qu'il a vraiment changé. Tout chez lui a changé. Il ne se comporte plus de la même façon. J'ai cette sensation bizarre à l'intérieur, comme une intuition. J'ai envie de lui faire confiance et de croire que ce ne sera plus jamais pareil.

— Aucun homme ne change, ma puce. Et quelqu'un qui a connu le goût du sang une seule fois dans sa vie ne pourra jamais l'oublier. Tu as deux filles, elles sont très jeunes. Je te souhaite d'avoir raison.

En mars, Margaret commença à rester dormir chez Samuel. Samuel s'était mis à lire, à se cultiver, en plus de la presse quotidienne dont il avait l'habitude. Des romans d'Agatha Christie, de la poésie irlandaise, américaine, Yeats, Walt Whitman. Margaret ne le reconnaissait plus.

— Tu lis des poèmes de Walt Whitman ? Ne sais-tu pas ce qu'on raconte de lui ?

— Pendant mes études à Londres, nous avions un cours de littérature et de culture générale. Whitman était l'auteur préféré de notre professeur, et il est devenu le mien. Je sais très bien ce qu'on raconte, Maggie, que ce poète était homosexuel. Mais même chez nous, la société finira par changer, être plus ouverte. Ça me va. J'ai envie de retrouver l'étudiant curieux et passionné que j'étais. Quand j'étudiais à Londres, j'avais une façon différente de voir le monde de celle à laquelle je me pliais lorsque tu m'as connu auprès de mon père.

Il trouva dans une librairie anglophone les œuvres poétiques complètes d'Emily Dickinson et les offrit à sa femme. Vers la mi-avril, Margaret se rendit compte qu'elle était enceinte, de plus d'un mois. Elle pensa : *C'est trop tôt. Pas maintenant.* Malgré les quatre mois passés avec Samuel, leur décision de ne plus divorcer, de renoncer à leurs procédures juridiques l'un contre l'autre et d'essayer de redevenir un couple, Margaret sentit que cette grossesse était trop précoce. L'Éclat n'apparut pas. C'était donc un garçon. Elle prit conseil. Le prêtre de la paroisse lui dit que cet enfant était le signe d'une nouvelle chance accordée à son mari, à ses filles et à elle-même, de reformer une famille. Qu'elle était toujours mariée. Et que l'Église ne permettait pas à une épouse qui couchait avec son mari de tuer l'embryon qu'elle portait.

Margaret, désemparée, appela Nyanya.

— Je sais que cet enfant est une chance, mais je ne peux pas m'empêcher de penser que c'est trop tôt, *mama*.

— A-t-il moins de quarante jours ?

— Oui, trente jours tout au plus.

— Alors il n'a pas encore reçu d'âme.

— Mais Samuel veut un garçon depuis des années.

— Suis ton cœur, ma fille. Suis ton désir à toi. Pas l'opinion d'un homme. Quoi que tu choisisses, je serai à tes côtés. Pour t'aider dans cette épreuve, ou pour t'aider à élever l'enfant.

Avec l'argent que Samuel lui avait donné, Margaret prit un petit deux-pièces dans la commune où elle était hébergée et choisit, plutôt que de garder l'enfant, partir ou rester, de ne pas garder l'enfant, et de rester quand même.

II

GÉOGRAPHIE DES VIVANTS

Tribunal de Grande Instance de Bobigny
Parquet du Procureur de la République
13 mai 2003

ORDONNANCE AUX FINS
DE PLACEMENT PROVISOIRE D'UN MINEUR

Vu l'article 375-5 du Code Civil

Attendu que la santé, la sécurité ou la moralité de la mineure Jina SAÏDI
Née le 16 février 1987 à Arusha, Tanzanie
Et de sa sœur la mineure Viviane SAÏDI
Née le 28 août 1991 à Arusha, Tanzanie
sont compromises ;

Qu'en effet, cette jeune fille et sa sœur se trouvent brutalement privées de milieu familial à la suite de faits graves
Qu'à ce jour aucun membre de famille en dehors du père et de la mère n'est connu

Qu'une ordonnance du juge des libertés et de la détention du Tribunal de Grande Instance de Bobigny en date du 13 mai 2003 a placé M. Samuel Milele SAÏDI en détention provisoire pour le meurtre présumé de son épouse et mère des deux jeunes filles, Mme Margaret SAÏDI, au domicile de celle-ci dans la nuit du 12 au 13 mai 2003

Que la jeune Jina dit avoir assisté au meurtre de sa mère à son domicile et avoir appelé la police

Que la jeune Viviane dit avoir assisté au meurtre de sa mère à son domicile

Que la jeune Jina dit avoir fait l'objet de violences psychologiques répétées, et ce durant plusieurs années, de la part de son père

Qu'elles sollicitent toutes deux un accueil d'urgence

Qu'il y a effectivement urgence à les protéger en confiant les deux mineures sans délai aux services de l'Aide Sociale à l'Enfance de Seine-Saint-Denis

Qu'il y a donc urgence à prendre une mesure de protection dans l'intérêt de ces deux mineures.

Ordonnons en conséquence que Jina SAÏDI

Soit remise à l'ASE du département

Ordonnons en conséquence que Viviane SAÏDI

Soit remise à l'ASE du département

Encourageons toutes mesures visant à maintenir le lien familial entre les deux jeunes, prévenir leur éloignement géographique et garantir leur accueil d'urgence dans une même structure

Dit que le juge des enfants sera saisi dans les huit jours.

Le Procureur de la République

Samuel fut placé en détention préventive. Jina et Viviane, seize et presque douze ans, eurent l'aubaine d'être accueillies ensemble en foyer d'urgence. Souvent, les frères et sœurs d'une même famille, d'âges différents, pouvaient se trouver séparés après des événements familiaux graves. L'urgence pour les services sociaux était avant tout de leur dénicher une famille d'accueil, même si cela impliquait de les éloigner les uns des autres, faute de places disponibles, de les *dispatcher*. Des enfants qui avaient grandi et toujours vécu ensemble étaient arrachés à la présence rassurante de leurs aînés, habitaient une ou deux semaines, parfois un mois, avec des inconnus, hébergés comme eux temporairement chez des accueillants démunis face à des passés si lourds pour des êtres aussi jeunes, puis déménageaient, encore et encore, jusqu'à trouver une solution d'accueil plus stable, ce qui pouvait prendre de longs mois. Mais les services de l'Aide sociale à l'enfance et les éducateurs du foyer d'urgence où furent reçues Jina et Viviane obtinrent par la police, aidée par la mère de la réceptionniste, le numéro de téléphone de Nyanya, retrouvé dans les effets personnels de Margaret.

Nyanya avait appris de la voix consternée d'un agent de police, assisté par un interprète, la mort de Margaret, et même pire : les circonstances épouvantables de la mort de Margaret. Elle resta prostrée plusieurs heures dans le séjour de sa maison d'Arusha. Cette même maison qu'elle avait fui, la petite Oria alors malade sur son dos, pour aller rejoindre sa mère Omra et son frère Marcus et leur lutte contre la compagnie pétrolière, abandonnant Maggie à la solitude ardente d'une jeune fiancée dont l'erreur de jugement, en l'absence protectrice de sa mère, avait inéluctablement conduit près de dix-sept ans plus tard à son assassinat. Voilà ce qu'éprouvait Nyanya, ce qui la tétanisait, dans le séjour de sa maison, malgré les pleurs et les mots de réconfort d'Hassan et Sarah, ses cadets, voilà ce qui l'immobilisait, le sentiment indéfectible que tout était de sa faute, la certitude que si elle n'avait pas laissé sa fille seule dans cette maison avec un fiancé influençable et un père opportuniste, elle ne serait pas tombée enceinte de Jina, elle n'aurait pas menti à Samuel, cette vieille peau d'Elizabeth n'aurait pas découvert le secret de Maggie, Maggie serait toujours en vie. Et la réprobation d'Omra, son jugement sans appel, revint une fois de plus en mémoire à Nyanya : *Pourquoi maltraites-tu tes enfants, Rébecca ?*

Nyanya s'affligea, paralysée par le souvenir de l'Éclat qui scintilla en elle lorsqu'elle conçut Margaret, sa première fille, l'Éclat volcanique pour la première fois dans son corps, l'enfant du brasillement des femmes qui l'avaient précédée, l'enfant dans laquelle elle avait placé tout son espoir de faire revivre la souveraineté des aïeules dont lui avait tant parlé

Omra, espoir déçu. Maggie avait été une enfant brillante, exceptionnellement douée pour les études, mais d'un tempérament ordinaire. Ni magie ni miracle dans ses yeux, ses mains, ses pensées. Elle n'avait pas suivi les traces de sa mère, mais celles d'Hashim. Elle avait voulu plaire à son père, respecter sa volonté. Nyanya demeurait assise, sidérée par l'évanouissement du pétillement de vie qu'avait été Margaret, sa dureté adolescente, puis sa souplesse depuis qu'elles deux vivaient dans le mensonge de la conception de Jina, *And now I'm different from before, as if I breathed superior air*, le silence obligé de sa fuite, son courage d'être partie avec deux filles sous le bras, l'agitation de Samuel qui harcelait les Faradji et criait partout que sa femme était une putain qui l'avait utilisé pour refaire sa vie sans lui en Europe, le déshonneur, encore, les prières de Nyanya pour que Maggie et les petites ne réapparaissent jamais du vivant de leur mari et de leur père, qu'elles trouvent un espace loin de lui, loin de l'orgueil maladif d'un homme incapable de comprendre qu'un corps avait pu aimer autrefois sans lui appartenir, *Il faut partir ma fille, il faut partir, c'est le moment*, le soupir de soulagement que Nyanya éprouva lorsqu'une année entière passa sans nouvelles et que Samuel enragea de devoir peut-être abandonner les recherches, pensant à répudier sa femme, à divorcer par absence, les pleurs interminables de Nyanya lorsqu'elle eut Margaret et les filles au téléphone pour la première fois depuis leur fuite, alors il les avait récupérées, finalement, Maggie l'avait laissé revenir, le violeur, l'alcoolique, l'homme qu'elle avait brisé, elle lui avait pardonné, avait cru en lui de nouveau, et voilà, *tu es morte Maggie, tu t'es laissée faire par un homme, tu l'as laissé reprendre possession de ton corps, de ton ventre, de tes seins, je t'avais prévenue, je te l'avais dit tant de fois, si tu n'aimes pas le prix de la liberté, ma fille, tu ne mérites pas d'être libre, et maintenant, il t'a tuée, devant tes filles, et à quoi sert le pardon face aux tueurs, Maggie ? À quoi sert la bonté, la famille, l'amour, tous ces rêves, face aux hommes qui tuent, hein Maggie ?*

Nyanya voulait croire que sa fille était toujours là pour l'entendre la réprouver, elle lui parlait depuis sa stupeur, s'énervait contre l'entêtement de Margaret, son insolence, *vouloir être une femme libre quand tu n'étais qu'une esclave des désirs des hommes, tu voulais plaire aux hommes ma fille, à ton père, à ce Jay, on t'a punie, on t'a punie horriblement.* Mais Nyanya s'accusait. Qui d'autre qu'elle était responsable de cette situation ? Qui d'autre qu'elle avait abandonné Maggie avec ce profiteur de Jay et un père prêt à la vendre au plus offrant, qui d'autre qu'elle avait laissé Oria à sa mère pour ne pas encore devoir élever une fille qui ne suivrait pas sa voie ? Qui avait conseillé de ne jamais dire à Samuel que Jina n'était pas de lui, laissé passer toutes ces irrattrapables années de dissimulation pour finir par s'agenouiller devant l'ombre saoularde de cette brute et le supplier de ne plus violer sa femme devant les enfants, au lieu, simplement, de tuer ce salopard dans son sommeil et de sauver Margaret et les petites ? Qui avait encouragé Maggie à ne pas continuer sa grossesse, *Suis ton désir à toi, ma fille, pas l'opinion d'un homme,* alors qu'elle en était incapable, alors qu'elle était encore fragile, soumise à l'angoisse du futur, effrayée par l'indépendance ? Qui avait fait tout cela ?

Nyanya répondit en elle-même à l'accusatrice qui opérait dans ses pensées. Le visage juvénile de Margaret, les longues heures passées à apprendre avec elle à déchiffrer les poèmes d'Emily Dickinson, les remontrances qui avaient brisé son autonomie et l'avaient poussée à abandonner ses études pour épouser Samuel dans la hâte et élever Jina, chaque image projetée dans sa mémoire écrasée par la nouvelle de la mort de sa fille était une lacération, une balafre de coups de ceinture, comme celle que Maggie avait porté des années sur son visage, *Comment ai-je pu être une mère aussi égoïste ?* Il ne suffisait pas de dire à son enfant de résister à la volonté des hommes, il ne suffisait pas de lui enseigner par la semonce ce qu'elle devait faire ou ne pas faire. Où donc avait été l'exemple ? Nyanya ne s'était-elle pas tue devant Hashim ? Elle qui ne voulait pas élever autant d'enfants qu'elle voyait tous, impuissante, s'éloigner de l'Éclat, de son héritage familial, des enseignements perdus d'Omra, du jardin dont ils se contrefichaient, n'en avait-elle pas porté huit pour faire plaisir à cet homme, pour continuer d'être riche et avantagée au milieu d'une nation où les mères perdaient leurs petits de maladies infantiles éradiquées ailleurs ? *Le confort, c'est cela que ma fille a vu chez moi, qu'on peut se taire devant un homme, devant n'importe qui, pour le confort, pour une parure de bijoux, la parure qui dit : je t'écraserai mais tu ne lutteras pas pour manger. C'est moi ta mère qui t'ai appris que les femmes sont corrompues, Maggie, et ta parure, c'est ton sang, maintenant.*

Ce furent les éducateurs du foyer qui tirèrent Nyanya de sa torpeur tourmentée. Ils lui demandèrent si les filles avaient de la famille en France à part leur mère, une tante, une cousine, mais il n'y avait personne. Ils lui demandèrent si elle pouvait venir rapidement, lui expliquèrent qu'autrement ses petites-filles seraient prises en charge par des foyers d'accueil et finiraient par être séparées pendant la procédure judiciaire. Que ce serait une bonne chose qu'elles aient quelqu'un sur qui compter, que Viviane pleurait et la réclamait jour et nuit et que Jina avait *des problèmes.* Nyanya contacta d'urgence le consulat français. Avec ce qui lui restait de la fortune d'Hashim, que ses fils aînés et surtout leurs épouses s'étaient disputée comme des hyènes à la mort de leur père, elle fut en mesure de couvrir les frais exigés par les lourdes démarches administratives, le visa, le voyage vers l'Europe et de n'être pas démunie une fois là-bas. Nyanya prit l'avion pour Paris, avec une escale à Nairobi. Elle devait coûte que coûte récupérer ses petites-filles, trouver un logement, organiser les obsèques de Margaret, après de longues semaines d'autopsies et d'expertises médico-légales auxquelles elle ne s'opposerait pas. Elle devait faire pour Jina et Viviane ce qu'elle n'avait pas su faire pour leur mère. Et dans la précipitation, l'urgence, le manque de sommeil et les heures d'attente dans les administrations, hantée par les cauchemars du meurtre effroyable de sa fille aînée, Nyanya ne vit pas qu'une fois de plus, elle laissait derrière elle ses autres enfants… Hassan et Sarah regardèrent leur mère faire ses bagages. Ils héritèrent ainsi de fait de la maison d'Arusha. Aucun d'eux ne savait prendre soin du jardin. Kitso, le chien basenji, comprit que Nyanya l'abandonnait et gémit après la fermeture du portail.

Quand Nyanya arriva avec deux valises pleines à l'accueil du foyer, après deux heures trente de transports depuis la station de l'aéroport, il pleuvait à la limite de la grande banlieue parisienne où se trouvait le bâtiment. Un éducateur était assis avec un jeune près d'une machine à café. L'adolescent, sourcils froncés, regardait le sol et serrait les poings pendant que l'homme le sermonnait : « On ne peut pas se faire justice tout seul, s'il y a des choses comme ça qui se produisent tu dois venir me voir d'abord, tu dois m'informer, ça sert à rien la violence, ça va juste te mettre dans la merde avec ton suivi », Nyanya s'avança vers une femme aux cheveux longs qui la salua d'un air compatissant.

— Bonjour madame, vous êtes la grand-mère de Viviane et Jina ?

— *Yes, can I please see them? Are they okay?*

— Sandrine, tu peux prévenir Viviane et sa sœur que leur grand-mère est là ?

L'éducatrice fit glisser les valises de Nyanya jusque derrière le bureau d'accueil.

— Elles vont arriver. Vous voulez un café ? *Coffee?*

— *No, thank you. Are my granddaughters alright?*

Viviane hurla de soulagement et de chagrin mêlés en se précipitant vers Nyanya. Elle serra sa grand-mère si fort entre ses bras qu'elle lui fit mal. Jina apparut, flanquée d'une éducatrice. L'adolescente fulminait et insultait la femme qui la tenait par la manche et lui parlait à voix basse.

— Eh, tu te calmes ! Quand tu seras calme je te laisserai partir, d'accord ? Mais tu dois te calmer, là ! D'accord ?

— *Let me go. I said let me go!*

— Calme-toi d'abord j'ai dit !

Jina repoussa violemment l'éducatrice qui faillit tomber à terre. Elle interpella Nyanya et explosa en sanglots :

— Pourquoi t'es pas venue avec nous en Europe ? Pourquoi tu nous as abandonnées ? Tu nous as abandonnées, Nyanya ! Tu nous as laissées toutes seules avec maman ! Et maintenant ce fils de pute l'a tuée ! Je ne veux plus jamais te revoir !

Puis elle retourna d'où elle venait, vers l'escalier qui menait aux chambres du foyer.

Nyanya était tétanisée. Viviane s'accrochait à elle en la serrant douloureusement, pleurait sauvagement dans sa veste. Elles restèrent debout ainsi de longues secondes. L'adolescent près de la machine à café les regardait. Des larmes droites coulaient silencieusement sur les joues de Nyanya. Elle les ignora complètement et dit d'une voix calme : *I am looking for a place to stay.*

Le soir, alors que Nyanya avait loué une chambre dans un hôtel du centre-ville proche du foyer, l'éducatrice qui l'avait reçue appela la réception.

— Allô madame ?

— *What's going on? Are Viviane and Jina okay?*

— Il faut que vous veniez vite.

Les pompiers avaient été appelés et emmenaient Jina aux urgences. Elle s'était tailladé l'avant-bras avec un rasoir jetable.

Nyanya ne put la voir que le surlendemain, après que Jina fut soignée de ses blessures superficielles et qu'un médecin psychiatre eut autorisé sa sortie.

— Je sais que tu m'en veux, ma petite. Tu as raison de m'en vouloir. Je n'ai pas protégé ta maman comme j'aurais dû. Mais je suis là maintenant. Et je vais rester avec vous.

— Je ne veux pas retourner à Arusha, Nyanya. Viviane et moi on ne veut pas. Là-bas, il y a sa famille à lui.

— On ne retournera pas là-bas, Jina. On ne peut pas, il va y avoir un procès, tu sais. Moi je viens vivre ici avec vous. Et toi, tu dois être forte, pour ta petite sœur. Elle ne doit pas te voir comme ça.

Nyanya prit rendez-vous avec l'avocate que Margaret avait engagée pour son divorce afin d'obtenir rapidement un droit de séjour et de garde de ses petites-filles, au moins le temps du processus judiciaire. Grâce à la mère de la réceptionniste que Jina contacta, elle trouva en quelques jours un appartement dans la commune d'une banlieue limitrophe à celle où sa fille avait été hébergée au lendemain de sa fuite, un petit meublé avec une chambre à part du salon, loué pour un an renouvelable.

Viviane put retourner dans le collège où elle était scolarisée encore quelques semaines plus tôt. Jina, elle, retourna au même lycée, et prépara son entrée en classe de première littéraire, uniquement grâce aux efforts de Nyanya pour la faire étudier sans relâche, au lieu de la laisser s'assourdir en saturant son casque de musique toute la journée et une bonne partie de ses nuits.

Samuel fut d'abord entendu par le président de la cour d'assises dans les locaux du tribunal, escorté par les gendarmes et menotté jusqu'à la salle d'interrogatoire où un interprète traduisait ses déclarations et les questions du magistrat. Le juge lui décrivit les faits qu'on lui reprochait, les preuves qui existaient contre lui et l'informa que dans son cas, il serait obligatoirement assisté par un avocat. Samuel reconnut, comme lors de son arrestation, tout ce qu'il avait fait et exprima, sans aucune réserve, calmement, ses motifs.

— Ma femme a tué mon fils.

— Monsieur, vous êtes en France. Les femmes ont le droit d'avorter, sans l'accord de quiconque, pas même de leur mari. Elles ne sont obligées d'en parler à personne et peuvent avorter si elles le souhaitent dans les délais et les conditions prévues par la loi.

— Dans son cas, c'était un meurtre. Elle a tué mon fils sans lui laisser aucune chance.

— Ce n'était pas un meurtre, monsieur. L'avortement est légal et encadré par la loi. L'embryon n'est pas considéré comme une personne. Mais vous dites que vous avez assassiné votre femme parce qu'elle aurait tué votre fils. Vous parlez bien de l'embryon qui était dans son ventre ?

— C'était mon fils. Pendant plus de quinze ans, je lui ai demandé un fils.

— Je lis dans le dossier que votre femme était enceinte de neuf semaines d'aménorrhée, soit environ deux mois. À ce stade de la grossesse, il est impossible de savoir si l'enfant sera de sexe féminin ou masculin. Vous comprenez, monsieur ?

— Je vous dis que c'était un garçon, mon fils. Et qu'elle a tué mon fils. Dans mon dos. Elle savait que c'était un garçon. Dans cette famille, les femmes savent quand elles ont des filles ou des garçons.

— Donc vous confirmez, monsieur, que vous reconnaissez les faits d'homicide volontaire sur la personne de votre conjointe, Margaret Mueda Faradji épouse Saïdi, dans la nuit du 12 au 13 mai 2003 à son domicile, par dix-neuf coups de couteau ?

— Oui.

— Et que vous vous êtes rendu chez elle ce soir-là avec l'intention de la poignarder ?

— Je voulais les tuer toutes.

— Vous aviez l'intention de tuer vos filles également, c'est ce que vous dites ?

— Oui.

— Mais vous ne l'avez pas fait. Pourquoi ?

— Quand j'ai ouvert le ventre de ma femme... Je regardais dans son ventre et je cherchais mon fils. Mais il n'y avait rien. Plus rien dans le ventre de cette traînée. Ensuite, je les ai cherchées, mais elles s'étaient déjà enfuies.

— Oui, d'accord, vos filles s'étaient enfuies, c'est pour cette raison que vous ne les avez pas tuées ? C'est bien ça ?

— Elles étaient déjà parties.

— Est-ce que vous regrettez ce que vous avez fait, monsieur ? Est-ce que vous regrettez d'avoir tué votre femme ? Et de cette manière, particulièrement barbare ?

— On ne regrette pas la justice. Une fille, si elle m'en avait parlé, peut-être que j'aurais pu l'accepter. Mais mon fils, jamais. C'est moi qu'elle a tué. Elle a voulu me tuer moi en supprimant mon fils. Elle n'a eu que ce qu'elle méritait. Même si c'est légal ici, une femme n'a pas le droit de tuer un enfant. C'était mon fils, vous pouvez comprendre ça ?

Le juge demanda une expertise psychiatrique.

À l'enterrement de Margaret, de longues semaines après son meurtre, l'ami de la paroisse qui l'avait accompagnée en voiture avec les petites chez Samuel pendant deux mois n'osa regarder ni les enfants ni Nyanya dans les yeux. Le pauvre homme était rongé par le remords, dévoré par le récit d'horreur des derniers instants de cette femme avec laquelle il bavardait en route et priait à l'église encore quelque temps plus tôt. Jina, elle, le fixait sans ciller. La haine se lisait très clairement sur son visage. La réprobation. Alors qu'elle et Viviane étaient restées méfiantes et n'adressaient pas la parole à leur père spontanément, lui s'était laissé embobiner. Il avait accepté de fumer le cigare avec Samuel, s'était même mis à lui faire confiance, oubliant la raison impérieuse pour laquelle il avait été chargé d'être présent durant les premières retrouvailles, cette raison que Maggie portait sur le visage comme sa plaie du passé qui pouvait redevenir un saignement imminent au moindre haussement de voix, à la moindre volée d'assiette. L'ami de la paroisse en avait eu marre. De fiche en l'air ses vendredis et ses week-ends par charité. À la fin, d'attendre en bas d'un immeuble parisien de luxe dans sa Clio. Après tout, le mari n'avait pas l'air mauvais, pour offrir de tels cadeaux à sa femme, lui donner des enveloppes d'argent, des bijoux qu'en une vie d'économies lui ne pourrait jamais offrir à son épouse, elle faisait vraiment la difficile, cette Margaret, avec ses exigences, un chauffeur à demeure pour la ramener, elle pouvait prendre le taxi avec tout l'argent que Samuel lui filait. La dernière fois qu'il les avait conduites, au moment où Maggie allait refermer la portière après que les filles furent descendues de voiture, il lui dit : *Margaret, au fait, le week-end prochain, je pourrai pas, je dois emmener mon fils au foot, ma femme peut plus le faire, ça lui fait trop, le samedi, tu comprends ?* Et elle n'osa plus jamais le solliciter.

L'audience de la cour d'assises ne commença qu'en juin 2005 et dura plusieurs jours. Jina avait dix-huit ans. Viviane, presque quatorze. *L'audience criminelle est ouverte. Veuillez-vous asseoir. Faites entrer l'accusé.*

— Bonjour, monsieur. Avancez-vous au micro. Dites vos nom et prénoms.

— Je m'appelle Samuel Milele Saïdi.

— Asseyez-vous. Le tirage au sort du jury de jugement de cette affaire a eu lieu. Mesdames et messieurs, à l'appel de votre nom, vous voudrez bien vous placer là où l'indiquera monsieur l'huissier.

Et l'interrogatoire public commença. Nyanya serrait les mains de ses petites-filles. Elle regrettait d'avoir permis que

Viviane assiste à l'audience en dehors de la stricte nécessité de son témoignage.

— Monsieur Saïdi, aujourd'hui, reconnaissez-vous l'ensemble des faits qui vous sont reprochés, aucuns faits, certains faits ?

— Je n'ai jamais contesté ce qu'on me reproche.

L'interprète traduisait les mots de Samuel comme s'il les disait lui-même.

— Qu'admettez-vous aujourd'hui, monsieur ? Les faits de préméditation : reconnaissez-vous avoir prémédité le viol et l'assassinat de votre épouse ?

— Oui.

— Reconnaissez-vous les faits d'actes de torture ?

— Oui.

— Les actes de torture, monsieur, vous les reconnaissez ? Vous reconnaissez avoir découpé les seins de votre épouse alors qu'elle était vivante ?

— Oui.

— Reconnaissez-vous les faits de viol ?

— Je n'appelle pas ça comme ça.

— Reconnaissez-vous que vous avez forcé votre épouse à avoir des relations sexuelles non consenties avec vous avant de lui découper les seins et de la poignarder ?

— Je n'avais pas à lui demander. Nous étions mariés.

— Comment décririez-vous l'ambiance à la maison quand vous étiez jeune ? Y avait-il des problèmes ?

— J'ai grandi dans une famille de cinq fils, neuf enfants. Notre père était un riche commerçant, comme le père de ma femme. C'est comme ça qu'on s'est rencontrés et que je l'ai demandée en mariage. Mes parents m'ont offert l'enfance la plus luxueuse, mais aussi l'éducation la plus droite qui soient. Et ils m'ont inculqué certaines valeurs.

— Quelles valeurs par exemple ?

— Le sens de l'honneur. Quelque chose qui n'a pas l'air de vous parler, ici.

— Et vous reprochiez à votre épouse de n'avoir pas respecté votre sens de l'honneur ?

— Elle a fait un enfant avec un autre homme et me l'a caché lorsque nous nous sommes mariés. Je pensais que ma fille aînée était de moi, mais quand je l'ai épousée, ma femme était déjà enceinte d'un autre. Sa propre mère était au courant ! Pendant plus de quinze ans, j'ai demandé à ma femme un fils. Elle savait que c'était mon plus grand désir. Quand elle est tombée enceinte, elle a tué cet enfant dans mon dos.

— Jusqu'à quel âge êtes-vous allé à l'école, monsieur ?

— J'ai une licence. Je suis diplômé d'une université britannique et j'ai un passeport anglais. Après trois années, je suis retourné auprès de mon père pour gérer nos affaires familiales.

— Vous avez donc étudié en Angleterre ?

— Oui. Tout le lycée, puis trois ans à l'université. Ma mère est anglaise.

— À l'époque des faits qui vous sont reprochés, est-ce que vous buviez ? Je vois dans le dossier que vous avez eu un problème d'alcool. Quel genre d'alcool buviez-vous ?

— Je n'avais pas bu depuis plusieurs années.

— Vous étiez sobre au moment des faits ?

— Depuis deux ans au moins. Si vous essayez de savoir ce qui n'allait pas dans ma vie pour alléger ma peine, sachez que ça n'a rien à voir avec mon enfance ou avec l'alcool ou quoi que ce soit. Une chose grave n'allait pas dans ma vie : ma femme a tué mon fils. Elle a décidé toute seule de tuer mon enfant. J'ai tout fait pour cette femme. Tout ! Je lui ai acheté une maison à son nom pour nos fiançailles. J'ai payé le triple de sa dot à son père. Je l'ai couverte de bijoux de joailliers, de parfums de luxe, je lui ai offert une voiture que personne dans notre entourage ne conduisait, je l'ai laissée avoir la religion de son choix, sa propre vie, ses amis, ses idées. Je lui ai pardonné de m'avoir fait croire que Jina était notre fille, je lui ai pardonné de s'être enfuie avec les enfants dans un autre pays, je lui ai pardonné de m'avoir volé, de m'avoir ridiculisé aux yeux du monde entier, mais ça, après tous mes efforts pour prendre soin de ma famille, tous ses caprices que j'ai endurés, qu'elle tombe enceinte et qu'elle décide seule de tuer mon fils, ça, je ne pouvais pas lui pardonner. Je n'ai rien d'autre à ajouter. Punissez-moi comme vous le voulez. Ce n'est plus mon problème.

Les jours suivants, les témoins furent entendus, Jina à la barre, l'enregistrement de son interrogatoire du jour du meurtre de Margaret, l'enregistrement de Viviane, le témoignage de Nyanya, celui de la directrice d'école à Londres convoquée par la cour qui confirma qu'elle avait fait un signalement en vue de la protection des deux fillettes et de leur mère, celui de la femme qui les avait hébergées, de sa fille réceptionniste à l'hôtel, de la collègue de la réceptionniste, des fidèles de la paroisse, puis la police fut entendue, les rapports des policiers anglais sur les plaintes pour vol et kidnapping, les rapports d'enquête de la brigade criminelle, les expertises, celle du médecin légiste qui avait autopsié Margaret, celle des techniciens de la police scientifique qui étaient intervenus dans l'appartement après le meurtre, celles de deux experts psychiatres attestant que, bien qu'il fût persuadé que sa femme attendait un enfant de sexe masculin, le discernement de Samuel n'était pas aboli lorsqu'il choisit une arme, lorsqu'il se rendit chez Margaret, lorsqu'il la viola devant ses filles comme il l'avait fait de nombreuses fois auparavant, lorsqu'il lui découpa les seins en même temps, lorsqu'il l'égorgea puis lui asséna les coups de couteau, lui ouvrit le ventre pour creuser, découper, retourner. Les experts confirmèrent que Samuel avait perdu la conscience de ce qui l'entourait durant les quelques minutes après le meurtre pendant lesquelles il disait, après avoir fouillé dans ses entrailles, avoir compris qu'il était trop tard et que l'embryon avait déjà été évacué par sa femme.

L'avocat général plaida dans le sens de l'impossibilité de savoir si la grossesse était effectivement interrompue au moment de l'homicide, ou si l'IVG n'avait pas encore été réalisée. L'état physique de la dépouille de Margaret n'avait pas permis au médecin légiste de le déterminer, bien que la preuve de la grossesse eût été établie. L'avocat général requit la réclusion criminelle à perpétuité pour viol, actes de torture et barbarie et assassinat sur conjoint vulnérable en raison de son état de grossesse connu de l'auteur. La plaidoirie de la défense quant à l'intégrité morale et l'absence d'antécédents judiciaires de Samuel fut sans effet sur la délibération des jurés qui le condamnèrent, ce jour de juin 2005, à la peine maximale, assortie de vingt ans de sûreté. Samuel quitta la maison d'arrêt où il était détenu depuis deux ans, puis fut conduit en triage à Fresnes, et transféré à la maison centrale de Poissy pour purger sa peine.

Personne n'alla jamais le visiter.

Nyanya dormait sur un canapé-lit dans le salon pour que Jina et Viviane partagent la chambre du petit meublé. Elle essayait de rendre cet espace, minuscule en comparaison avec la maison qu'elle possédait à Arusha, vivable, agréable, sans demander d'aide à personne et surtout pas au père des filles, désormais incarcéré, ni à sa famille, avec laquelle elles coupèrent totalement le contact. Chaque coin libre du petit comptoir qui donnait sur la cuisine et chaque dessus d'étagère, sans parler de la table à manger et de l'étroit balcon, était occupé par une plante verte, un rosier en pot, d'infructueuses tentatives de plants de tomate cerise ou de basilic qui manquaient cruellement des qualités d'un jardin d'extérieur pour s'épanouir. Jina fumait beaucoup et écrasait ses mégots dans les pots sur le balcon. Nyanya ne disait plus rien et se mit à les ramasser tous les jours, jusqu'à ce qu'elle finisse par sacrifier une soucoupe en terre cuite pour en faire un cendrier. Sa petite-fille qui venait de passer les épreuves du baccalauréat entre les audiences du procès d'assises. Chaque fois que Nyanya avait essayé de lui parler des effets néfastes du tabac ou du bon exemple qu'elle devait s'efforcer de montrer à sa petite sœur, Jina rallumait une cigarette et répondait à sa grand-mère par un torrent de questions provocantes, toujours plus ou moins les mêmes : *Et comment elle a fait, maman, pour passer le bac alors qu'elle était enceinte de moi et que t'étais pas là pour l'aider comme tu m'as aidée ? Tu l'as rencontré, mon vrai père, Nyanya ? C'est vrai que grand-père lui a donné de l'argent pour qu'il renonce à épouser maman ? Il passait son bac en même temps lui aussi ? Elle lui trouvait quoi, à ce mec ? D'après toi, Nyanya, il a pensé quoi mon vrai père quand il a appris que l'homme qu'elle a épousé à sa place l'a égorgée comme une truie ? Pourquoi papa a dit à l'audience que dans la famille les femmes savent quand elles vont avoir des filles ou des garçons ? Est-ce qu'il est vraiment cinglé ?* Nyanya répondait très calmement, sans relever les provocations, avec le plus d'informations possible, pour que Jina soit au plus près de la vérité, et Viviane aussi entendait les réponses et, une fois les filles couchées, Nyanya pleurait toute la nuit. Elle priait, elle implorait le Créateur de cesser de la punir. Elle disait : *J'ai compris ce que Tu veux de moi, je T'en supplie, je n'en peux plus, fais-la cesser, guéris ma petite-fille, elle me tourmente trop.* Et Nyanya finit par céder, concernant les cigarettes, puis concernant bien d'autres choses encore.

Pourtant celle qui, adroitement, avait eu le sang-froid de saisir le combiné sans fil du téléphone fixe sur la vieille console en formica près de l'entrée, d'attraper en silence la main de sa sœur cadette, de la cacher dans le local à poubelles de l'immeuble puis de remonter les marches de la cage d'escalier jusqu'à capter de nouveau le réseau téléphonique et prévenir la police en chuchotant, *Au secours, mon père a tué ma mère, il l'a déchirée partout avec un couteau*, était devenue la plus vulnérable aux images volatiles de giclures grenat qui les poursuivaient Viviane et elle. Comme Margaret qui répétait mécaniquement *C'est dans l'autre sens, dans l'autre sens*, alors qu'elles remontaient la rue en se donnant la main le jour de leur arrivée à Londres, ce jour où elles comprirent que Samuel allait les tyranniser encore et encore, Jina répétait dans la cage d'escalier, la main en sueur contre le combiné, pendant que son père fouillait dans le ventre de sa mère : *Dépêchez-vous, il va nous trouver, il va nous tuer, je n'ai pas fermé la porte*, et cette phrase, elle la murmurait encore la nuit dans son sommeil, et Viviane se réveillait et rejoignait en pleurant le lit de Nyanya dans le salon au milieu de la nuit. *Au secours, mon père a tué ma mère. Dépêchez-vous. Je n'ai pas fermé la porte.* Et Jina attendait que l'ombre de Samuel descende les escaliers en hurlant *Mon fils, elle a tué mon fils !* et la trouve, elle, sa non-fille, les secours au bout du fil, et plante dans son ventre à elle le couteau maculé par le sang de sa mère. Puis elle se réveillait en sursaut et bramait, conspuait, finissait par hurler des injures ou bien des choses incompréhensibles.

Il fallut tenter de trouver une solution contre la somniloquie et les attaques de panique nocturnes de Jina. Alors, en plus de la séance hebdomadaire avec une thérapeute que chacune des sœurs suivait de son côté, Jina dut revoir un psychiatre et prendre un traitement médicamenteux auquel Nyanya, d'abord opposée à toute chimie inconnue sur sa petite-fille qu'elle pensait pouvoir traiter par des prières quotidiennes et tranquilliser par des fumigations et inhalations de plantes apprises d'Omra, se résigna, eu égard à l'intensité des crises, de moins en moins supportables et qui terrorisaient Viviane. Jina ne s'accommodait pas des entretiens avec le psychiatre qu'elle consultait lors de sa permanence à l'hôpital. Un grand homme sexagénaire, chenu avec une calvitie dessinée comme au crayon sur son crâne, les lunettes sobres de l'intelligence, au ton calme, aux mains dont Jina ne pouvait s'empêcher de penser *Celles-là aussi peuvent faire ce que mon père a fait*, et à qui elle ne parvenait pas à parler vraiment, mal à l'aise avec un homme, aussi différent et éloigné fût-il de Samuel. Elle préférait l'écrin du cabinet de la thérapeute qui la recevait en anglais, une lumière chaude et tamisée émanait de la lampe près du fauteuil. Jina revivait là-bas le énième viol et le meurtre de sa mère comme une scène, qu'il suffisait de fermer les yeux pour voir apparaître à l'endroit exact de la pellicule où elle l'avait laissée à la dernière séance, la dernière projection des mains de Samuel sur la bouche et le nez de Margaret, des mains de Samuel dans le ventre de Margaret, la console en formica, *Dépêchez-vous, je n'ai pas fermé la porte.*

— Je n'ai pas eu la force de le tuer. J'avais réfléchi depuis que j'étais petite à comment faire pour tuer mon père quand il allait encore la violer. C'était le moment où il serait sur elle, quand il ne me verrait pas et ne m'entendrait pas. J'aurais pu le tuer à ce moment-là. Quand on a quitté Londres, avant qu'on s'enfuie, j'étais presque prête. Et quand il a recommencé, chez maman, j'ai fait comme quand j'étais petite, j'ai regardé sans bouger. J'ai décidé de ne rien faire et de ne pas l'aider, elle.

— Pourquoi ?

— Je revoyais les souvenirs du placard à provisions dans la cuisine. Le trou. L'œil de ma mère qui vérifiait par le trou que j'étais toujours dans le placard où elle m'avait enfermée. Je la voyais préparer à manger à travers le trou. Elle finissait de plumer un poulet, elle lavait la viande dans l'évier. Elle coupait les morceaux, les cuisses, les ailes, comme si elle allait me découper moi. Elle savait que je la regardais par le trou. Et puis tous ses tabassages quand elle passait ses nerfs sur moi. *Tu seras qu'une pute. T'as gâché ma vie.* Tout le monde disait de ma mère que c'était une pute parce qu'elle m'avait faite avant d'être mariée avec mon père, qu'elle lui avait caché, et avait menti à toute la famille à ma naissance. Une sœur de mon père a même raconté que ma mère l'avait trompé après leur mariage, que cette histoire de premier fiancé était fausse et qu'en fait j'étais plus jeune que ce que ma mère disait. Bref. Ils sont tous devenus hystériques avec cette affaire et ma mère, elle me l'a fait payer, en fait. Mais on ne peut pas faire payer un enfant pour quelque chose dont il n'est pas responsable. Alors quand j'ai vu mon père recommencer à faire ce qu'il lui faisait à Arusha, ce qu'il avait recommencé à lui faire quand on est arrivés à Londres, j'ai vu tout ce qu'elle m'avait fait à moi pour se venger de lui. Au lieu de se défendre, elle m'a brutalisée. Même si elle s'est excusée après. Même si elle a promis qu'elle ne me frapperait plus quand on était dans l'hôtel à Notre-Dame. J'ai décidé de ne pas la sauver parce qu'elle ne le méritait pas.

De toute façon je savais qu'il viendrait après nous pour nous tuer aussi. Mon père, il ne pouvait pas tuer ma mère sans me tuer moi. Je voulais juste protéger ma petite sœur. C'est pour ça que j'ai appelé la police.

— Vous pensez que vous avez laissé mourir votre mère, Jina ?

— C'est clair. On l'a tous laissée mourir. Regardez-moi, j'étais largement assez forte, assez grande pour assommer mon père ou aller chercher un couteau dans la cuisine et lui planter dans le dos ou bien courir chez les voisins pour les prévenir. Nyanya, elle aussi elle a laissé mourir ma mère. Elle aurait pu faire la même chose que tout ce que je viens de dire. Mais non, elle nous cachait les yeux, elle fermait la porte et elle allait pleurer à genoux au pied du lit pendant que le mec finissait de violer sa fille. Vous vous rendez compte ? C'est comme lui dire : *Tu es tout-puissant, on n'a aucun pouvoir, on est plusieurs, mais tu es plus fort que nous.* On était quatre, même si Viviane et moi étions enfants, on était quatre filles, avec ma mère et Nyanya et lui, il était tout seul, mais non, on continuait à lui dire ça, qu'il nous dominait toutes et à le regarder faire des horreurs chaque jour en le suppliant d'arrêter, comme si ça servait à quelque chose. Et dehors, on faisait bonne figure, on vivait la belle vie et on se la bouclait. Vous savez, tout le monde a laissé mourir ma mère. Sauf Viviane. Viviane, c'est la seule innocente dans cette histoire. Elle était tellement petite et gentille avec nous tous. Comme si elle essayait de nous réparer. De faire en sorte qu'on soit vraiment une famille. Elle se blottissait dans mes bras quand je pleurais et elle m'essuyait les yeux avec ses petites mains, même aujourd'hui, elle me dit tout le temps qu'elle m'aime, que je suis une grande sœur géniale, que je l'ai sauvée. Elle lit mes livres, j'ai fait une bibliothèque dans la chambre, elle prend mes bouquins et elle les lit. Je l'aime, Viviane. C'est ma sœur. C'est la seule innocente dans cette histoire. Sinon, tous on a laissé mourir ma mère. Ma grand-mère, mon grand-oncle Marcus, les frères et sœurs de ma mère, la préfecture, la police, le juge aux affaires familiales, tout le monde. Mais moi d'abord. Je voulais qu'elle meure.

— Pourquoi vouliez-vous que votre mère meure ?

— … C'était son choix de niquer avec ce type, son soi-disant fiancé. Elle m'a menti enfant. Après elle m'a battue. D'un côté, je la comprends, c'est ma mère, elle a souffert, mais d'un autre côté, elle m'a fait trop de mal.

— Mais vous n'êtes pas responsable de la mort de votre mère. C'est son mari qui l'a tuée, pas vous.

— Ouais, c'est vrai qu'elle est morte. Je ne peux pas m'empêcher de parler d'elle parfois comme si elle ne l'était pas. C'est comme ça depuis que je suis avec mon copain.

— Le garçon du lycée ?

— Non, lui, je ne suis plus avec. C'est un autre garçon, il a un an de plus. Il habite un des immeubles à côté du lycée, mais il étudie en BTS dans une autre ville. Il ne voulait pas qu'on aille chez lui aujourd'hui, alors on est allés chez son meilleur ami, les parents n'étaient pas là et la sœur de son ami non plus, du coup on a pu être seuls dans le pavillon où ils habitent. Quelque part, je me dis que c'est bizarre que mon copain ne veuille pas que j'aille chez lui, mais il prétend que ses parents sont hyper stricts et qu'il ne peut pas amener sa copine comme ça à la maison.

— Alors vous êtes allés avec lui chez son ami ?

— Oui. Chez des inconnus, en fait. Et l'ami nous a laissés tout seuls comme si c'était une espèce de rendez-vous secret. Aujourd'hui, ça m'a fait drôle parce que quand je me suis déshabillée, j'avais peur de lui. Comme de l'autre avec qui je sortais avant. Je ne sais pas comment vous l'expliquer… J'avais l'impression qu'il allait me rentrer un couteau dans le ventre, je revoyais le trou dans le placard, ma mère qui découpait la viande à travers le trou, je trouve qu'il a un peu la silhouette de mon père quand il descend les escaliers.

— Quand votre père descend les escaliers dans votre rêve ?

— Oui.

— Mais avez-vous vu votre père descendre les escaliers le jour où il a tué votre mère ?

— Non, mais c'était comme s'il allait descendre. Et me trouver avec le téléphone. Comme si je voyais son ombre arriver dans la cage d'escalier. Je me disais qu'il fallait que je reste là pour qu'il ne trouve pas Viviane. Et aux secours je leur disais de se dépêcher parce que je n'avais pas fermé la porte, pour que mon père ne nous entende pas sortir. Aujourd'hui, c'était bizarre. Je n'arrive pas à faire l'amour avec les mecs qui m'attirent. Pourtant, j'en ai envie. Je me dis qu'en essayant, ça viendra.

— Pourquoi tenez-vous à faire l'amour avec votre copain si vous n'y arrivez pas ? Vous êtes jeune, vous avez vécu des choses difficiles, vous pourriez… vous laisser du temps pour rencontrer une personne avec qui vous serez en confiance plus tard.

— Vous croyez que c'est vrai, cette histoire de parents trop stricts ? Je veux dire… Je trouve ça un peu bizarre quand même, il a presque vingt ans et il a déjà eu pas mal de copines. En plus aller comme ça chez des inconnus pour coucher dans la chambre d'un gars que je ne connais même pas, je ne me sentais pas très bien. J'avais l'impression d'être cachée. Je ne comprends pas qu'il ne veuille pas qu'on aille chez lui, au moins quand il n'y a personne et que ses parents sont au travail. Celui d'avant, le garçon du lycée comme vous avez dit, ben vous savez quoi ? Il avait une petite amie, en fait. Tout le monde était au courant sauf moi : ses amis, son frère, des potes du lycée, tout le monde savait qu'il était avec quelqu'un d'autre, tout le monde fréquentait la fille en question et personne ne m'a rien dit. J'ai l'impression d'avoir été prise pour une conne. Trahie. Du coup, pour celui-ci, je me méfie un peu. Mais je pense que je me fais des idées. C'est sûr qu'à vingt ans certains parents sont stricts. Moi par exemple il ne me viendrait pas à l'idée de ramener quelqu'un pendant que Nyanya est là, l'appartement est trop petit, ce serait tellement gênant. Et puis, ma grand-mère, elle ne comprendrait pas. Dans notre culture, on ne fait pas ces choses-là. Les femmes sont pudiques, c'est une question d'honneur. Il n'est pas question d'avoir un copain, je ne pense même pas que ce mot existe. C'est pour ça que tout le monde a dit que ma mère était une pute. Et encore, elle était officiellement fiancée avec ce type, ce Jay, vous vous rendez compte ? Ils allaient se marier, c'était officiel. Nyanya, elle me dit que je ne devrais pas enchaîner les copains, mais moi je n'ai pas l'impression de les enchaîner, c'est juste qu'à chaque fois il se passe quelque chose de décevant ou bien ils ne sont pas honnêtes avec moi. Ce n'est pas ma faute si déjà à leur âge ils mentent, ils trompent, ils trichent. Elle dit que je me fais du mal. Que je fais du mal à mon âme... Je pense que je me fais des idées pour mon copain. Quand on aura avancé dans notre relation et qu'on sera ensemble depuis un certain temps, à ce moment-là, je lui présenterai Nyanya et Viviane et lui me présentera ses parents.

— Depuis combien de temps êtes-vous avec votre nouveau copain ?

— Aujourd'hui, ça a fait une semaine. Ça m'a vraiment fait bizarre. Je ne pensais pas que j'aurais peur de lui. Quand il est habillé, je ne ressens pas ce problème. Mais quand je suis nue et lui aussi, il y a quelque chose qui me fait peur, c'est comme si je me rendais compte de sa force, tout à coup.

— Une semaine, ce n'est pas un peu tôt pour dire ce qui va se passer ?

— Mais je l'aime. Il est génial. Il joue de la guitare électrique depuis qu'il est gosse. Il m'a joué un morceau chez son meilleur ami ce matin, un morceau de Joe Satriani, vous connaissez ? Satriani, c'est le plus grand guitariste au monde. J'ai adoré l'écouter jouer. C'est vraiment quelqu'un de sensible, il lit de la poésie, on aime les mêmes choses, il est hyper cultivé, sinon je m'emmerderais avec un mec qui ne sait rien, il adore lire, il m'a offert un livre, un livre de Daniel Pennac sur la lecture et l'importance de lire, ça s'appelle *Comme un roman*. Il connaît le jazz, le blues, j'arrive à parler avec lui des morceaux que j'écoute, j'ai découvert une chanteuse à la médiathèque cette semaine, Bessie Smith, il la connaissait déjà, il m'a même joué de mémoire un morceau qu'elle a chanté, c'est quand même incroyable pour un mec de vingt ans, non ? Je pense que c'est lui le bon. C'est vrai que j'ai eu pas mal de copains au lycée mais bon, lui, c'est le huitième je pense, non, le neuvième, et ma grand-mère, Nyanya, ça la rend triste, parce que jusque-là je ne suis tombée que sur des garçons pas sérieux, des *aventuriers* comme elle dit, qui m'ont menti et tout, en même temps ils n'étaient pas matures, j'étais au lycée, c'étaient des gamins, mais lui, je pense que c'est vraiment le bon.

L'heure passait trop vite à son goût, Jina tentait toujours de gagner encore quelques minutes d'entretien et la thérapeute devait toujours l'interrompre. En partant elle projetait déjà dans son esprit la séance suivante, qu'elle anticipait en murmurant toute seule dans la rue ou bien dans les transports, le volume de sa musique à fond dans les oreilles.

Jina parlait sans cesse. Chaque jour. Des heures durant. Un flot ininterrompu de phrases répétitives au débit rapide et éreintant. À Nyanya, à Viviane, à n'importe qui. Elle parlait d'abord des livres et des disques de blues et de jazz qu'elle découvrait à la bibliothèque, de ses groupes de folk préférés, de la guitare, dont elle répétait qu'elle voulait apprendre à jouer, mais différait constamment l'occasion d'en acheter une lorsque sa grand-mère le lui proposait. Puis elle parlait de Kitso, le chien basenji laissé dans la maison d'Arusha, tannait sa grand-mère pour avoir des photographies de

Kitso prises par son oncle Hassan ou sa tante Sarah avec leurs téléphones, *Regarde, Nyanya, ils ne s'en occupent pas, et il est tellement beau, tu sais ici c'est rare un basenji, il y a des gens en France qui paient très cher pour avoir un chien de race africain, tu sais ce sont les chiens les plus anciens du monde, ils valent très cher ici*, elle répétait les étapes à prévoir pour la procédure d'importation d'un animal de compagnie, les frais de transport, le voyage en soute, les obligations vaccinales, le prix du vaccin antirabique, elle faisait des recherches sur internet au CDI du lycée puis au cybercafé à ce sujet, harcelait Viviane avec l'idée de faire venir Kitso chez elles, lui demandait de parler à Nyanya quand elles se retrouvaient seules, pour la convaincre, puis quand sa grand-mère refusait, une énième fois, *On ne fait pas venir comme ça un chien en avion ici, tu te rends compte, Jina ? Du nombre de gens d'Arusha qui aimeraient bien venir à Paris, chez nous, et toi tu veux que je leur demande d'organiser la venue d'un chien ?* Alors Jina alléguait que Kitso était le seul qui l'avait toujours protégée, elle rappelait la fois où, bien que tout jeune, il avait grogné sur Mme Elizabeth le jour où leur vie avait basculé, puis toutes les fois où il fallait l'enfermer quand son père rentrait ivre parce que Kitso essayait de se mettre en travers de Margaret et gloussait de son aboiement étouffé, si particulier aux basenji, contre Samuel, elle répétait que les chiens sont innocents, qu'eux seuls mériteraient de prendre l'avion et *pas les complices des tueurs, pas comme tous les hommes qui abusent des femmes*, et elle faisait la liste des comportements immoraux que ses petits copains du lycée avaient eu à son égard, répétant ce que Margaret lui avait enseigné, assise contre elle sur le lit à l'hôtel en face de Notre-Dame le jour de leur fuite, *Ils nous tuent, ils nous violent, ils nous battent, ils nous mentent, ils nous humilient, ils font la même chose à toutes les femelles qui habitent sur terre, qu'on soit leur vache, leur mère, leur fille ou leur femme*, voilà ce qu'elle répétait quotidiennement à Nyanya, *C'est toi qui as toujours essayé de faire comprendre ça à maman, Nyanya, c'est toi qui as essayé de la mettre en garde, au moins les chiens ils ne sont pas comme les hommes, c'est toi qui dis tout le temps que grand-mère Omra nous a appris à respecter les créatures et tout ce qui est vivant, que c'est notre tradition, notre héritage, alors moi je dis que les chiens méritent de prendre l'avion et pas les hommes, et qu'il faut faire venir Kitso et ne pas le laisser, abandonné là-bas avec des gens capables de le manger ou de le battre ou de le tuer quand il sera trop âgé, un chien ne ferait jamais ce que les hommes font, Nyanya, un chien t'aime, te protège, il est loyal, il n'a aucune méchanceté dans son cœur, il est prêt à donner sa vie pour te défendre, mais un homme, je commence à comprendre moi aussi, même les garçons du lycée, je les ai compris Nyanya, un homme c'est mauvais, c'est traître, violent, ça veut tout dominer, ça ne fait que mentir, mentir pour jouir tout le temps*, et Jina continuait ainsi, pendant que sa grand-mère cuisinait, pelait et découpait des légumes, des pommes de terre, des oignons, écossait des haricots verts, jusqu'à ce que toutes n'en puissent plus, Nyanya d'être aussi patiente, Viviane d'entendre parler de choses qui n'étaient pas de son âge au milieu d'une discussion sur le chien, Jina de dégoiser.

Nyanya demeurait calme, comme le lui avait conseillé le psychiatre, et répondait à Jina avec patience, quand elle arrivait à placer une phrase au milieu du flux ininterrompu de sa petite-fille. Et elle s'assurait que Jina prenne son traitement. Chaque jour.

L'été qui suivit le procès, la rentrée de Jina, inscrite en lettres modernes dans une université de la banlieue parisienne, fut heureuse. Changer de cadre de vie quotidien, quitter le lycée pour devoir se réadapter à un environnement nouveau où elle n'était plus *la fille dont le père a tué la mère*, semblait la meilleure chose. Jina fréquentait souvent la bibliothèque universitaire, puis découvrit très vite qu'avec sa carte d'étudiante, elle pouvait s'inscrire également dans d'autres bibliothèques à Paris, Sainte-Geneviève, Beaubourg, à la Cité internationale, elle y faisait la queue les jours d'affluence, son casque sur les oreilles, prenait ostensiblement des ouvrages susceptibles d'attirer le regard de jeunes gens aux mêmes goûts, sans succès, allait toujours vers le rayon anglophone en premier quand il y en avait un, emmenait souvent Viviane avec elle le samedi. Elles regardaient par la vitre du RER défiler le même paysage monotone qu'elles connaissaient par cœur jusqu'à s'approcher de la station Les Halles où alors la vie commençait. Les balades depuis la fontaine Saint-Michel jusqu'à Saint-Germain-des-Prés à s'arrêter devant les vitrines de toutes les boutiques qui vendaient des bijoux *bohèmes* en argent ou bien des foulards aux couleurs turquoise et ocre, et repartir toujours avec une bague ou des pendants d'oreille, avant de s'arrêter dans un café, où Viviane ne consommait pas ou bien prenait un thé que sa sœur lui offrait et où Jina fumait cigarette après cigarette en lui contant ses déboires sentimentaux depuis septembre, les preuves de malhonnêteté irréfutables de ses amants, les implacables raisonnements par déduction sur l'infidélité potentiellement avérée de tel étudiant qu'elle fréquentait entre les cours, puis elles rentraient avec le RER bondé de samedi vingt heures, *Nyanya regarde ce qu'on a trouvé, elles m'ont coûté trente euros, elles viennent d'Inde c'est de l'argent massif*, et se faisaient admonester par sa grand-mère : *C'est quelle heure pour rentrer, ça ? Vous voulez que je meure d'inquiétude ? Il est vingt et une heures, Jina !* Nyanya ne tolérait jamais qu'elles dépassent dix-neuf heures et appelait sur le portable de Jina au moins deux fois dans l'après-midi lorsque ses petites-filles sortaient.

— Et pourquoi tu ne m'as pas répondu ?

— On était dans une bibliothèque Nyanya, on ne peut pas répondre au téléphone dans une bibliothèque publique, c'est interdit.

— Mais tu aurais dû me rappeler en sortant, Jina. Je ne vais plus te laisser emmener ta petite sœur si c'est comme ça.

— Mais regarde Nyanya, on était dans un beau quartier, un endroit magnifique où vont tous les meilleurs étudiants de ce pays, regarde ce que j'ai acheté.

— Ne dépense pas tout l'argent de la bourse Jina, s'il te plaît. Il faut en garder pour vivre et pour plus tard, je ne serai pas toujours là.

— Oui, oui, Nyanya, tu sais bien que je fais des économies tous les mois, mais j'achète d'occasion.

Et Jina montrait à sa grand-mère un bracelet, une bougie parfumée ou une petite plante qu'elle et Viviane lui avaient choisi, puis les DVD trouvés dans cette petite boutique à l'angle du boulevard Saint-Michel, près de la grande librairie papeterie, juste à côté de la Sorbonne, *C'est un grand réalisateur, Andreï Tarkovski, ce film c'est comme de la poésie, Nyanya, ça raconte l'enfance d'un garçon russe, comme un poème*, et lui faisait inspecter les romans qu'elle dénichait dans cette librairie étonnante, rue Cujas, où les livres étaient rangés horizontalement sans classement, *Tu ne devineras jamais sur quoi on est tombées, Nyanya, un livre sur le Mwalimu*, et Jina d'agiter un petit volume consacré aux textes de Julius Nyerere. Alors Nyanya laissait tomber. Elle achevait le rituel hebdomadaire en rappelant la règle de dix-neuf heures, réaffirmait qu'il était impératif de répondre à ses appels téléphoniques et Jina lui répondait, chaque fois, compulsivement : *Maman, elle aurait adoré les samedis avec nous à Paris, la Sorbonne, toutes ces librairies, les cinémas où il y a des films super intéressants, elle aurait adoré, maman, Paris, on n'a jamais eu le temps d'y aller avec elle.*

Viviane prit goût très rapidement à ces après-midis avec sa sœur aînée. Elle l'aimait profondément, d'une affection mêlée d'admiration. Elle écoutait Jina lui parler de tant de choses qu'elle ne connaissait pas encore et qu'elle finissait par connaître bien plus tôt que les lycéens de la classe de seconde où elle venait d'entrer avec une année d'avance, impressionnant ses professeurs dès le premier trimestre : comment une jeune fille de quatorze ans débarquée en France sept ans auparavant pouvait-elle renseigner sur la fiche de rentrée scolaire en classe de français que son livre préféré était les œuvres poétiques complètes d'Emily Dickinson et son film préféré *Mouchette* de Robert Bresson ? Tout cela venait de ce que Viviane et Jina partageaient la même chambre, regardaient les mêmes films, lisaient les mêmes livres, écoutaient les mêmes émissions de radio nocturnes les soirs de sommeil fuyard, des pièces radiophoniques, des rediffusions d'interviews anciennes, *l'humour c'est comme un manteau irréversible que vous mettez à l'envers*, la voix de Vladimir Jankélévitch, l'histoire des grands poètes surréalistes, Viviane collait son lit à celui de Jina, *monte le son*, et elles s'allongeaient toutes les deux au bord de leur lit respectif, la tête d'un côté de chaque enceinte du radio CD calé contre le mur, à l'écoute de la chaîne culturelle où elles allaient infiniment puiser tout ce qu'elles savaient. Viviane se demandait comment le manteau de l'humour dont parlait Jankélévitch pouvait remplacer le manteau de Mouchette, le linceul donné par sa grand-mère à l'héroïne dans le film. Et elle se dit que l'habit de larmes que Nyanya lui confectionnait à elle, Viviane, ne pourrait jamais se transformer un jour en un vêtement de rire. C'était certain. Pas de manteau de fête au deuil perpétuel d'une mère assassinée. Mais Viviane rêvait secrètement de ce changement d'habit, d'enfiler de temps en temps une tenue des beaux jours, et que cette tenue soit la robe de Mouchette, et qu'au lieu que Mouchette meure dans sa robe comme Ophélie noyée dans le poème de Rimbaud ou la pièce de Shakespeare, comme Virginia Woolf suicidée dans l'eau, débordée par les vagues, que cette robe blanche de Mouchette-Ophélie-Virginia soit une robe de mariée, la robe de la vie, sans rien en dire à Nyanya, et encore moins à Jina : *Ils nous tuent, ils nous violent, ils nous battent, ils nous mentent*, voilà tout ce que sa sœur pourrait lui répondre, ce que Nyanya ne pourrait qu'approuver. *Tu ne te souviens pas, ma puce, de ce qui s'est passé chez maman ? Tu ne parles jamais de ce que tu as vu*, Viviane se rappelait chaque détail des entrailles ouvertes de sa mère, la taillade sous son sein gauche qui se décollait comme un pis de vache découpé à l'abattoir, l'entaille que Margaret portait au visage, et elle aussi, Viviane, voulait se venger, venger sa mère, tuer son père, mais autrement que Jina le lui avait dit, pas dans ses cauchemars en revivant le dernier viol de Margaret, ni en l'attendant à sa sortie de prison avec un couteau de cuisine. Elle voulait le tuer de façon irréversible. Que rien de lui ne subsiste, juste une tombe anonyme, et l'oubli, pas même le souvenir final du mal sanguinolent répandu sur son enfance avec le cadavre d'une épouse effacée, soumise, bousillée. Viviane se disait que si, dans le film de Bresson, même si elle avait été violée par Arsène, Mouchette avait attendu un enfant, peut-être qu'elle n'aurait pas décidé de se noyer, peut-être que sa grand-mère, à Mouchette, ne lui aurait pas offert une robe d'enterrement, et qu'elle aurait élevé cet enfant loin du village qui la rejetait, loin d'Arsène, loin de tout, pour en faire quelqu'un. Quelqu'un d'autre que son alcoolique de père. C'était simple. Viviane réécrivait la fin de Mouchette-Ophélie-Virginia, patiemment, sans rien en dire à personne. L'amour *c'est comme un manteau irréversible que vous mettez à l'envers.*

Secrète et réservée, Viviane accompagnait Jina de tout son être, dans ses angoisses, ses méfiances et questionnements obsessionnels concernant les jeunes hommes, son combat pour faire venir d'Arusha leur chien Kitso, son émerveillement le samedi après-midi chaque fois qu'elles remontaient ensemble, au milieu des touristes, qu'elles étaient elles-mêmes, même si elles ne vivaient pas si loin, la rue Saint-André-des-Arts depuis la station de RER Saint-Michel. Sa grande sœur lui faisait découvrir un monde, celui auquel avait rêvé leur mère. Et Viviane le comprenait. S'en imprégnait. Silencieusement. Se chargeait, comme une terre, de sédiments, pour faire pousser, donner des fruits, recueillir ce qui meurt mais qui vient de soi, dans le cycle d'ingestion et de disparition interminable du recommencement.

Viviane ne quittait jamais sa sœur, sauf lorsque Jina sortait le soir avec ses malheureux prétendants, avant de rentrer tout lui raconter au milieu de la nuit, la radio en fond sonore, ou lorsque les crises de cris nocturnes reprenaient et que Viviane était contrainte d'aller dormir dans le salon avec Nyanya. Et quand Viviane rejoignait sa grand-mère la nuit, pendant les cris inconscients de Jina, Nyanya lui répétait : *N'écoute pas ta grande sœur, ma puce, n'aie pas peur, elle a mal, elle est très malade, elle pense que Margaret avait besoin de Samuel et ça la fait souffrir, elle pense que les femmes ont besoin des hommes, qu'elle aussi, Jina, a besoin des hommes, mais les femmes n'ont pas besoin des hommes, Viviane, les femmes sont des vapeurs de volcan, et tu sais ce qui vient des volcans ? La gerbe vient des volcans, l'Éclat vient des volcans.* Et Nyanya lui racontait de nouveau pour s'endormir comment la mère et la grand-mère d'Omra, comment ses arrière-grands-mères avant elle, comment elle-même Nyanya et comment sa mère Margaret, savaient qu'elles attendaient une fille chaque fois qu'elles tombaient enceintes, et pourquoi l'Éclat se perdait, à cause de la violence, à cause de la propagation du sang, et ce qu'il fallait faire pour le retrouver : s'éloigner du sang. Viviane écoutait les paroles de sa grand-mère comme à l'orée d'une éclipse et glissait vers le sommeil dans la légende des femmes de sa famille. Quand elle était petite, elle aimait par-dessus tout que Nyanya lui raconte des histoires. Les histoires de Nyanya enfant, avec son arrière-grand-mère à elle, Esther, la grand-mère d'Omra, qui lui avait enseigné le nom de toutes les plantes, de toutes les fleurs et de toutes les créatures. Et désormais, Nyanya les lui racontait de nouveau, pendant que Jina criait et parlait dans son sommeil. Les récits de toutes ces femmes qui les avaient précédées sonnaient aux oreilles de Viviane comme des contes, des mythologies incomplètes, mêlées de fantastique et de mystère, qu'elle aurait pour tâche de parachever un jour à son tour, dont elle ferait partie elle aussi lorsqu'une fille de la famille, longtemps après, les raconterait à ses petits-enfants la nuit. En elle avait crû le sentiment paradoxal de provenir d'une lignée extraordinaire de femmes aux dons magiques. Et son père n'était qu'un Jean Lemaître au supplice de sa mère, la Jeanne pure de Domrémy. Et Nyanya était comme la mère de la pucelle qui raconte au spectateur l'histoire tragique de sa fille au début du film de Bresson.

L'imaginaire de Viviane fourmillait de figures féminines vertueuses et déterminées, de femmes thaumaturges aux pouvoirs prodigieux, d'arrière-grands-mères aux orbites cernées de lumière qui pouvaient guérir les gens et protéger tout un village, et de jeunes soldates de la justice l'imposant par le courage et l'épée. En tout cas, des femmes bien vivantes.

Un soir de mai 2006, Jina rentra précipitamment dans l'appartement : « Nyanya ! Viviane ! J'ai trouvé un moyen de faire venir Kitso ! C'est une nana à la fac, elle est membre d'une association de protection des animaux et elle va nous aider à le rapatrier ! » Nyanya se saisit la racine du nez entre les doigts et la pinça en appuyant sur ses paupières, tête baissée.

— Jina, on en a déjà parlé, ma fille. Kitso va très bien là-bas, Sarah s'en occupe.

— Non, non, c'est réglé, je vais le faire venir, il faut que tu préviennes tante Sarah, le sauvetage est en cours, j'ai déjà payé l'association, Nyanya. Kitso est à moi.

— Jina, ce chien n'a pas besoin d'être sauvé. En plus, il est vieux.

— Et alors ? Parce qu'il est vieux, on doit le laisser crever, c'est ça ?

— Prendre l'avion, pour un vieux chien… Jina…

— C'est déjà réglé, Nyanya, Kitso va nous rejoindre, l'association passe le prendre demain matin à huit heures, moi je serai debout, à six heures ici, il faut prévenir tante Sarah que je serai debout.

Et trois semaines plus tard, Jina resta tout le samedi matin à fumer sur le petit balcon entre les plantes de sa grand-mère, *Pas dans les poivrons, Jina ! Je t'ai mis une coupelle pour tes trucs là*. Au dixième mégot, une camionnette s'arrêta en bas de l'immeuble, le portable de Jina sonna, elle se précipita dehors en chaussons. Le visage de Viviane s'illumina quand elle vit entrer dans le petit appartement le basenji de ses souvenirs d'enfants, miel et lait, lapant incessamment le jean de Jina entre de petits sauts d'allégresse.

— T'as vu ça, Viviane ? T'as vu ça, il se souvient de nous !

— Tu as réussi, *dada*, tu l'as fait. Tu nous as ramené Kitso.

Le chien se retrouva, après un passage dans deux refuges associatifs et un chenil de transit, après un rude et long voyage, au milieu de ce petit appartement de banlieue, à l'autre bout du monde, entouré par trois femmes en pleurs. Et il reprit son habitude : Jina, quand elle sortait régulièrement sur le balcon pour fumer, ou allait aux toilettes, lui laissait un chausson et allait un pied nu un pied couvert, et Kitso posait sa tête sur le chausson sans pied, comme dans la cour de la maison d'Arusha, lorsque Nyanya et Jina petite préparaient le *chapati*. Kitso allait avoir dix ans et n'avait pas revu Jina ni Viviane depuis 1998, alors qu'il n'avait pas deux ans encore, un an et demi à peine, dans la maison d'Arusha. Et il n'y avait plus Margaret. Et il n'y avait plus Samuel.

Jina et Viviane passèrent tout l'été à s'occuper de Kitso et à l'emmener partout. Souvent, elles le contraignaient à de trop longues balades sous la chaleur matinale croissante, oubliant qu'il n'était plus aussi vigoureux qu'avant. Alors

Kitso trouvait un coin d'ombre et se couchait, haletant, refusant d'avancer durant de longues minutes. La journée, par terre dans le salon, près du ventilateur, les deux sœurs lisaient, regardaient des films pendant que Nyanya s'occupait de nettoyer les feuilles de ses plantes, bouturer, changer l'eau dans les bocaux de propagation, récolter les chicorées, les tomates cerises, les tomates larges en plants, les petits fruits amers du citronnier en pot que ses petites-filles lui avaient offert pour son dernier anniversaire. Nyanya reconstituait le jardin. *J'aimerais tellement avoir un jardin, mes petites, un grand jardin !* La présence de plantes partout dans l'appartement, y compris dans la chambre des filles, tempérait considérablement l'air suffocant du milieu d'été. Jina posa cette saison-là des étagères pour les pots de Nyanya qui ne trouvaient plus place nulle part ailleurs dans le logement. *Regarde Nyanya, maintenant on a même une bibliothèque de plantes, si ça, c'est pas la classe ! Le voilà, ton beau jardin.* Régulièrement, Viviane remplissait d'eau les moules à glaçons vides et assurait leur rotation dans le congélateur pour éviter la pénurie. Elle rinçait et rafraîchissait le bocal de Kitso toutes les quelques heures, qui ne se levait de son tapis réfrigérant qu'à ces moments précis.

Nyanya perçut très nettement un changement dans le comportement de Jina et pendant deux années, Viviane n'eut jamais à venir dormir dans le salon. Lorsqu'une crise se reproduisait, sporadiquement, elle était moins spectaculaire que ce à quoi Jina avait habitué sa grand-mère et sa petite sœur par le passé, aussi parce que Kitso y coupait court en venant la réveiller, babines baveuses étalées sur son visage et sautillements dans les draps. Le psychiatre modifia substantiellement le traitement de Jina et elle demanda à espacer ses visites. Les séances chez la thérapeute étaient envahies par l'histoire de Kitso, les anecdotes de la vie avec Kitso, le sauvetage de Kitso. Plus de garçons dissimulateurs et manipulateurs, trompeurs et tricheurs dans l'esprit de Jina. Dans l'effervescence permanente à laquelle conduisait l'attention agitée qu'elle portait à son chien, un certain calme prit, malgré tout, le dessus sur l'inquiétude et les cauchemars du passé. Kitso la guérissait. C'était flagrant. Indéniable. Et Nyanya regretta de n'avoir pas mis en œuvre plus tôt le rapatriement du chien qu'elle avait jadis, dans une vie lointaine et pour peu de temps encore alors, insouciante, offert à sa petite-fille.

Viviane comprit, avec toute la résonance que prenaient alors les histoires que lui avaient racontées Nyanya, qu'il existait un lieu particulier, un lieu intérieur où un animal pouvait s'asseoir près de sa sœur et faire ce qu'aucun être humain n'était parvenu à accomplir. Elle comprit que les leçons d'Omra dans les récits de Nyanya, les tirades de sa grand-mère qui décrivaient l'Éclat, le retour de la gerbe si on s'éloignait du sang, le respect des créatures, tout cela n'était peut-être pas qu'une mythologie familiale ni des fables pour trouver le sommeil. Et que d'une certaine façon, Jina devait avoir un peu raison, *un chien ne ferait jamais ce que les hommes font*. Déjà depuis l'enfance, Viviane avait du dégoût pour la chair des bêtes, des poissons, elle refusait d'en consommer, comme ce soir-là à l'hôtel près de Notre-Dame, quand sa mère avait commandé des club sandwichs au *room-service*. Elle en trouvait la saveur répugnante. Mais une dimension nouvelle de ce dégoût la poussa à articuler une réflexion inédite, influencée aussi par les propos élogieux de Jina sur les refuges et les associations de défense des animaux grâce auxquels la vie de Kitso, selon elle, avait été sauvée d'une fin potentiellement tragique.

— Bah, c'est la conscience écologique, ma vieille ! Ça y est, enfin, tu l'as.

— Non, Jina, ne ris pas, je suis sérieuse. Imagine que toutes les histoires de Nyanya soient vraies à propos de ce que disait sa mère Omra, qu'on ne doit pas manger les créatures, comme maman l'a fait, sinon ça attire la violence et on perd l'Éclat.

— Ne me dis pas que tu crois vraiment à cette légende de l'Éclat ? C'est ce que ce connard a raconté au procès pour justifier d'avoir tué sa femme. Notre mère, Viviane ! Tout ça à partir des histoires de Nyanya. Franchement, c'est tiré par les cheveux. Moi je pense que Nyanya, elle a embelli ce récit de notre arrière-grand-mère Omra, la défenseuse irréductible de la faune et de la flore, et aussi ce conte ancestral au sujet de toutes les femmes de la famille avant maman qui n'auraient soi-disant jamais mangé de viande de leur vie.

— Nyanya n'en a jamais mangé. Et moi non plus depuis qu'on ne peut plus me forcer une cuillère dans la bouche sur ma chaise haute.

— Peut-être, mais en réalité, elle s'en veut, Nyanya. C'est une façon de nous dire sans l'avouer qu'elle cherche une faute à maman, qu'elle pense que sa fille méritait quand même un peu ce que ce salopard lui a fait.

— Tu n'as pas tort, mais je pense qu'il y a autre chose.

— De toute façon maintenant Viviane, c'est à la mode d'être végétarien. C'est bon pour les animaux et pour la planète, c'est bon pour le corps humain, il n'y a pas besoin d'aller chercher des explications mystiques et illuminées de grands-mères pour penser qu'il vaut mieux être végétarien aujourd'hui.

— Ce n'est pas que le fait d'être végétarien ou non, Jina, ce n'est pas ça que j'essaie de dire, je m'explique mal.

— Moi tu vois, j'y arrive pas à cent pour cent comme toi et Nyanya, à ne pas manger de viande, de poisson et tout, mais j'essaie en gros parce que j'écoute les scientifiques. Il y a plein d'études sur les bénéfices pour la santé et puis maintenant qu'en plus Kitso est là, franchement, ça me ferait bizarre de m'envoyer un steak tous les jours comme avant, je ne sais pas… Et puis après ce qu'on a vu, pour nous c'est compliqué je pense.

— Qu'est-ce que tu veux dire ?

— Ben ce qu'on a vu toi et moi, le couteau, le sang, les entrailles, voilà, quoi. Ça coupe l'envie de tartare. Ça coupe, ça coupe dans tous les sens, nos parents, la boucherie, c'est du pareil au même.

— Donc il y a bien quelque chose, tu vois, il y a quelque chose dans…

— Le crime ? Ça c'est clair. Mais pour la plupart des gens, les gens normaux, Viviane, ce n'est pas la même chose, le crime et la viande. Toi, tu vois cet aspect-là des choses en premier parce que tu ne vois plus la différence entre la chair d'un humain et la chair d'une bête. Et je pense que c'est à cause de ce qu'on a vécu.

— Mais peut-être qu'il n'y en a pas Jina. Que cette différence n'existe pas. Et puis, je te rappelle que j'étais dégoûtée de la viande bien avant que papa tue maman.

— Ça y est, le délire de Nyanya t'a entièrement gagnée ! La science, Viviane, c'est ça *le* vrai truc, pas les fables de ta grand-mère. On devrait juste écouter les scientifiques, là-dessus. Il n'y a pas de raison spirituelle ou mystérieuse à chercher. Tu te souviens de ce que disait maman ? *Certains vivent, d'autres meurent.* Certains mangent les autres, c'est comme ça.

— Pas comme nous nous le faisons, Jina. Pas comme les hommes le font. Avoue que c'est quand même horrible.

L'été et une nouvelle année universitaire et scolaire passèrent, dans d'intenses discussions autour de ce sujet passionné auquel Jina et Viviane s'intéressaient de plus en plus. Jina devint proche de la camarade d'université qui lui avait permis de recourir aux services de l'association de sauvetage dont elle était membre, elle commença à s'impliquer dans des réunions du groupe des étudiants écologistes. Honnêtement, la théorie ne l'intéressait pas le moins du monde. Elle avait été attirée dans ce collectif par la présence d'étudiantes très investies également dans le mouvement féministe. Mais quand il s'agissait d'écologie, Jina préférait faire autrement que de céder à l'ennui mortel des réunions argumentaires. Elle et Viviane commencèrent à emmener, deux dimanches par mois, Kitso dans la ferme refuge que tenaient les parents de l'étudiante qui avait permis de le rapatrier, à deux heures de Paris. Le trajet aller-retour était long et fatigant, Jina ne savait pas conduire et ne pouvait pas relayer son amie, mais Viviane et elle préparaient toujours des sandwichs inventifs, apportaient des disques pour le trajet, des kilos de friandises ou de petit matériel d'animalerie, colliers, brosses, gamelles et shampoings.

Les après-midis au refuge, niché dans la campagne beauceronne, étaient inouïs. Pas un de ces deux dimanches par mois où elles ne croisaient en voiture une biche, un busard cendré ou une sittelle à poitrine blanche, un geai, quelques lièvres et même, le jour où elles emmenèrent Nyanya pour la première fois avec elles, un magnifique renard au pelage rutilant. Viviane en fut transformée. Elle se lia d'affection avec tous les animaux qu'elle aidait à nourrir ou à laver, elle apprit à tenir leurs niches propres, à connaître leurs besoins alimentaires, leurs habitudes, leurs liens familiaux, à observer leurs affinités, surtout celles nées entre des individus de différentes espèces, à commencer par l'entente de Kitso avec un cochon mâle jeune adulte nommé Hector. Ils jouaient comme deux chiens. Hector semblait avoir été éduqué, certains auraient dit *dressé*, à adopter des comportements habituellement considérés comme canins. Il venait lorsqu'on l'appelait par son nom. Il courait et sautillait comme son ami basenji. S'asseyait et levait la patte pour obtenir une friandise. Se tournait sur le dos, les quatre sabots en l'air, pour être caressé, aimait les jouets sonores qu'il attrapait dans sa mâchoire et faisait couiner, tout comme Kitso.

Nyanya se réjouissait des effets bénéfiques que ces escapades champêtres avaient sur ses petites-filles, après leurs terribles années estropiées par l'assassinat de Margaret et par le procès de Samuel. Elle appréciait l'espace que lui procurait ce court voyage qu'elle faisait avec elles de temps à autre et relevait ses manches avec joie au potager. L'équipe du refuge les adorait. Il fallait les voir toutes trois, Nyanya tirée à quatre épingles dans son pagne chatoyant et ses bottes de pluie, Jina dans ses tenues hippies et Viviane, discrète, muette, assignée pour sa plus grande satisfaction aux shampoings et brossages, débarquer dans cette ferme du pays de Beauce en petite Renault avec leur chien.

Kitso jubilait. Ensuite sa santé se dégrada. Une dysplasie de la hanche et des douleurs arthritiques s'emparèrent rapidement de lui, puis des problèmes rénaux le terrassèrent et Jina chercha très vite un emploi de serveuse non déclaré à côté de ses études, dans une brasserie, en plus de sa bourse, pour tenter de couvrir les frais vétérinaires que des traitements lourds et deux opérations chirurgicales absolument urgentes nécessitaient. Elle n'allait plus au refuge pour lui éviter la pénibilité de longs trajets en voiture et restait avec lui le dimanche, au calme dans l'appartement. Mais le temps manqua pour mettre en œuvre la totalité des soins. Kitso avait maintenant douze ans. Il vieillit soudain, de manière accélérée, devint aveugle. Puis rendit l'âme lors d'une promenade.

Jina essaya en vain de le réanimer. Elle le porta jusqu'à l'appartement et appela le vétérinaire.

— Il faut le ramener au cabinet, mademoiselle, on va faire le constat et prévenir le service funéraire.

— Le service funéraire ?

— Oui, une société funéraire pour animaux. Ce sont eux qui s'occuperont d'enlever le corps. On va faire le constat, remplir un formulaire pour qu'ils puissent vous contacter et vous pourrez choisir avec eux comment vous voulez faire pour l'incinération.

Nyanya était étranglée par la peine de sa petite-fille. Elle découvrit aussi qu'on pouvait incinérer ou enterrer un animal, lui offrir une cérémonie, un cercueil ou bien une urne, organiser un moment de recueillement pour la famille, tout comme pour des obsèques humaines. Et redoutait plus que tout de revivre cela avec Jina et Viviane. Revivre l'enterrement de Margaret. Toutes les trois enveloppèrent Kitso dans une couverture, puis dans un grand sac cabas de déménagement et Jina appela un taxi. Lorsque le conducteur arriva, elle descendit d'abord lui demander si elle pouvait déposer son chien dans le coffre pour l'emmener à la clinique vétérinaire, car il venait de mourir. Le chauffeur de taxi fut incroyablement empathique. Il plaça Kitso lui-même dans le coffre, leur dit des mots de compassion pendant tout le trajet, « Je suis passé par là moi aussi, ma fille avait un chien qu'on lui avait acheté pour Noël avec ma femme, un petit labrador, il était magnifique, vous savez les labradors sont exceptionnels avec les enfants, quand il est mort, c'était comme si quelqu'un de notre famille était mort », puis une fois arrivés au cabinet, les aida à déposer le sac à l'endroit indiqué par le vétérinaire. Jina s'assit dans la salle d'attente, entre Nyanya et Viviane, pour remplir le document qu'on lui avait présenté.

— Jina, on ne va pas l'enterrer, ma chérie. On va leur confier Kitso, simplement. D'accord ?

— Tu veux qu'ils l'incinèrent avec toutes les autres carcasses d'animaux ramassés par la fourrière sur les autoroutes ? Qu'on le stocke dans un frigo géant en vrac entre des chevaux euthanasiés et des chiens estropiés qu'on jette en tas dans une cheminée qui fonctionne à la chaîne ?

— Mais qu'est-ce que tu racontes ?

— Bah c'est ça, c'est ça qu'il y a marqué sur ce putain de formulaire, Nyanya : *crémation collective*, tu sais ce que c'est une crémation collective de chiens ?

— Jina, calme-toi s'il te plaît.

— Il n'était rien pour toi ? Après toutes tes leçons sur les créatures et tes histoires à dormir debout, tu veux qu'on laisse Kitso dans un congélateur avec des cadavres en miettes de tous les animaux ramassés sur le bord des routes ?

— Je n'ai jamais dit ça.

— Moi, je veux une cérémonie. Il le mérite. Et je veux le voir. Et le ramener à la maison.

Jina cocha la case *crémation individuelle* et choisit le forfait correspondant. Sur le chemin du retour de la clinique, la société funéraire appela. Il n'y avait de la place pour l'incinération que plus de trois semaines plus tard.

— Mais vous allez le garder où pendant ces trois semaines ? Comment vous allez garder mon chien ?

— Eh bien, il sera conservé avec grand soin en attendant.

— Ça veut dire quoi conservé avec grand soin ? Vous allez le mettre dans un sac plastique ? Dans un congélateur ? Avec d'autres chiens morts ?

— Il sera dans un sac funéraire individuel spécial.

— Dans le même congélateur avec d'autres chiens ?

— Oui. Mais chaque animal a son enveloppe funéraire personnelle. Nous allons tout faire pour essayer de lui trouver une place plus tôt et vous accompagner durant ces moments difficiles.

Jina raccrocha, s'arrêta de marcher. Hurla de toutes ses forces. Viviane s'approcha d'elle pour la consoler, en vain. Nyanya tressaillit de longues secondes, traversée par le cri. La phrase perçante de sa mère Omra, disparue en elle depuis si longtemps, l'attaqua de nouveau : *Pourquoi maltraites-tu tes enfants, Rébecca ?*

À l'accueil du service funéraire, un bâtiment tout neuf avec des plantes artificielles et du mobilier design qu'un jardin à la pelouse parfaite séparait d'une gigantesque cheminée industrielle, Jina choisit une urne en bois d'acajou en forme de cœur pour les cendres de Kitso. Elle avait opté pour une crémation privée. Nyanya et Viviane, bien sûr, étaient là. Une étiquette avait été apposée à l'entrée d'un salon où un écran faisait face à un canapé : *Kitso – Famille Faradji.* Elle voulut le voir une dernière fois. Une employée l'emmena dans une pièce où, sur un brancard en acier posé en hauteur, un carton contenait la dépouille à peine dégelée de Kitso. Jina se mit sur la pointe des pieds pour le voir. Elle lui parla. Le toucha. Lui offrit les dernières caresses que ses forces tristes permettaient. Il lui était impossible de freiner ses pleurs, *Merci, mon chien, merci mon Kitso, depuis que je suis petite tu ne m'as jamais quittée, tu es le seul à m'avoir toujours protégée, tu es le seul, je t'en supplie pardonne-moi de t'avoir abandonné là-bas, pardonne-moi de ne pas t'avoir soigné à temps ici.* Viviane et Nyanya entrèrent à leur tour dans la pièce, puis Jina y retourna encore, jusqu'à ce que l'employée vienne la chercher et l'invite à s'installer dans le salon de recueillement réservé à la famille. L'écran fut allumé. Toutes les trois regardaient le téléviseur. On y voyait un homme en tenue bleue posant Kitso dans son carton sur une plate-forme, puis ouvrir l'incinérateur, avec des mouvements lents et soignés. L'homme s'arrêta devant le carton et caressa Kitso sur le flan, deux fois, d'un geste doux de la main gauche. Puis le fit avancer vers la bouche de l'incinérateur. Et Kitso disparut. À la fin, Jina demanda à voir l'employé. *Merci pour ce que vous avez fait pour mon chien, vous avez été très doux avec lui*, et elle lui donna tout l'argent qu'elle avait sur elle, un billet de dix euros. L'homme hésita à l'accepter, mais il ne savait que faire dans cette situation. Il plissa les yeux et les lèvres pour dire sa peine et attendit que la famille se dirige vers l'entrée pour retourner à son poste de travail. Jina tenait, serrées contre elle sur tout le chemin du retour à l'appartement, les cendres chaudes de son compagnon.

Après la mort de Kitso, Viviane eut dix-sept ans, le 28 août 2008, tout récemment munie d'un baccalauréat avec mention et prête à entrer à l'université, avec son année scolaire d'avance. Ce jour ne fut d'aucune joie. Ses anniversaires n'étaient plus vraiment une fête depuis celui de ses sept ans, jour de l'arrivée de la famille à Londres, sauf lorsque Jina et elle vivaient seules avec Margaret. Viviane décida, contre toute attente et au grand dam de sa grand-mère, de ne pas poursuivre ses études à l'université.

— Mais c'est vraiment un petit travail, fleuriste, moi je fais ça chez les gens de temps en temps en plus du ménage pour que tu puisses avec ta sœur faire des études et devenir professeure par exemple, comme l'aurait voulu votre mère, Viviane.

— Mais je vais en faire des études, Nyanya, pendant deux ans au moins. Je vais préparer un diplôme technique pour m'occuper des jardins et des parcs naturels, ou alors de tout ce qui a un rapport avec les fleurs et les plantes dans un grand magasin.

— Tu es tellement timide, comment vas-tu pouvoir vendre quelque chose, Viviane ? Des parcs naturels, donc tu vas partir et me laisser ? Tu vas travailler dans un parc naturel ou bien dans un magasin ?

— On va forcément te laisser un jour, Nyanya. Ça ne veut pas dire qu'on va t'abandonner.

— C'est vraiment ce que tu veux faire ? Tu disais que tu étudierais le cinéma à la faculté pour aller après dans cette école avec le concours d'entrée si difficile, quand est-ce que tu as changé d'avis ?

— Il y a eu un désistement. Une place s'est libérée dans la formation que je veux faire, je vais essayer de l'obtenir, même si je ne l'avais choisie qu'en deuxième vœu dans mon dossier. Le cinéma peut attendre. Prie pour moi, Nyanya.

— Oh ! Fleuriste.

Et Nyanya leva les yeux au ciel.

Viviane fit preuve d'une grande détermination auprès du secrétariat de la formation et de la directrice. Elle écrivit une lettre additionnelle, dans un registre relevé, dans laquelle elle mit en avant sa *curiosité ancienne pour la faune et la flore et ses connaissances acquises du fait de son origine géographique et de l'intérêt pour les métiers du végétal dans sa famille.* Le monde entier associait la Tanzanie aux safaris, un pays d'Afrique sorti du socialisme en douceur où les riches Occidentaux pouvaient payer en liquide pour abattre des girafes et des lions, sous l'objectif flatteur de photographes professionnels locaux embauchés par les compagnies stationnées près du parc naturel où vivait encore la vieille Omra. Pour une fois que l'on pouvait s'en servir intelligemment. Et Nyanya était déjà fleuriste, elle aussi, en quelque sorte, à côté de ses heures de femme de ménage qu'elle faisait pour ne pas dilapider l'héritage d'Hashim. Même non diplômée, Nyanya en savait tant sur les plantes, la manière de faire des semis, de les propager, de récolter pour augmenter la production des légumes, l'entretien ornemental sur son petit balcon qui faisait la fierté des voisins ; toutes ces années à rempoter dans l'appartement avec sa grand-mère, à surveiller la serre à tomates miniature coincée dans un espace limité entre le citronnier, les poivrons et les cendriers de Jina, à concevoir des poteaux de mousse pour les grimpants, à doser les substrats pour les variétés tropicales et aroïdées pour lesquelles le terreau de grande surface était inadapté, tout cela facilitait beaucoup les choses pour Viviane. Elle gonfla un peu l'affaire, ses connaissances, ses compétences et fut acceptée dans la formation qu'elle avait choisie. La première année était un temps plein qui nécessitait d'être en internat à deux heures de chez elle. C'est Jina qui paya les frais de scolarité et d'hébergement de sa petite sœur, avec son salaire non déclaré, Kitso n'était plus là, mais elle avait gardé l'emploi.

— Pas la peine, pour la cantine, je ne mangerai pas ce qu'il y a, de toute façon. Si tu m'aides, j'achèterai des petits trucs qui ne poussent pas dans un ventre.

— Oh Viviane, arrête un peu, tout le monde va manger à la cantine, là-bas. Tu veux vraiment être la bête noire dès le début ?

— Tu sais que je ne vais pas beaucoup socialiser, *dada*. Je n'ai pas tes facilités pour ça.

— Dis-moi, y a combien de filles d'Arusha qui ont fait cette formation dans ce pays, tu crois ? T'as vu beaucoup de fleuristes en *kanga* dans les parages ? On prend la cantine, on ne sait jamais. Comme ça t'auras au moins la miche de pain et la pomme ou le fruit du jour.

— Tu essaies de le cacher, mais je vois bien que tu n'as pas l'air dans ton assiette, Jina. À quoi penses-tu ? Tu sais, je ne veux pas être un poids…

— Mais qu'est-ce que tu racontes ! Tu ne seras jamais un poids pour moi. J'ai juste eu un souvenir, c'est tout.

— Tu veux en parler ?

— Tu te rappelles ce jour où cette Mme Elizabeth est venue ?

— Oui.

— Et ce que notre père a fait à maman, la balafre ?

— Oui. Je ne pourrai jamais chasser ces images de ma mémoire. Le début de l'enfer.

— Ce jour-là, on aurait pu partir avec notre grand-oncle Marcus. Et Nyanya. Emmener Kitso avec nous. On aurait pu toutes suivre notre grand-oncle Marcus comme il l'avait proposé et aller vivre dans notre village, celui de grand-mère Omra, avec notre famille. Mais tu sais ce que maman a dit à Nyanya ?

— Qu'est-ce qu'elle a dit ?

— Elle a décidé de rester se faire tabasser parce qu'elle ne voulait pas qu'on aille travailler aux champs. C'est Nyanya qui me l'a raconté. Et toi, tu vas faire une école pour travailler dans des parcs, des jardins, travailler la terre, quoi !

— Nyanya ne m'a jamais dit tout ça.

— Notre mère, si elle était encore là pour te voir, elle verrait combien elle avait tort. Elle serait fière de toi, Viviane, très fière.

— Maman, elle se dirait plutôt qu'elle s'est enfuie pour rien. Tous ces sacrifices pour que j'aie les mains dans le terreau. C'est de toi qu'elle serait fière. Tu es allée à la fac. C'était son rêve.

Viviane réussit avec brio sa formation en deux ans. Elle avait un stage pratique à effectuer en entreprise chaque année. La première année, elle trouva une place dans une chaîne d'animalerie-pépinière connue. Personne ne voulait s'occuper d'elle au magasin, alors, de sa propre initiative, elle prit en charge un rayon l'après-midi, et s'affaira à l'entretien quotidien des plantes en extérieur le matin. Son rapport de stage ressemblait à une thèse industrielle. Elle le lut à haute voix à Nyanya qui en fut impressionnée.

— Alors, c'est du travail de fleuriste, ça Nyanya ?

— Ah ma petite, dire que tu aurais pu utiliser tous ces jolis mots pour préparer un diplôme d'ingénieur.

La deuxième année, Viviane trouva un stage au parc naturel régional de la Vallée de Chevreuse, près du château de la Madeleine, avec une équipe chargée de la protection de la faune et la flore d'une partie du parc. Elle emmena Nyanya visiter la fête des plantes de Saint-Jean-de-Beauregard, connue au printemps pour ses spécimens floraux originaux.

— Tu as décidé de faire comme moi, ma petite.

— Que veux-tu dire Nyanya ?

— À Arusha, mon jardin était ma fierté. Des gens importants venaient le visiter, prenaient des photographies de mes fleurs. Ton grand-père s'enorgueillissait de ce que j'étais la meilleure jardinière du pays. J'avais même un deuxième jardin chez vous, tu t'en souviens ? Je m'occupais du potager, j'avais planté des flamboyants dans la cour de votre maison. De tout ça, Viviane, il ne reste plus rien.

— Je ne comprends pas où tu veux en venir Nyanya.

— Regarde autour de toi, toutes ces belles couleurs, ces senteurs parfumées, nous les arrangeons pour notre plaisir, mais elles ne sont pas pour nous.

Viviane était devenue la jeune prodige de l'école. Les week-ends et pendant les congés, elle faisait le plein de livres dans la bibliothèque de Jina, qui lui offrait toujours un gadget ou un vêtement avec un slogan écolo : des couverts en bois dans leur étui de coton, une gourde en inox au gobelet stylisé, des stylos en plastique recyclé, des brosses à dents en bambou avec leur dentifrice solide, des parfums non testés sur les animaux de cette marque anglaise à la mode aux fragrances trop épicées, *There is no planet B*, *Climate change is real*, *Respect existence or expect resistance*, et le cadeau que Viviane préférait à tous les autres était ce tee-shirt blanc brodé de quatre têtes d'animaux, une vache, un cochon, un agneau et une poule, auréolés de fleurs multicolores et de la phrase *Friends not food*. L'idée de Nyanya fit son chemin et Viviane se prépara, durant la deuxième année, au concours d'entrée dans une école d'ingénieur horticole et l'obtint au début de l'été 2010.

— Tu vois Nyanya, on peut être fleuriste et ingénieure !
— Je suis si fière de toi, Viviane. Jina et moi, nous sommes si fières de toi !

Viviane choisit bien entendu une spécialisation en protection des plantes et de l'environnement. Nyanya ne cessait de parler d'elle au jardin collectif de la commune où elle s'occupait du potager avec les enfants du quartier le plus difficile le mercredi après-midi, Jina ne cessait de parler de Viviane aux clients fidèles de la brasserie où elle travaillait comme serveuse, leur montrait des photos de plantes, de fleurs et de paysages que sa petite sœur lui envoyait sur son portable. La grand-mère et la petite-fille étaient attachées à la réussite de celle qui avait toujours été l'être le plus doux, l'enfant la plus aimante et affectueuse que l'on puisse avoir près de soi. La petite Mouchette se fabriquait une robe, une robe d'amour.

Derrière la constance de Viviane, sa persévérance, la fidélité qu'elle montrait au sacrifice de sa grand-mère venue l'élever et de sa grande sœur grâce au travail de laquelle elle pouvait vivre et étudier sans la charge pénible de préoccupations matérielles, se tapissait aussi autre chose, une rage sourde qu'elle avait toujours tue et tairait encore, mais qui la poussait à vouloir faire plus qu'accumuler des connaissances techniques pour les revendre à des entreprises plus tard en essayant de les convaincre que changer leurs pratiques à l'égard de l'environnement serait plus lucratif. Viviane s'était forgé une rhétorique victorieuse contre le Grand Inquisiteur qui mettait en scène sa fin sur un bûcher quand elle s'identifiait à Jeanne d'Arc pour la soixantième fois qu'elle revoyait le film, elle s'était forgé un poignard contre Arsène qui avait violé Mouchette, un antidote contre la folie qu'Ophélie connut après la mort d'Hamlet, *What I can do—I will—Though it be little as a Daffodil.* Elle cherchait, aveuglément, partout, la justice. Pas celle qui libérerait son père Samuel dans dix ans pour bonne conduite afin qu'il sorte de cellule et termine sur ses filles le travail qu'il avait commencé en mai 2003. La justice, la vraie. Viviane avait été érigée par sa grand-mère et sa sœur en preuve du futur, protégée, aimée. Elle décida qu'aucun père meurtrier ne porterait atteinte aux efforts incommensurables de toutes ces femmes autour d'elle pour qu'elle vive. Et Viviane ne rêvait pas le moins du monde de concevoir les espaces verts des villes ni de devenir une spécialiste de certaines variétés végétales sur le marché du contrôle agroalimentaire. Elle voulait rétablir l'équilibre. Changer le scénario de toutes ces grandes narrations où la femme meurt à la fin, se tue puisqu'elle n'est bonne qu'à mourir et qu'au fond si Mouchette meurt noyée, si Jeanne de Domrémy terrible pucelle d'Orléans meurt sur le bûcher, si Ophélie meurt suicidée, comme Virginia Woolf, comme Sylvia Plath ou bien meurt libre aux côtés d'un homme qui n'est pas son mari, comme cette Bessie Smith dont parlait tout le temps Jina, c'était un peu leur faute, comme c'était un peu celle de Margaret. Tout à coup, tout lui apparut clairement. Les histoires du soir de Nynaya pointaient dans la même direction onirique. Viviane regarda autour d'elle, scruta le monde dans lequel elle vivait. Qui donc y meurt ? Et qui les tue ? La réponse fut sans hésitation.

Dans le domaine de la forêt à proximité de la grande école dont elle était désormais une des meilleures ingénieures en formation, Viviane avait réussi à entraîner quatre autres étudiants dans une action de sabotage contre les chasseurs qui envahissaient les environs à la saison automnale jusqu'au mois de février. Ils coururent cagoulés et masqués vers les chasseurs en hurlant et en faisant de grands gestes d'épouvantails avec les bras, afin de faire fuir les renards pourchassés et perturber leur traque. Ils furent tous pris. Heureusement, aucun de ses camarades ne la dénonça. Viviane faillit être renvoyée et fit profil bas jusqu'à l'obtention de son diplôme d'ingénieur en juin 2013. Mais cette expérience de sabotage, victorieuse, renforça son assurance. Elle raconta tout à sa grand-mère au téléphone.

— Si tu les avais vus, Nyanya, ricaner, nous prendre en photo avec leur téléphone. En avançant vers eux, j'avais peur qu'ils me tirent dessus avec leur fusil. Tu sais qu'ils ont déjà tué des activistes anti-chasse ? En Angleterre, ils en ont tué plein.

— Mon Dieu, Viviane, tu veux que j'aie une crise cardiaque ?

— En avançant vers eux, de notre côté, on a vu un cadavre de renard tout déchiqueté. Tu sais qu'ils les font tuer par leurs chiens juste pour le plaisir ?

— Mais, ils les mangent ?

— Non, Nyanya, ils ne les mangent pas. La plupart du temps ils ne peuvent même pas récupérer leur fourrure vu son état. C'est un sport, Nyanya, un divertissement : le pur plaisir de traquer et de tuer à distance.

— Les hommes aiment le sang, Viviane. Ils chasseront toujours les faunes, comme dit grand-mère Omra. Ne va pas te frotter à eux. Ce sont des tueurs. Tout comme l'homme de la compagnie pétrolière qui a tiré sur l'impala près du village de grand-mère Omra, tu te rappelles ce que je t'ai raconté ?

— Il y a des femmes qui chassent aussi Nyanya. Pas beaucoup, mais il y en avait une, à pied. Elle m'a tenue en joue avec son fusil.

— Le goût du sang se transmet Viviane. Et les femmes sont serviles. Ce sont elles qui élèvent les tueurs.

— Je vais faire attention Nyanya, j'ai bien l'intention d'obtenir mon diplôme alors ne t'inquiète pas trop. Dis-moi plutôt comment ça va à la maison ?

— Encore une crise cette nuit…

Ce sont elles qui élèvent les tueurs. Cette phrase tinta comme une douleur à l'oreille de Viviane lorsqu'elle raccrocha. Elle imagina la crise nocturne de Jina qu'elle avait vécue tant de fois, une de ces agitations terrifiantes qui avaient repris depuis la mort de Kitso. *Dépêchez-vous, il va nous trouver, il va nous tuer, je n'ai pas fermé la porte.* Les cris de terreur nocturne de Jina, ses tentatives toujours malheureuses d'être aimée par un homme, par tous les hommes, avaient enseigné à Viviane une chose cruciale : l'irréparable ne doit pas nous pousser à mourir, mais à vivre et à vivre radicalement différemment. Vivre est la seule garantie d'anéantir un jour ce qui nous tue ou bien a failli nous tuer. Vivre est le seul moyen que quelqu'un, une femme, ait un jour la possibilité de tuer la mort.

Depuis deux ans Viviane occupait un poste dans une ONG environnementale et vivait entre le refuge du pays de Beauce et l'appartement de Nyanya. Régulièrement, elle participait en cachette à des actions de sabotage de chasse de l'autre côté de la Manche, profitait de ses voyages professionnels à Londres ou à Bruxelles pour rejoindre discrètement les Saboteurs dans le comté de Devon, la région de Liverpool, puis en Belgique à la frontière avec le nord de la France. L'idée était de perturber la chasse au renard en s'interposant face aux cavaliers et en les filmant pour les empêcher de tirer sur les activistes, ou encore de perturber l'odorat et l'organisation des meutes de chiens par des subterfuges inoffensifs pour eux, de sonner le cor pour déstabiliser les meutes canines et humaines, bref de rendre la partie de chasse impossible. La pratique avait été interdite en 2004 par le *Hunting Act* qui devait entrer en vigueur quinze ans après sa promulgation, d'ici à trois ans et demi, alors les cavaliers et tireurs s'en donnaient à cœur joie avant la mise en application définitive de l'interdiction. Quand parasiter ou chahuter la chasse n'était pas possible, Viviane et les autres couraient chercher les cadavres des bêtes pourchassées et s'en emparaient avant les chasseurs, les photographiaient, les emmenaient puis les inhumaient. Les corps sans défense des renards déchiquetés ou transpercés de balles de fusil s'accumulaient dans les mains impuissantes de Viviane. Rarement, elle et les membres des groupes de

Saboteurs arrivaient à sauver les proies. Les menaces de mort ouvertes, les expéditions punitives et la rhétorique violente des chasseurs, souvent des aristocrates, parfois d'anciens militaires, et de leurs écuyers serviles, étaient le quotidien des Saboteurs qui restaient sur place et tentaient de se camoufler le visage pendant les actions pour ne pas être identifiés ou bien que leur famille, leur conjoint au travail, leurs enfants à l'école, soient importunés.

Cet aspect de la vie de Viviane lorsqu'elle était à l'étranger, ni Nyanya ni Jina ne le soupçonnait. Viviane n'en disait rien. Mais tout le monde comprenait qu'elle était meurtrie, qu'elle n'avait pas guéri totalement de l'assassinat de sa mère. Diplômée après cinq ans d'études, depuis deux ans dans la vie active, Viviane n'avait jamais encore été en relation amoureuse. Et à vingt-quatre ans, n'en avait aucunement l'intention. Son père avait tué sa mère, son grand-père avait quasiment vendu sa fille avec l'aide d'un de ses fils, ou en tout cas s'était substitué sans hésitation à sa volonté, les hommes que fréquentait sa sœur aînée n'étaient selon cette dernière que des exemples de jouisseurs infantiles et sans vergogne, et la vie entre femmes, celle des quelques courtes années de la fuite de Margaret à Paris, puis celle avec Nyanya et Jina, était simple, seyante. Providentielle même. Pourquoi s'encombrer, prendre un risque inutile ? Viviane n'avait nullement l'envie qu'un homme, qu'elle envisageait en regardant autour d'elle comme une créature insuffisante, mal finie, vienne embroussailler son quotidien, donne son opinion sur la manière dont elle le vivait, influence la façon dont elle le vivrait au futur et surtout, elle n'avait pas la patience d'éduquer quelqu'un aux engagements et idées qui lui semblaient à elle les plus élémentaires. Néanmoins, fonder une famille l'attirait profondément. Sûrement pour tenir en échec cette sentence de Nyanya, *Les femmes élèvent les tueurs*, pour défaire le cauchemar de ce que son père avait âprement cherché dans le ventre de sa mère, un futur. Le seul futur valable aux yeux de ce mari brésillé, fissuré comme un mur, un fils hypothétique, une issue au désir d'un homme brisé, un enfant, la réparation du monde.

Viviane était chargée de coordonner l'organisation de plusieurs cortèges de son ONG à la plus importante marche mondiale pour le climat qui eut jamais lieu jusqu'alors, à l'occasion de l'ouverture de la conférence des Nations unies sur le changement climatique, la COP 21, à Paris, en novembre 2015. Un mouvement de protestation s'étendait dans plus de cent cinquante pays. Mais Paris tout entier était à ce moment plongé dans l'horreur du lendemain des attentats islamistes contre le Stade de France, la fusillade sur les terrasses des cafés et le massacre du public du Bataclan, après un début d'année bouleversé par l'attaque antisémite d'un magasin cacher et l'assassinat de douze personnes dans les locaux d'un journal satirique. Dans ce contexte tragique et violent, les dirigeants de pays du monde entier et des délégations de représentants autochtones de tous les continents, de l'Amazonie au Kenya, se retrouvaient à Paris pour discuter de l'avenir de la planète. Viviane participait directement à la manifestation parisienne. Elle avait même ses entrées à la conférence. Alors ce qui devait arriver arriva : elle rencontra Ari, un ingénieur agronome.

Ari ne se laissa pas démonter quand Viviane le repoussa énergiquement, plusieurs mois durant. Ni quand elle lui dit *Passe ton chemin, mon père a tué ma mère.* Ou encore : *Tu comprends bien que je ne vois pas l'intérêt de laver les chaussettes de qui que ce soit, dans ma vie, que ce n'est ni un objectif ni une occupation, ni maintenant ni à quatre-vingts ans ?* Elle l'évitait parfois, mais ils avaient tant d'opinions et de centres d'intérêt communs qu'il était difficile qu'ils ne se croisent plus du tout. Et la ténacité de Ari paya. Un jour de février, Viviane l'invita à rencontrer les enfants du jardin ouvrier dont s'occupait Nyanya le mercredi après-midi pour les aider au nettoyage des plantations. Nyanya avait besoin d'aide à cause de l'ampleur de la tâche, elle accueillit Ari, le scruta sous tous les angles, le mit à l'épreuve avec les enfants trois semaines d'affilée et, devant son enthousiasme et son humilité, décida de l'adopter comme son propre fils. Quelques jours plus tard à peine, sans autre formalité, Ari demanda Viviane en mariage.

— Dans ma famille ce sont les femmes qui décident. La seule fois où ça n'a pas été le cas, ça a été une catastrophe. Donc c'est moi qui déciderai en priorité, par exemple de l'endroit où nous vivrons.

— Je ne m'attendais pas à ce que tu me répondes ça, d'ordinaire on dit simplement oui ou non, réagit-il en riant. Si tu veux, Viviane, c'est d'accord.

— Je ne discute pas des obligations domestiques, elles doivent être faites, je ne veux pas avoir à m'en préoccuper outre mesure.

— Je vis seul tu sais, je n'ai pas besoin qu'on me rappelle de faire ce qui est nécessaire à l'endroit où je vis. Je ne suis pas un gosse.

— C'est ce que tu dis, mais on n'a peut-être pas la même conception de *ce qui est nécessaire.*

— On va s'accorder.

— Je ne sais pas m'occuper de quelqu'un, Ari. Je n'ai jamais eu besoin de le faire avant. Alors je ne vais pas vraiment m'occuper de toi.

Ari rit aux éclats et acquiesça. Viviane accepta sa demande en mariage.

— Nyanya, je veux que ce soit toi qui choisisses ma robe.

— C'est à la mariée de choisir sa robe, ma chérie.

— Mais je veux que ce soit toi qui me la donnes.

Nyanya, Jina et Viviane restèrent près de deux heures dans le magasin spécialisé. Puis la grand-mère se décida pour une robe aux manches trois-quarts, au col haut, qui couvrait presque les pieds. Brodée de dentelle et de discrets cristaux. Elle la tendit à Viviane. Pendant l'essayage en vue de la mise à la taille, Jina murmura à sa petite sœur : *Mouchette a gagné.*

Le mariage eut lieu à l'automne 2016. Il fallut reprendre en urgence les mesures pour la robe, car Viviane était enceinte et on percevait déjà une petite rondeur. Comme sa mère Margaret, Viviane tomba enceinte la première fois qu'elle fit l'amour avec le premier homme qu'elle ait aimé. Sauf que Ari l'avait vraiment épousée. Était-ce son éducation, son tempérament, un mélange des deux, l'époque qui n'était plus la même que celle des générations précédentes, la culture qui n'était pas la même non plus d'un continent à l'autre, toujours est-il que Ari admirait son épouse. C'était un homme à l'esprit brillant, pratique et humble. Il la laissait prendre l'initiative des choses importantes qui concernaient leur vie, accueillait toujours ses idées avec enthousiasme, sauf quelques fois, il entrait dans une dispute sporadique quand il estimait que telle action militante ou tel voyage pouvait mettre en danger la vie du bébé à venir. Pas de gentillesse feinte, pas de fausse retenue. Ari considéra d'emblée Viviane comme la plus forte et la plus intelligente d'eux deux, ce qui ne l'empêchait pas d'être exigeant à son égard. Il avait infiniment besoin de son amour. Il était persuadé qu'il avait rencontré son double. Et il acceptait qu'elle n'ait pas *besoin* de lui. Alors Viviane lui fit confiance.

Nyanya voulut savoir si la gerbe était apparue, si Viviane avait vu et senti les mille facettes rougeoyantes de l'Éclat des filles dans le ventre de leurs mères. Mais rien. *Ce sera donc un garçon.*

En parallèle depuis le début des études de Viviane, la première année de master de lettres modernes de Jina à l'automne 2008 fut perturbée par la disparition de son chien. Jina ne réussit pas à trouver un sujet de mémoire. Elle s'inscrivit au concours de professorat du second degré pour enseigner la littérature au collège et au lycée, comme Margaret voulait le faire dans sa jeunesse, mais le rata et ne valida pas non plus son année universitaire. Seul son emploi de serveuse, auquel elle consacrait de plus en plus de temps, tenait la route et Jina finit par abandonner ses études en septembre 2009. Elle tenta de se raisonner, avant chaque été, essaya d'écouter les encouragements de sa petite sœur et se réinscrivit plusieurs années consécutives dans l'espoir de terminer son diplôme et d'obtenir le concours d'enseignante, mais sans jamais aller en cours ni préparer ses épreuves. Employée dans de grandes brasseries du Quartier latin ou des gares, elle prenait régulièrement le bus de nuit pour rentrer. Parfois, elle suivait une rencontre et ne revenait qu'avec les premiers RER, marchait depuis la gare de banlieue jusqu'à l'appartement, sa nuit blanche consignée sur les joues, inscrite sous les yeux. Jina prenait une douche, puis, de temps en temps le week-end, se joignait à Nyanya et Viviane pour la prière du matin, que la grand-mère avait entrepris de dire avec ses petites-filles le plus souvent possible, lorsqu'elles étaient là. Quand elles avaient terminé, elles allumaient une bougie pour l'élévation de l'âme de Margaret, une autre pour l'âme de Kitso et chacune vaquait à ses habitudes. Nyanya s'occupait du ménage de l'appartement, du ménage chez ses employeurs, de ses plantes, des courses, des repas, lisait des psaumes, allait au nouveau jardin collectif de la commune cultiver son potager ouvrier avec des enfants du quartier.

Ce qui avait créé la fatigue de Jina était indescriptible. Au travail, les jours succédaient à leur déroulement hypertrophié par l'effort, se gâchaient un peu par leur vitesse, une semaine était déjà passée, puis une autre, nous étions déjà jeudi, dernier jour de repos, le lendemain debout à cinq heures trente. Jina avait compris que plusieurs années lui avaient glissé sous le nez, elle ne devait prendre son premier emploi de serveuse que quelques mois pour payer les frais vétérinaires de Kitso fin 2007, ensuite elle continua pour payer les études de sa petite sœur et partager les frais de l'appartement, puis cet emploi temporaire devint une supercherie permanente, son énergie filant avec les sourires répétitifs aux clients, *j'aime mon travail, mais parfois je suis ailleurs, sonnée à la bordure, comme si un inconnu plus vigoureux que moi m'avait volé ma vie à l'arraché*, ses sourires comme une embolie du visage, un gonflement généreux à la hauteur des joues, le choc répété du percolateur contre le bac à marc, la voix d'arômes d'Otis Redding, la débandade du temps dans les poumons noircis durant les pauses sous l'enseigne, à attendre le vent de la clientèle, le souffle en rafale des déjeuners réglés par tickets restos pour ceux qui travaillaient, la valse fluide du plateau posé sur une main de Michel-Ange, le déchirant point gâchette au trapèze supérieur gauche.

Le matin avant sa mise en place, quand le bistrot était encore fermé, Jina allumait les lumières derrière le comptoir, réglait l'éclairage chaud de la desserte et du bar, connectait la tablette tactile aux enceintes et choisissait une chanson. À volume doux. Une chanson de Amythyst Kiah, un air de Bessie Smith, un Delta blues ou bien une mélodie triste des Appalaches. Elle tassait le premier café, sortait une table dans un coin devant l'entrée, un tabouret, sa tasse chaude, pour l'araignée en elle, recroquevillée, soyeuse, pour ses millions d'yeux tournés vers le boulevard de Belleville qu'on ne voyait pas depuis ce coin des Buttes Chaumont. Les matinées étaient belles et Jina les avaient laissées filer malgré ses réinscriptions à la fac, engoncée dans ses obsessions sentimentales. Les matinées. Essaimées par les va-et-vient des livreurs de Rungis, les cageots de poissons frais à poser sur le passe, les cartons de joues de bœuf fondantes qui embaumaient le bistrot depuis leur écrin bouillant à pinot noir, quand le chef cuistot plaisantait derrière les fourneaux en passant commande pour le lendemain, les légumes du jour et fleurs de dressage pour les desserts, *Le Parisien* du matin, les gobelets en papier pour les cafés à emporter, ceux des ouvriers du quartier et du primeur au coin de l'avenue – il choisissait toujours les mandarines les plus sucrées, les kiwis les plus parfumés et les lui apportait avant de retourner au magasin les mains pleines de doubles expressos.

Jina s'ouvrait. Allumait les chauffages à gaz sur la terrasse couverte, sortait les piles de chaises, les tables rondes, nettoyait, préparait sa salle à accueillir les habitués de l'aube au comptoir, le cortège en chapelet de tous ceux qui la connaissaient, ceux qui lisaient les nouvelles du jour, prenaient trois cafés, buvaient deux verres d'eau, ceux qui ne buvaient pas d'eau, ne prenaient pas de sucre, avaient besoin de courage pour continuer leur chantier de l'hiver, les autres qui en avaient trop, eux, du courage, à cause de la famille au pays, la survie ici ; puis les parents d'élèves après huit heures trente, viennoiseries, thés fragrants brûlant le palais, œufs à la coque et leurs mouillettes beurrées. Elle avait tout de suite voulu garder ce travail, voulu qu'on lui donne sa chance, qu'on lui apprenne le service. Jina savait quelque part au fond d'elle qu'en se levant tôt pour servir les gens quand il faisait encore nuit, elle finirait par les aimer, simplement. Il n'y avait qu'au café, à voler leurs petites minutes de latence fugaces et répétitives, qu'elle les aimait, en restant loin, mais sans pouvoir s'empêcher de sourire, de leur dire bonjour, pour que leur jour soit bon, vraiment. Autrement, à d'autres endroits, à d'autres moments, chez elle par exemple, enfermée dans la chambre près de Viviane, avec ses insomnies, ou bien lorsqu'elle était avec son copain du moment, c'était plus compliqué.

Dommage qu'ils ferment. Je vais devoir chercher une autre place, mais j'aurais voulu rester là toute ma vie. À discuter avec ce bonhomme du Sud-Ouest à l'accent coiffé d'un chapeau noir, à écouter le facteur assis au comptoir pendant sa tournée, *Comment ça va aujourd'hui, petite !* voir un père embrasser ses enfants de toute l'affection accumulée jusqu'à ses rares week-ends de garde, descendre des caisses de vin dans la remise. Se frayer un chemin entre les tables à midi le derrière trop gros, rire aux éclats avec les cuisiniers qui s'ingéniaient à la régaler pour déjeuner, un filet de bar, un gratin de mafaldines, une assiette de joue de bœuf, le pain frais de la boulangerie du coin, servir le vin de Gascogne, les cafés viennois exorbitants de saveur, faire des cappuccinos à deux phases bien distinctes surplombées par la plus belle des crèmes, les petits cocktails de journée au sirop de jasmin ou de framboise, tirer des pintes ambrées les soirs de foot, des Monaco, effeuiller la menthe, faire tomber les couverts. Elle n'avait jamais su débarrasser.

Presque dix ans de séances hebdomadaires chez sa thérapeute ne parvenaient pas à empêcher Jina de revenir à ce point d'achoppement sur lequel elle se trouvait avant l'arrivée de Kitso. Elle voulait être aimée. Tombait amoureuse. Essayait. De ne pas rester piégée dans l'union tyrannique du corps de son père avec le cadavre de sa mère. Certaines idées tournaillaient dans son esprit, apparemment sans cohérence, mais revenaient de manière obsessionnelle, durant plusieurs semaines, parfois plusieurs mois.

— Il m'a emmenée au restaurant hier soir, mais on s'est engueulés. Il reçoit des messages tout le temps sur son téléphone, j'ai regardé, j'ai vu le surnom d'une fille, « BB », et il a commencé à s'énerver, à me parler de confiance, de respect, de sa vie privée, à me traiter de paranoïaque, me reprocher d'être injuste avec lui, de le traiter comme un bourreau, de le considérer comme un coureur, alors qu'il est sérieux, que c'est quelqu'un de bien.

— Et que lui avez-vous dit ?

— Rien. Je me suis excusée. Je lui ai dit que ce n'était pas facile pour moi, avec ce que j'avais vécu, que j'avais besoin d'être rassurée, que j'avais besoin de lui.

— Vous lui avez dit que vous avez besoin de lui ?

— Oui. Du coup, je me sentais conne. J'ai payé la note et je suis rentrée toute seule. Viviane dormait. J'ai mis mes écouteurs et j'ai écouté la chanson de Bessie Smith en boucle. Celle dont je vous ai parlé la dernière fois. Ou la fois d'avant, je ne sais plus. Et puis je me suis rendu compte que j'aimais bien cette chanson parce qu'elle raconte un peu ce qu'a vécu ma mère. C'est vrai, qu'est-ce qui lui prenait, à Bessie Smith, de se laisser cogner comme ça ? Est-ce qu'elle mentait, dans cette chanson, quand elle prévenait le type qu'il ne pourrait plus l'alourdir, la commotionner, que la virevolte des bouteilles échinées, disloquées, n'allait plus lui octroyer le pardon rituel d'après déglutition du salaire de la semaine ? Moi je pense qu'elle aurait dû lui dire tout de suite : Hé mec, ma vie est un goulet d'entre-falaises dangereux, un chenal étroit, un raccourci de voyage, elle est courte et c'est la dernière fois que tu lèves la main sur moi, lui dire tout de go et le virer d'un coup de pied au cul, au lieu de lui faire la morale, au lieu de le menacer sans efficacité, elle chante dans la chanson : *Tu vas me retrouver pendue au bout d'une corde, tu devrais avoir honte de ce que tu m'as fait, c'est de ma faute de t'avoir laissé me traiter comme un chien*, ce genre de lamentations, juste avant de lui rappeler qu'il peut la négliger, lui marcher sur la tronche, elle reviendra vers lui quand même, à picoler et chouiner sans fin.

— Vous pensez que c'est ce que votre mère aurait dû dire à votre père ?

— Je ne sais pas. Je n'arrive pas à savoir ce que ma mère aurait dû faire, à part ne jamais épouser mon père. Je me demande juste ce qu'elle avait dans le crâne, Bessie, à chanter des trucs pareils. Ou bien, comme dans le vieux film où elle a joué, *St Louis Blues*, qu'on peut trouver sur Internet. Pour vraiment pas cher payé, elle a accepté ce rôle où elle ne fait que supplier un étalon parasite du nom de Jimmy, un vrai sans-gêne surpris au lit devant tout le voisinage avec une pépée malapprise, un type qui profite sans vergogne de l'amour niais de Bessie et de sa peine au travail pour lui extorquer tout son argent, lui donner des coups de pied au visage avant de se faire la malle et elle, elle implore son retour ! C'est un rôle pourri qu'elle a joué, Bessie Smith, dans lequel après tout ce que ce mec lui fait elle chouine à un comptoir avec sa pinte pendant que le type est tranquillement assis à une table derrière elle, en train de dépenser le fruit de son racket avec de belles pouliches toutes frémissantes. Mais de quel argent on parle, en plus ? On parle de quelques dollars extorqués à une femme noire du sud des États-Unis en 1929. Les hommes beaux, ou qui croient qu'ils le sont, vous savez, ce sont vraiment de fieffés salauds, déjà en 1929, c'étaient des salauds, les hommes beaux, pas étonnant qu'on ait écrit des blues de ce genre sur leur compte. Mais putain, Bessie, qu'est-ce qui t'a pris ?

— Quel est le titre de cette chanson ?

— *You ought to be ashamed.* C'est bizarre, mais c'est quand même sa plus belle chanson, même si elle est complètement pathétique, parce qu'en fait elle ne voit pas vraiment ce que le type lui fait.

— Dans la chanson ou dans le film ?

— Dans les deux. Je pense qu'elle raconte sa vie dans la chanson et que le scénario du film où le fameux Jimmy la frappe et cætera, est inspiré de sa vie aussi. Pourtant, Bessie Smith, elle est considérée comme une des premières grandes chanteuses du blues, une femme indépendante qui décrivait la réalité des femmes noires de son époque. Elle avait des conquêtes féminines aussi, vous le saviez ? Mais en fait, malgré toute cette image de force, c'était une pauvre fille qui se laissait cogner et qui menaçait de se donner la mort quand un homme lui faisait du mal ou la trompait. Je ne comprends pas qu'on en ait fait une héroïne. C'est comme si on faisait une héroïne de ma mère. Alors qu'elle s'est laissé acheter par l'homme qui l'a battue, violée, mutilée, assassinée devant ses propres enfants, achetée par une parure de bijoux et des promesses, vous vous rendez compte ?

Jina se disait que, peut-être, au fond, ce que sa mère avait vécu était comme ce que Bessie Smith chantait. Moins le gin, moins la bière et les aventures avec d'autres femmes, bien sûr. Parce que cul-bénit, sa mère, douceur espérante dans la vallée de l'exil, série de pleurs muets et de têtes rabattues, coupable expiatrice cramponnée aux tabassages punitifs de cet homme à qui elle avait volé sa virilité en faisant un enfant avec un autre qu'elle aimait vraiment, alors que lui non plus ne méritait pas son amour. Margaret, l'abattement infini, la rondeur navrée et douce, entêtée par l'honneur, l'honneur d'accepter l'époux choisi par son père, l'honneur de ne pas divorcer ; pieuse comme Nyanya, mariée à un cheikh, comme grand-père Hashim, le mari de Nyanya, c'est-à-dire en vérité jamais elle-même, avec toute cette foi débordant des pores, le cuivre de sa poitrine soumis à la volonté de tous les dieux, le sébum de ses prières dégoulinant sous ses turbans de *kangas*, les appels d'Isaïe disséminés sous son pagne, *Où faudra-t-il vous frapper encore, vous qui persistez dans la rébellion ?* Hein, où ? Où faudra-t-il te frapper encore, Margaret Mueda Saïdi, fille indigne, mère indigne, fornicatrice devant l'Éternel ? C'était en dessous qu'il fallait battre Margaret, sous ses vêtements de peau, sa tolérance monotone, c'était dans son cafard qu'il fallait cogner, pour la terminer, la gaspiller, atteindre enfin quelque chose de dur, quelque chose à briser, *Nakuomba, Samuel, usifanye hii mbele ya watoto, Je t'en supplie Samuel, pas devant les enfants*, la violer en dedans par saccades brèves comme des coups de sabre, le père de Jina l'avait très bien compris.

Et ce que le père de Jina avait compris, c'est que le sexe, ce n'était pas juste une réponse à un simple besoin physiologique, un devoir envers le corps, comme il l'avait dit pendant l'enquête, mais bien autre chose, l'endroit où ça faisait mal, pas à cause de la morale, de la religion ou du regard des voisins, non, mais à cause de la vie humaine elle-même, rendue possible uniquement par ce primordial attachement. Aussi, parce qu'il se faisait entre deux personnes, par où on naît. En pensant chaque jour à se venger de l'unique infidélité de Margaret, le père de Jina avait compris que le meilleur moyen de détruire sa femme, de dévaster n'importe quelle femme, compagne, amante, c'était d'aller en égayer une autre et de revenir le bas-ventre sale transmettre de force à la première tout ce qui venait d'ailleurs et ainsi la souiller : *Tu sens ça, hein, c'est la femme de Jay.* Le parfum d'un autre lieu de naissance. Le délice de rentrer et continuer sa petite routine, puisque après tout, Margaret, la fautive, n'avait pas à demander à son mari où il allait, ni ce qu'il faisait, il était libre, libre comme l'air, on se respecte à sens unique et je fais ce que je veux, les soi-disant voyages de travail avec son beau-père ou bien à l'étranger, hébergé chez des amis dont il n'avait jamais dit le nom, à se défoncer au cannabis, à picoler, prendre des vacances et se faire du bien, balader son caleçon sur toutes les malpropretés environnantes avant de sortir faire un tour dehors pour passer l'appel téléphonique quotidien, obligatoire, l'appel du père de famille responsable, qui téléphone tout de même à l'extérieur pour que personne chez ses amis ne l'entende, en prenant des nouvelles sans jamais en donner, même lorsqu'il les avait retrouvées et qu'il était venu à Paris, même lorsqu'il avait soi-disant changé, pendant que sa femme trimait avec deux gosses la semaine.

— Alors vous pensez qu'en réalité, malgré ce qu'il a affirmé, c'était votre père qui avait trompé votre mère ?

— Bien sûr. Mon père, c'était un homme comme les autres. Donc il était sale. Injuste. Je suis sûre qu'il a fait à ma mère dans son dos tout ce qu'il lui a reproché. Peut-être même qu'il a des enfants ailleurs, qui sait ?

— Est-ce qu'il y a quelque chose de concret qui vous fait penser cela ?

— Au procès quand la juge lui a demandé s'il reconnaissait qu'il avait forcé ma mère à avoir des rapports sexuels avec lui, s'il reconnaissait qu'il l'avait violée, il a dit qu'il ne considérait pas ça *comme ça*. Il ne considérait pas ça comme du viol. Ma mère, elle avait des devoirs avec son corps. Et lui, aucun. Ça me paraît clair. C'est ce que Bessie Smith n'a jamais compris, en fait. Elle pensait que c'était normal, au fond, d'être trompée, escroquée, à partir du moment où le mec était gentil et y mettait les formes. Comme ma mère, pendant des années. Mais à la moindre erreur, au moindre soupçon, ce même type pour qui elle a fermé les yeux, mon père, il l'a tout simplement butée. Je me rappelle la voix de cette nuit où j'étais fatiguée d'entendre les pleurs de ma mère toute seule dans la chambre conjugale. C'était juste avant qu'on arrive dans le merdier de Londres. Je lui ai demandé : *Mama, pourquoi tu ne quittes pas papa ? Il te frappe, il n'arrête pas de te manquer de respect, on sera plus heureuses toutes les quatre sans lui.* Je voulais dire avec Nyanya et ma petite sœur. Et vous savez ce qu'elle m'a répondu ? Elle m'a dit, simplement, sans même me regarder : *Mtu ni watu.* En swahili, ça veut dire : aucun homme n'est une île, *un homme c'est tous les hommes*, nous avons besoin les uns des autres.

— Et c'est ce que vous croyez, aujourd'hui ? Que nous avons besoin les uns des autres ?

— Vous voulez dire, les hommes et les femmes ?

— Je ne sais pas. À vous de me le dire. Que croyez-vous ?

— Je ne sais plus ce que je crois. De toute façon, avec tous les kystes aux ovaires qu'on m'a découverts depuis la mort de mon chien, il y a peu de chances pour que j'aie des gosses. Alors même si je crois que ma mère avait raison, ou bien tort, au bout du compte, ça ne change plus rien.

Pendant plus de dix ans, après son arrivée au foyer de l'aide sociale à l'enfance pour la récupérer, Nyanya avait vu sa petite-fille se débattre avec ceux que cette dernière décrivait comme des spécimens sans envergure, des lascars qui lui causaient littérature ou même, ne causaient pas du tout, broyaient seulement ce morceau de zircon brut qu'était sa vie. Nyanya observait Jina et s'effritait comme le karst, érodée. Abattue. Elle ne comprenait pas que sa petite-fille laisse autant d'avatars de Samuel la dépecer et fouiller dans ses entrailles avant de les balancer dans leur benne à ordures sans fond. Pendant que Viviane avait tout de même réussi à trouver quelqu'un de bien. Nyanya était de nouveau harcelée par les mots de sa mère Omra : *Pourquoi maltraites-tu tes enfants, Rébecca ?* Et elle s'asseyait et réfléchissait à la manière la plus efficace de les soustraire à l'avalement obscur qui fait disparaître toutes les femmes. Comme Omra, bien que sans l'Éclat, Nyanya se mit prier de plus en plus. Elle Lui parlait. À Lui. Au Nom, *En Ton secours j'espère ô Éternel, ô Éternel j'espère en Ton secours.*

Mais Jina n'écoutait pas vraiment les prières de Nyanya. La dyade originelle dont elle ne s'était jamais extraite, dont elle n'avait plus pu s'extraire depuis ce repas où son père découpa lentement le morceau de gigot d'agneau dans son assiette devant *toutes* les femmes, avant de défigurer la sienne à coups de ceinture, l'emprisonnait pour toujours immanquablement dans les mauvais bras. Les bras d'hommes dont elle croyait qu'ils l'aimeraient, c'est-à-dire seraient présents, attentionnés, la protégeraient et l'estimeraient, quand tout indiquait pourtant qu'ils voyaient en elle ce qu'elle ignorait être : une fille qui *croit* que les hommes aiment, mais ne comprend pas réellement ce qu'il se passe. Nyanya n'y pouvait rien. Elle observait scrupuleusement chaque nouvelle ridule se creuser sur le visage de sa petite-fille, écoutait ses révélations subites, ces moments pendant lesquels tout apparaissait à Jina de manière absolument claire, illuminée, et où elle réinterprétait chaque comportement du copain du moment à la lumière de cette révélation toute neuve de la vérité de leur relation. En boucle.

Jina faisait alors, en fumant sur le balcon, tout un tas de déductions vraisemblables et apportait des séries de preuves qui abondaient vers son explication des événements, la faute impardonnable de l'autre, celle que Samuel ramenait dans le lit de Margaret par la force, les sécrétions de Mme Elizabeth. Cette idée l'obsédait. Chaque geste, chaque parole de ses petits amis étaient scrutés, analysés et conduisaient Jina, sous l'empire du soupçon, à la rancœur et l'agressivité. Jina se projetait à la place de la femme cachée, trompée, qu'ils avaient parfois, et qui attendait seule dans le lit commun, le berceau de son bébé de quelques mois juste à côté, que son compagnon revienne pouacre de bière de sa *soirée entre potes* qui consistait à emmener Jina boire et se donner debout dans des coins. Jina s'identifiait à l'autre femme. Celle qu'elle n'était pas. Qu'on lui cachait. *Alors qu'en réalité, c'est moi qu'il cache.* Elle prenait la compagne en pitié. Et sa haine décuplait.

Nyanya contacta le service de psychiatrie de l'hôpital où Jina était toujours censée consulter. On lui apprit que le praticien avait pris sa retraite en 2008 et que sa petite-fille ne s'était plus présentée depuis des années ! Donc, lorsqu'elle s'était mis en tête de sauver Kitso, Jina avait déjà probablement arrêté son traitement. Depuis dix ans.

La réalité, c'est qu'avec ses déboires sentimentaux à répétition, son débit de parole inextinguible, ses obsessions de tromperie et sa haine à l'égard de ceux qu'elle considérait, malgré tous ses efforts pour ne pas sombrer cycliquement dans la paranoïa affective, comme tous fatalement de la même espèce que son père, l'espèce des violeurs et des tueurs, après lesquels elle courait quand même pour des miettes d'affection, Jina avait épuisé sa grand-mère. Elle avait épuisé sa petite sœur. Épuisé ses rares et brefs amis.

L'infarctus de Nyanya survint lorsqu'un matin, vers onze heures, elle remonta le courrier dans l'appartement. Jina était rentrée presque à l'aube, c'était son jour de repos et elle avait fait la fête après son service, mais même le foie en surtension elle ne parvenait pas à dormir, elle se levait sans cesse pour aller vers le réfrigérateur trouver quelque chose à boire, quelque chose à manger, *Il n'y a jamais rien dans cette maison, on vit chez les Amish, ici, Nyanya ! Pas de yaourts, pas de jus, je peux manger des poivrons, des pamplemousses, de la laitue et des haricots verts crus, du pain mais pas de beurre ! Voilà, merci bien, je trime au boulot pour que l'aide à domicile fasse aussi les courses pour moi, tu sais ? Pourquoi tu ne lui demandes pas de rajouter des choses à ta liste, des trucs pour moi aussi, Nyanya, et pas juste pour le petit club des rastafaris véganes de la famille, je mange de tout, moi, tu m'entends ?* Jina se retourna, son casque à musique sur les oreilles, la main sur la porte du frigo. L'ampoule du réfrigérateur éclairait les os et les muscles saillants sous son débardeur. Nyanya était à terre. Jina se précipita vers sa grand-mère, paniquée, ne sut d'abord que faire, la tourna lentement sur le côté et appela les secours. Elle comprit qu'une chose grave venait de se produire. Nyanya avait une lettre dans les mains signée de la main de Samuel : *Rébecca, dis à Viviane que je veux voir mon petit-fils.* Jacob avait un mois.

Comment avait-il su ? C'est ce que tout le monde se demandait. Comment avait-il su que Viviane venait tout juste d'avoir un enfant ? Comment connaissait-il l'adresse de Nyanya pour lui écrire depuis la maison centrale où il purgeait sa peine sans aucun contact depuis plus d'une décennie ? Perpétuité. Perpétuité et vingt ans de peine incompressible, en comptant la détention provisoire avant le verdict, cela signifiait qu'il ne pourrait de toute façon pas sortir avant 2023. Ce jour de mars 2017, la vie de Jina bascula. La vie de sa sœur Viviane Saïdi, épouse Taub, de son mari, Ari Taub et de leur nourrisson, Jacob, bascula. Et celle de Nyanya était suspendue à un fil.

Jina resta aux urgences de l'hôpital pendant des heures avant de pouvoir se rendre au chevet de sa grand-mère. Ari et Jina se relayèrent auprès du bébé pour que Viviane puisse rendre visite à Nyanya. Elle se remit péniblement, sortit de réanimation au bout de trois jours, puis de l'hôpital le cinquième jour. Nyanya eut dès lors besoin d'une canne pour se déplacer, au-delà de sa période de réadaptation cardiaque. Tout effort, toute émotion forte lui étaient strictement déconseillés. Jina, Viviane et Ari s'occupèrent de Nyanya au jour le jour durant plusieurs semaines. Bilans sanguins, électrocardiogrammes, écho doppler, le quotidien de Nyanya était rythmé par son accident et chacun faisait attention à ne jamais la brusquer. Viviane se remettait à peine d'un accouchement par voie naturelle au terme de quinze heures de travail, Jina se reposait très peu entre ses services aux horaires irréguliers. La fatigue les liait tous entre eux. La fatigue, et l'enfant.

Jacob suscitait l'attention de tous, comme le fait naturellement un nouveau-né à son arrivée dans le milieu familial, mais dans son cas cette attention était aussi une espèce de vigilance inquiète. À peine arrivé au monde, il était déjà l'objet de convoitise de l'homme auquel Viviane s'était juré qu'il serait inconciliable, antagoniste et hors de portée, Samuel, le père dans sa cellule, averti on ne savait comment de la maternité de sa fille, prêt à lui voler le fruit de ses entrailles, comme il avait voulu voler le fruit des entrailles de son épouse Margaret : *C'était mon fils, vous pouvez comprendre ça ?* Depuis le début de sa grossesse, Viviane sondait Ari, analysait le moindre de ses gestes, scrutait ses habitudes, le questionnait rigoureusement sur les relations qu'il avait eues avant elle, sur ses premiers comportements amoureux, voulait connaître ses opinions sur un tas de sujets qui avaient trait aux femmes, alors Ari prenait le temps de lui parler, de répondre à toutes ses demandes, sans susceptibilité. Il comprenait qu'il allait avoir un fils avec la fille d'un tueur dans un monde où la plupart des tueurs sont des fils. Mais il savait aussi que son fils pouvait devenir un géomètre des possibles, un bâtisseur du temps, parce qu'il serait le fils de femmes singulières, depuis Esther, la grand-mère d'Omra jusqu'à Viviane, de mère en fille des gerbes de force. Ari aimait la mythologie familiale de son épouse, ces figures matriarches qu'il imaginait précurseures, en avance sur l'époque, précocement proches des idées qu'il voulait voir triompher dans le futur, farouchement indépendantes, respectueuses du vivant. Les valeurs matriarcales un peu sectaires, névrotiques, de Nyanya et de Viviane le fascinaient. Il était loin de partager tous leurs raisonnements, qu'il savait hérités du traumatisme de l'assassinat de Margaret, une phobie du sang héritée du sang coulé, mais il était favorable à ce que son enfant grandisse nourri par une certaine éthique, cette vision du monde où *tout ce qui a une mère* comme disait Nyanya devait être considéré comme précieux, inviolable. Où la délimitation entre ce qui est criminel et ce qui ne l'est pas devait être clairement marquée, et même intensifiée. Et si cela était un peu exagéré, pour conjurer toute ressemblance future de son fils avec Samuel, ce dernier homme monstrueux de la famille de sa femme, c'était tant mieux. De toute façon, Viviane l'avait prévenu d'emblée : *Dans ma famille, ce sont les femmes qui décident, sinon c'est la catastrophe.*

Viviane et Ari agissaient ensemble, de manière équitable, spontanément ou par accord mutuel, et Viviane avait la préséance sur les décisions qui concernaient leur foyer lorsque cela était jugé par elle nécessaire. Ari avait toujours souhaité que ses enfants grandissent dans un environnement joyeux mais attentif aux questions qui lui semblaient les plus cruciales : l'égalité entre humains, l'égalité avec les autres animaux, la conscience de l'urgence climatique et donc une vie quotidienne sans produire de déchets, surtout plastiques. Lui et Viviane se retrouvaient en de si nombreux points communs lorsqu'ils parlaient de l'éducation de Jacob, de leur morale familiale, de sa socialisation et de ses apprentissages à venir, avec cette tendance partagée à vouloir planifier pour leur enfant la vie idéale qui leur siérait à eux, lui et Viviane avaient tant de concordances que Ari voyait la naissance de Jacob en soi comme une complétion. L'aboutissement parfait d'une rencontre parfaite, qu'il faudrait à tout prix protéger et auquel il faudrait aussi enseigner à se protéger lui-même. Alors, avec Jacob, il laissa faire sa femme, sa belle-sœur et sa belle-mère. S'il était rattrapé un jour par l'ombre du passé sous la forme d'un Samuel hargneux sorti de taule pour perpétuer son œuvre malfaisante, Jacob la pulvériserait, ne serait-ce que par amour pour les femmes qui l'avaient porté en ce monde. La succession de leurs efforts à travers les générations aboutissait à cet enfant, à cet écrin de leurs sueurs, à la possibilité d'un héritage, et à la naissance d'un homme qui grâce à leurs efforts conjugués serait d'une autre nature que ceux qui, du côté maternel, le précédaient. *Ce sont les femmes qui élèvent les tueurs*, avait dit Nyanya, peut-être bien, mais Viviane ajoutait à la sentence de sa grand-mère : *Et ce sont elles qui élèvent les protecteurs.* Elles firent bloc autour de Jacob contre le danger que représentait son grand-père comme un seul corps, un corps fusionné qui aurait porté l'enfant, un seul ventre protecteur. Ari décida d'être l'enceinte autour de ce ventre protecteur formé par les trois femmes, en plus d'être le père de son fils.

Sans surprise, Jacob était un enfant calme. Viviane et Ari l'initièrent très tôt aux déplacements avec eux, au refuge dans la Beauce, et même à l'étranger, ils l'emmenèrent partout où ils pouvaient dès qu'il fut vacciné afin qu'il puisse s'adapter très jeune au changement. Le reste du temps, lorsque leurs occupations professionnelles l'exigeaient, c'était Nyanya qui gardait Jacob. Elle avait insisté pour s'occuper de lui et arguait que cela la rajeunirait, qu'un petit bébé n'était pas un stress, mais une source perpétuelle de joie, que Dieu lui avait envoyé ce petit-fils comme une bénédiction pour ses vieux jours. Avant son service, quand elle commençait l'après-midi ou bien après lorsqu'elle commençait le matin, Jina consacrait toujours un moment à s'assurer que tout se passait bien avec le petit et que Nyanya ne faisait pas d'efforts physiques inconsidérés. Une aide à domicile venait toujours quotidiennement, Nyanya n'avait plus à s'occuper des tâches ménagères ni des courses. Nyanya plaçait Jacob dans sa poussette tout-terrain, à laquelle elle s'accrochait un peu comme à un déambulateur, descendait et montait avec lui par l'ascenseur et lui faisait faire de grandes balades quotidiennes pendant lesquelles elle ne cessait de lui parler. Ces promenades la gardaient en forme. Elle lui montrait les différentes variétés d'arbres de la ville, platanes, chênes, acacias, tilleuls, les différentes espèces d'oiseaux dans les parcs, *Ça, c'est une mésange charbonnière, tu vois mon petit ? Et ça, c'est un rouge-gorge, mon oiseau préféré, regarde comme il est beau !* Elle lui enseignait le nom des fleurs ornementales que les paysagistes de la commune plantaient et renouvelaient, s'arrêtait chaque fois qu'ils croisaient un chien, l'emmenait au potager collectif le mercredi après-midi, même si elle ne pouvait plus vraiment jardiner elle-même, lui racontait tout un tas d'histoires et de contes, les broderies mythiques des femmes de sa lignée parvenues jusqu'à elle, les mêmes qu'elle avait racontées à Viviane, mais avec quelques embellissements, ici et là. Et parfois, assise près de la poussette sur un banc dans le grand parc de la ville ou bien en marchant tranquillement entre les allées de tilleuls, Nyanya racontait à Jacob comment son grand-père avait tué sa grand-mère. *Mais toi, tu ne seras pas un homme comme ça, mon chéri, tu seras un homme magnifique, un protecteur des femmes, tu protégeras ta maman, tu protégeras tes filles, et avec ton papa Ari tu combattras les hommes de l'ancien monde, et vous les vaincrez tous, parce que c'est toi le monde futur, mon petit poussin, ah ça oui c'est toi, et quand le féroce Samuel viendra nous embêter tu lui couperas la tête, hop !* et elle babillait et faisait rire l'enfant avec le *hop !* qu'elle répétait en le chatouillant.

Quand elle le berçait après l'avoir allaité, Viviane disait les mêmes choses à Jacob. Elle lui chantait des histoires qu'elle inventait à propos d'ogres qui mangent les bêtes et de petites héroïnes qui les sauvent, aidées par leur fidèle magicien ou bien leur dévoué compagnon de combat aux pouvoirs merveilleux, Jacob bien sûr. Jina aussi lui inventait des contes, quand parfois elle tenait Jacob dans ses bras. Elle lui dessina même une histoire, des feuilles blanches pliées ensemble pour faire un livret, *Les aventures de Kitso le basenji*, le chien courageux qui protégeait papillons et lapins contre les méchants braconniers. Le petit grandissait dans une bulle d'amour et dans cette bulle d'amour, se trouvait un camp d'entraînement psychologique, où on lui apprenait que le pire crime était de faire du mal aux femmes et que ceux qui s'y risquaient méritaient d'être punis sans pitié. Jacob ne savait pas encore parler.

Une inquiétude naquit quand, après l'âge de douze mois, puis de dix-huit mois, il ne semblait toujours pas vouloir marcher. La marche vint tardivement et Jacob boitait. Viviane et Ari, le jour où ils s'en rendirent compte, l'emmenèrent paniqués aux urgences de l'hôpital le plus proche. Avait-il une infection ? Ressentait-il une douleur qu'ils n'avaient pas détectée ? Avait-il un problème à la hanche ? Radios, examens sanguins, on ne comprenait pas d'où venait la claudication de Jacob. Viviane était plongée dans l'angoisse. L'idée que Jacob ait une faiblesse physique, qu'il porte quelque chose qui le rende vulnérable, la terrorisait. *Qu'est-ce qu'on va faire, Nyanya, si on n'arrive pas à trouver d'où ça vient ?* Et sa grand-mère se souvint, à table, des paroles de sa propre mère Omra :

— Une fois, quand je l'ai vue au village pour la dernière fois, il y a longtemps, j'ai demandé à ma mère : *Faut-il être infirme pour être digne de Lui ?* Et sais-tu ce qu'elle m'a répondu ?

— Qu'a-t-elle dit, Nyanya ?

— *Le premier qui a dit Sa loi était bègue : Moïse. Et celui qui a vaincu la nuit en eut la hanche démise et devint un éclopé : Jacob.*

— Je ne comprends pas.

— Ma mère Omra est aveugle, c'est pour cela qu'elle a l'Éclat dans les yeux, la lumière divine, parce qu'elle est incapable de voir toutes les horreurs que nous nous voyons sans cesse. Peut-être que c'est la volonté de Dieu que Jacob marche de travers, pour qu'il ne se précipite pas là où tous les autres courent, à leur perte.

— C'est beau ce que tu dis, Nyanya, c'est poétique. Mais on est dans le vrai monde et je veux que mon fils soit en mesure de courir s'il le faut.

— Ton fils a déjà gagné le combat avec l'ange. Il a déjà *vaincu la nuit*. Moi, je préfère penser comme ça.

Jacob dut subir une opération chirurgicale très jeune, mais il en conserva un léger déséquilibre, et le boitement, bien que discret et presque plus du tout handicapant, persista. Nyanya s'occupa beaucoup de Jacob après l'opération. Chaque jour, elle le prenait contre elle et priait, en s'adressant directement à Dieu, comme sa mère Omra, celui qu'elles appelaient Le Nom. Jacob adorait ces moments de recueillement avec son arrière-grand-mère, il comprit très tôt à quel point ils étaient importants pour elle, alors il se mit à l'imiter, comme le petit enfant qu'il était, au début en disant des choses sans queue ni tête, qui devinrent des prières. Et continua en grandissant. *Parle-Lui toujours, Jacob. Lui seul te guidera, Lui seul te réconfortera. Et parle-moi. Quand je ne serai plus sur cette terre, mon petit, parle à la vieille Nyanya, même au-delà du monde des faunes, comme un petit oiseau, je serai toujours avec toi.* Alors enfant, puis encore plus tard, c'est d'abord à son arrière-grand-mère que Jacob parlait, à sa mère, sa tante, aux femmes qui l'avaient porté en ce monde pour qu'il marche dans la beauté.

Une deuxième lettre de Samuel arriva, quatre ans et demi après la première, à peine plus d'un an avant la fin de sa peine de sûreté, dans laquelle l'homme exprimait uniquement une chose : *Rébecca, dis à Viviane que je veux voir mon petit-fils*. C'est Viviane qui la trouva dans la boîte aux lettres. Elle avait un jeu de clés et avait pris l'habitude de monter le courrier en allant récupérer ou déposer Jacob chez Nyanya. Viviane dissimula la lettre à Nyanya et Jina et la montra à Ari.

— Ari, il faut partir.

— C'est un choix radical que tu proposes. Il faut bien réfléchir. Il y a mon travail, il y a le tien et puis le refuge, il y a Nyanya, Jina aussi a son boulot. Ce n'est pas une décision qu'on peut prendre à la légère. On ne doit pas partir, mais juste empêcher ton père de nuire.

— Comment ?

— En lui interdisant légalement d'approcher de nos domiciles et de nos lieux de travail.

— Ha ha, tu es tellement gentil, Ari, tu crois tellement dans le bon, la bonté. Tu n'imagines pas à quel point un homme comme lui peut être mauvais. Quelle protection une ordonnance va nous procurer contre ce tueur ?

— Je ne le laisserai jamais nous approcher, tu peux me croire. On peut embaucher quelqu'un pour le pister à sa sortie de prison et faire en sorte d'être prévenus s'il essaie de s'approcher. Mais il faut être réalistes, Viviane, on ne peut pas tous quitter nos vies à cause d'un seul homme. Qu'est-ce que ça dit sur le pouvoir qu'il a sur nous ? Partir n'est pas forcément la solution.

— On n'est pas en train d'élaborer un coaching de développement personnel, Ari. Samuel *veut* voir son petit-fils. Dans un an, il va l'attendre en bas de l'immeuble. Il va aller faire ses courses dans le même magasin pour nous croiser. Il va s'introduire en douce dans la cour d'école. Il va se battre pour obtenir un droit de visite. Tout comme il a récupéré son droit de garde quand il nous a retrouvées après qu'on a fui avec ma mère. Malgré tout ce qu'il lui avait fait subir, les viols, les tabassages, il a eu gain de cause au tribunal.

— Ce que j'essaie de te dire, c'est qu'on ne pourra pas toujours l'en empêcher. Quand Jacob sera adolescent, quand il aura vingt ans, tu ne pourras pas lui interdire d'aller à l'école ou d'aller chercher le pain. Si ton père veut le rencontrer un jour, malheureusement il risque d'y arriver. Partir ne sert à rien, Viviane.

— Ma mère n'est pas partie pendant des années. Et quand elle l'a fait, au bout de trois ans, elle a fini par le laisser entrer. Et il l'a tuée. Il a dit au procès qu'il voulait nous tuer toutes. Qu'il n'avait pas fini le travail parce qu'on s'était enfuies, Jina et moi, tu comprends ? Crois-moi, il faut partir.

— C'est ce qu'il a *dit au procès* ?

— C'est exactement ce qu'il a dit Ari. Qu'il voulait nous tuer toutes. C'est dans le compte rendu de l'audience, tu veux le lire ?

— Eh bien, je viens tout juste de comprendre ce qui se passe dans cette famille.

Ari s'assit en soupirant longuement et prit sa tête entre ses mains.

— Ton père n'a pas juste tué ta mère… Il voulait vous tuer Jina et toi ? Je ne laisserai jamais cet homme vous faire du mal, Viviane. Jamais.

— Alors, écoute-moi. On a encore un peu le temps de préparer notre départ. On emmène tout le monde, Nyanya, Jina, tout le monde. Et on disparaît. Dans un autre pays. Je ne veux pas qu'il détruise par sa simple présence tout ce que j'ai construit. C'est ça qu'il veut, faire pourrir tous les fruits, toucher à tout ce qu'on a fait de beau pour le salir. Les plantes préférées de Nyanya sont mortes chez elle. Tu te rends compte ? C'est te dire l'énergie que dégage cet homme, ne serait-ce que quand on pense à lui.

— D'accord, Viviane. Nous partirons avant qu'il soit libéré.

— Je suis désolée, Ari. Désolée que tu aies à vivre ça.

Après de longues et déchirantes discussions, la famille envisagea d'un commun accord de quitter la France sans laisser de traces avant la libération de Samuel, prévue pour l'année prochaine, à partir de mars 2023, c'est-à-dire avant la fin de l'année 2022 pour être certaine de s'éloigner définitivement de lui, puisqu'il ne devait être libéré que l'année d'après au plus tôt. Ils décidèrent de s'installer quelque part en ville, à l'étranger et commencèrent à examiner le meilleur endroit pour les soins et le suivi dont Nyanya avait besoin.

Mais Nyanya n'eut pas le temps d'atteindre la date du départ. Épuisée, elle s'éteignit du quadruple chagrin d'avoir perdu Margaret dans l'horreur la plus crue, de n'avoir jamais revu sa petite Oria, ni marié ses cadets Hassan et Sarah, ses devoirs de tutrice puis sa maladie lui ayant interdit tout voyage, et d'avoir été une témoin impuissante de la maladie mentale de Jina sans pouvoir lui porter efficacement secours. Sa seule consolation était le mariage de Viviane et Ari et surtout, la naissance de Jacob, à qui elle eut le temps, avant de quitter ce monde, de transmettre tout ce qu'elle souhaitait lui faire connaître.

Jina et Viviane décidèrent tout d'abord d'inhumer Nyanya en banlieue parisienne, près de la tombe de Margaret. Mais finalement, Jina rapporta le corps de sa grand-mère jusqu'aux terres que le grand-père de Nyanya avait acquises près du mont Meru, aux portes du parc national d'Arusha, lorsqu'il fuyait avec son fils la guerre civile au Yémen. Elle retourna donc à Arusha pour la première fois depuis leur départ pour Londres enfant lorsqu'elle avait douze ans. À trente-six ans, l'âge qu'avait Nyanya à la naissance de son huitième enfant, Jina était célibataire, sans descendance, coupée du lieu de sa naissance et des premiers souvenirs de sa vie par un exil malheureux. L'âge d'or d'avant ce jour où une femme s'était invitée à la table de ses parents pour gâcher sa vie à tout jamais réapparaissait sous la lueur colorée de tel vol d'oiseau en ville, de tel parc floral au coin d'une rue. En vingt-cinq ans, Arusha était devenu un grand marché aux fleurs, un cœur mondial de la production horticole. Tout lui paraissait étranger, en inadéquation avec le passé.

Jina revit Hassan et Sarah, les cadets de sa mère, qu'elle avait connus enfants et qui désormais étaient parents à leur tour. Ils l'accueillirent et arrangèrent le départ de la dépouille de Nyanya vers le village dès son atterrissage. Nyanya, dans son cercueil scellé, passa si près de son vieux jardin laissé à l'abandon. Hassan y conduisit Jina pour un repas avant la route vers le village, le jardin et la maison de Nyanya étaient désormais les siens, il servit à sa nièce des côtes de chèvre, du poisson, du *chapati*, des légumes *sukuma*, mais Jina, malgré le long voyage, n'avait pas faim. Elle contemplait le jardin de Nyanya. Une piscine et un gazon avaient remplacé l'essentiel des plantations. Mais Hassan avait préservé l'arbre dans lequel les rouges-gorges étoilés faisaient leur nid. L'un d'entre eux approcha lorsque Jina reparut sur le perron, puis s'envola.

— Oncle Hassan, qui habite dans notre ancienne maison ?

— Elle appartient toujours à la famille de ton père. Une de ses sœurs et son mari s'y sont installés. Celle qui haïssait ta mère. Mais ma femme et elle sont amies. Nos enfants vont à l'école ensemble.

En sortant de chez Nyanya, Jina ne voulut pas repasser en voiture devant la maison d'enfance quelques numéros plus loin dans la rue, la maison que son père avait offerte à sa mère pour leurs fiançailles, la maison avec laquelle il avait acheté le cœur de grand-père Hashim. Hassan dut emprunter le sens inverse et faire un grand détour pour rejoindre la route vers le village.

Jina rencontra Omra, son arrière-grand-mère, pour la première fois. Elle l'entendit prier et constata de ses propres yeux, stupéfaite, l'Éclat dont avait tant parlé sa grand-mère sortir des orbites de l'aïeule et de ses mains lorsqu'elle se recueillait. Jina revit son grand-oncle Marcus, qui n'était plus capable de marcher et dont s'occupait sa nièce. Elle fit la connaissance d'Oria, sa tante, d'un an de plus qu'elle, l'enfant survivante de la rougeole que Nyanya avait abandonnée au village après la mobilisation contre l'oléoduc. Leur ressemblance physique était stupéfiante. Elles devinrent immédiatement amies. Jina et Oria, les deux filles non nommées par leurs mères, se rencontraient, se rejoignaient, avaient beaucoup plus en commun que ce que Jina aurait jamais pu concevoir. Oria avait grandi auprès de sa grand-mère pour être la béquille de sa vieillesse et avait finalement hérité de toutes les connaissances d'Omra et de son attachement aux faunes et aux terres autour du mont Meru. Et le fil de l'Éclat avait repris avec elle.

L'après-midi qui suivit l'enterrement de Nyanya, Jina appela Viviane.

— Tu te rappelles l'histoire que Nyanya nous racontait petites sur l'Éclat de lumière divine qui sortait des orbites de sa mère quand elle priait ?

— Bien sûr, l'Éclat de grand-mère Omra.

— Il est réel, Viviane. Ne te moque pas de moi. Ne me dis pas *Je te l'avais dit*. Je ne sais pas comment elle fait ça, mais elle le fait. Et elle est toujours vivante, notre arrière-grand-mère.

— Alors Nyanya disait vrai…

— Et tu te souviens du Serpent noir ? L'oléoduc de la compagnie pétrolière contre lequel le village s'était battu ? Quand Nyanya nous expliquait pourquoi elle n'était pas là lorsque maman avait dû quitter son fiancé.

— Oui, le pipeline qui devait traverser le pays jusqu'à la mer pour approvisionner l'Asie en pétrole.

— Tu ne devineras jamais ce qu'ils sont en train de construire ici.

— Non, c'est pas possible.

— Si, Viviane. Et c'est le plus grand oléoduc jamais construit au monde, 1143 kilomètres depuis l'Ouganda jusqu'à l'océan Pacifique. Une société française et une société chinoise se sont entendues pour construire ce monstre. Plus d'un milliard de barils de pétrole brut vont être extraits de ce démon. Ils vont déplacer les animaux et tout éventrer ici. Une vraie catastrophe écologique.

— Alors que va devenir le village de grand-mère Omra ?

— Je ne sais pas… Mais je vais rester pour le savoir.

— C'est trop dangereux, *dada*. On avait décidé de partir ensemble.

— Je dois vraiment rester, Viviane. Je suis avec Oria.

— Qui est Oria ?

— La petite sœur de maman. Le bébé que Nyanya a laissé quand elle est partie au village. Elle a mon âge maintenant. Ne t'inquiète pas, c'est chez nous, je suis en sécurité.

— Et s'il te retrouve, au printemps prochain, quand il sortira ?

— Il ne va pas sortir tout de suite. Et s'il me retrouve un jour, oups, il prendra une balle perdue de braconnier en pleine tête, un accident de chasse, quoi. Toi, pars, tu as un enfant, tu dois le protéger.

— La tombe de maman.

— Oui, je sais. Elle sera complètement seule, maintenant.

— Tout le monde a abandonné notre mère, Jina. Absolument tout le monde. Même nous.

— Maman s'est abandonnée toute seule. Elle aurait dû faire ce qu'on fait maintenant. On ne pourra jamais changer ça.

Elles rirent encore de l'histoire du pseudo-accident de chasse qu'elles prévoyaient à Samuel s'il lui venait l'idée d'aller au village de Nyanya. Mais leur séparation les transperçait de tristesse.

Viviane et Ari choisirent de traverser la Manche et de s'installer au-delà de l'Angleterre, dans la campagne d'Édimbourg, où Ari avait obtenu un poste d'ingénieur agronome et où Viviane pouvait continuer ses activités en ouvrant une antenne pour son ONG dans cette ville étudiante et dynamique. Samuel pourrait difficilement se rendre jusque chez eux et à Édimbourg même, le couple avait de nombreux amis. Jacob avait six ans. Il grandit en participant aux activités militantes de ses parents. Fils de deux ingénieurs, il se passionna pour les sciences, fit une scolarité excellente à tel point que sa candidature fut acceptée, un peu par surprise, dans un célèbre institut de technologie américain où il obtint, à l'âge de vingt-trois ans, un diplôme d'ingénieur en génie écologique, avec comme spécialité la botanique. Ces quelques années que son fils devrait passer aux États-Unis rassuraient Viviane. Plus Jacob traversait les frontières, plus il restait à l'abri de Samuel dont la famille avait réussi à se préserver depuis sa sortie de prison en juillet 2023 et dont elle comptait bien rester éloignée. Jacob savait qui était Samuel, sa mère et son père lui en parlaient régulièrement, il savait ce que son grand-père avait fait et avait grandi dans la méfiance et le rejet de cette figure masculine.

À Paris, depuis leur départ, la situation s'était dégradée. Une partie de l'Europe avait connu quelques années des gouvernements autoritaires, qui furent balayés par des mouvements plus progressistes, après l'arrivée massive de nombreux réfugiés économiques et climatiques du sud de l'Europe qui tentaient de s'installer toujours plus au Nord, en parallèle du flux de candidats à une vie meilleure venus du continent africain par le désert du Maghreb. Mais, après une longue crise avec la France et l'Italie, l'Angleterre décida de construire un mur. Ce mur, les Anglais en parlaient depuis des années. Sa construction fut entamée, annulée par la justice, puis reprise et de nouveau annulée plusieurs fois, pendant plus de vingt ans. Le mur de la Manche faisait régulièrement les gros titres, il était au centre des préoccupations publiques, divisait les familles lors des repas de fête, les amis et toutes les tendances politiques, certains s'y ralliant ou s'y opposant en raison de l'actualité des drames nombreux nés des tentatives désespérées et fatales de jeunes gens, de mères de famille avec leur enfant dans les bras, de rejoindre l'Angleterre. Les conditions d'accueil et de séjour des personnes étrangères étaient impensables, drastiques, même pour des ressortissants nationaux qui souhaitaient se réinstaller sur le territoire britannique. Il était donc devenu peu probable que Samuel réussisse, d'une manière ou d'une autre, à obtenir un droit de retour sur le sol anglais après son incarcération pour meurtre et plus de vingt ans passés dans un autre pays. Ces circonstances sociales agitées et les études de Jacob aux États-Unis formaient autour de lui un bouclier protecteur contre Samuel. Viviane et Ari y veillaient.

Mais le désastre des animaux, la « Peine des faunes », comme l'appela la vieille Omra, et comme tout le monde se mit à l'appeler dans la famille, surgit. Un événement auquel, bien que certains chercheurs et activistes environnementaux eussent essayé de le prévenir depuis de très nombreuses années, et d'alerter sur la situation catastrophique des espèces animales, personne ne fut réellement préparé. Le contexte économique difficile d'une partie de la population rendit les choses complexes, les mouvements de contestation sociale s'opposaient parfois à des mesures écologiques importantes absolument urgentes, les courants politiques identitaires essayaient de tirer profit de la situation en entretenant un alarmisme permanent dans les médias et sur Internet. Et la Peine des faunes arriva, stupéfiante : des animaux sauvages ou domestiques se regroupaient, se mêlaient, affolés, et traversaient en hordes, indistinctement, des zones agricoles et des villes dans certaines directions, la plupart du temps des forêts, sans que personne ne sache pourquoi. Cela avait lieu aussi avec des bancs d'animaux marins. Des images impressionnantes de ces hordes circulèrent partout. Des défenseurs des droits humains s'étaient joints massivement aux défenseurs des droits des animaux pour la première fois et bloquaient les fermes, libéraient et emmenaient par camions vers des refuges subventionnés les animaux qui y étaient enfermés, menaient des actions en faveur de la fin des contrats des employés des derniers abattoirs avec indemnisations pour dommages psychologiques et reconversions. Des enquêtes nombreuses et affligeantes menées sur la santé mentale et le taux de dépression sévère dans les abattoirs conduisant les employés à des vagues de suicides sans précédent avaient fini par convaincre de nombreux mouvements de protection des travailleurs et des consommateurs que les conditions d'élevage et d'abattage étaient devenues intolérables, non plus seulement pour les animaux mais aussi pour les humains. Les secteurs aviaire et porcin furent particulièrement affectés par des fermetures entraînant la mort par asphyxie puis l'incinération de millions d'animaux touchés par des épidémies de grippes auxquelles leurs organismes devenaient de plus en plus résistants et qu'ils transmettaient à l'homme. Les éleveurs cessèrent de percevoir des indemnisations à taux plein à moins de s'engager dans des processus de reconversion professionnelle. Les pertes économiques faramineuses, la banqueroute de plusieurs grandes fermes laitières, les scandales successifs d'hygiène et de santé publique, finirent par convaincre une partie importante de l'opinion que l'arrêt de l'exploitation animale était souhaitable et même indispensable à la protection des droits humains. Tout cela était soutenu par la plupart des États, plus favorables à l'innovation et à la rentabilité développées par de nouvelles compagnies du monde alimentaire qu'à l'injection perpétuelle de deniers publics dans une industrie dont la vocation était d'appartenir au passé. Ce à quoi Viviane et Ari rêvaient vingt-cinq ans auparavant, ce pour quoi Omra s'était battue toute sa vie durant, la reconnaissance des faunes, de leur personnalité juridique, l'adoption générale d'une alimentation à base de plantes, l'interdiction absolue de tuer, se produisait et était devenu le nouvel idéal sociétal, la nouvelle normalité culturelle. Mais dans un contexte où les législations visant à protéger la faune se répandaient partout, où la chasse était abolie, où la fourrure et les tests médicaux et de laboratoires étaient presque universellement bannis depuis quinze ans, au lendemain de l'accord des Nations unies pour l'abolition globale des élevages, certains prirent peur. Ils vécurent ce phénomène naturel nouveau et soudain qu'était la Peine des faunes comme une agression, un complot pour forcer leur libre arbitre et détruire leur culture millénaire. La coïncidence des deux événements renforça la contestation. Et tout s'envenima.

Pendant la Peine des faunes, Jacob traversa toutes les étendues de terres et d'eaux accessibles, pour comprendre l'envergure de ce phénomène de transhumance en apparence anarchique, pour chercher à mesurer l'épaisseur vivante de ces lignages entiers de mammifères, d'oiseaux, de poissons déplacés en troupeaux, essaims et banquets concentriques par une sorte d'instinct désespéré qu'eux seuls comprenaient et qui les enjoignait à fuir dans certaines directions inexpliquées pour trouver refuge quelque part. Les « Protecteurs » formaient des filets de défense armée autour des hardes d'animaux lorsque cela leur était possible. Puis ils se mirent à abattre sans sommation les chasseurs éventuels, embarquaient les dons de la population aux animaux à l'arrière de leurs pick-up pour les distribuer de manière plus homogène, stationnaient devant les abreuvoirs continus comme des boucliers mobiles, pour protéger les créatures. Jacob suivait leurs convois.

De nombreux meurtres à la suite d'altercations eurent lieu contre les « spécistes », les humains prosélytes. Ils s'étaient regroupés eux-mêmes sous le nom de Mouvement humain et refusaient d'entendre raison. Ils étaient persuadés de s'engager dans une forme de résistance de toute l'humanité contre l'oppression, d'avoir un droit inaliénable à manger des animaux et leurs produits. On les entendait en boucle sur les flux d'information directe, chaque matin, chaque soir : « Nous, on est là pour défendre nos droits en tant qu'êtres humains, on veut nous museler, on veut nous contrôler, nous dire ce qu'on doit faire ou pas faire, ce qu'on a le droit de manger ou pas et ça, c'est de la tyrannie. » Ils invoquaient les droits sociaux fondamentaux ou la liberté d'entreprendre pour maintenir ouverts de force les abattoirs, les boucheries, les petits commerces de fromage et de poisson, les restaurants où ils travaillaient et sauver leurs emplois : « Vous vous rendez compte, on nous prive de notre seul moyen de survie, Comment on va nourrir nos enfants, hein ? Qu'est-ce que je dois dire à mon fils, que son père est un tueur de cochons en série et que lui, c'est un monstre, un zombie parce qu'il a bu du lait de vache depuis la naissance ? Non mais on marche sur la tête ! » Des chefs cuisiniers étoilés, des vieilles dames, des professeurs d'école, des employés en costume, des vendeurs, des avocats, des étudiants défilaient sans relâche sur tous les flux de presse : « C'est toute une histoire, ce sont des siècles, des millénaires même de tradition fromagère, charcutière, pâtissière qui sont les emblèmes de notre culture à travers le monde, de notre savoir-faire, qui passent à la trappe, ils sont en train d'effacer l'histoire de toute notre société et de nos métiers d'un revers de la main ! Ou encore : Les hautes sphères, le nouvel ordre mondial, ils veulent nous obliger à manger de la soi-disant viande cultivée en laboratoire et ils se réservent des barbecues privés pendant que nous les pauvres on doit digérer de la fausse nourriture, mais réveillez-vous, bon sang ! L'humanité est en danger ! On est fliqués, on est exploités et maintenant ils veulent faire de nous des cobayes avec de la bouffe de laboratoire ! » L'hystérie alimentée par le flux continu des messages anxiogènes d'un mouvement de contestation au départ absolument minoritaire bien que bruyant, effrayait. Un nombre incalculable de fausses informations étaient répandues au sujet de l'interdiction de l'exploitation animale qui serait un projet de domination mondiale d'une humanité biologiquement affaiblie par une minorité occulte, au sujet de la composition des seules viandes animales autorisées dites *lab-grown*, de morts massives d'enfants par malnutrition ou empoisonnement aux pesticides illégaux qui seraient contenus dans tous les légumes à feuilles, et les spécistes rallièrent de plus en plus de gens à leur rhétorique mêlée tout à la fois de bon sens, de martyrisme, de commisération et de théorie du complot.

Les franges les plus dures du mouvement s'armaient symboliquement ou non de haches, de couteaux de cuisine et défilaient dans les rues, égorgeaient des poules en public, faisaient rôtir des cochons devant les institutions européennes, nationales, les préfectures, organisaient des rassemblements et conférences de presse durant lesquels leurs manifestants dévoraient des steaks crus devant les caméras, comme au temps de ces émissions de compétitions alimentaires qui consistaient en des courses à l'ingestion de hot-dogs sur les chaînes de télé américaines, ou encore mettaient en scène des chasses canines, où des chiens dressés pour l'attaque déchiquetaient des lapins. Plus généralement, le mouvement consistait en un amas de personnes de tous bords politiques, pères et mères de famille, souvent peu favorisés économiquement, qui sentaient que l'interdiction d'exploitation animale à des fins alimentaires, après l'interdiction des tests scientifiques y compris médicaux sur les espèces non humaines et la prohibition mondiale de la production de fourrure, était la dernière mesure légale marquant la fin du monde. Des vidéos apocalyptiques annonçant la fin des temps pullulaient sur la Toile, les discours catastrophistes faisaient sensation en réalité augmentée, ce mouvement avait la peau dure.

Les membres actifs du Mouvement humain, de mieux en mieux organisés, utilisèrent des convois de camions remplis de faunes, prêtés par des abattoirs réfractaires à la fermeture, pour bloquer les périphéries des grandes villes un peu partout en Europe, en Amérique du Nord et en Chine. Les manifestations populaires contre l'interdiction mondiale de l'exploitation animale et la fin des marchés d'import-export africains et latino-américains étaient massives, leur répression malheureusement violente devint le terrain de nombreuses exactions policières. La société était définitivement divisée. Les flux d'information directe harcelaient la population dont les appareils étaient connectés au fil d'actualité continu du Mouvement humain, rapportaient les bagarres qui avaient dégénéré, puis un jour une caméra de presse enregistra les images d'un Protecteur tirant à balles réelles sur un homme en train d'abattre un chien. Ces images firent le tour de la planète en quelques minutes. Et certains pays déclarèrent l'état d'urgence par peur de voir chez eux la situation dégénérer en guerre civile, ce qui ne fit qu'empirer la crise et conforter l'argumentation du Mouvement humain.

Viviane réagissait vivement : *Hum, à toutes les époques, les fauneurs, les tueurs et mangeurs des faunes, disaient le même genre de trucs qu'on entend aujourd'hui, On est des honnêtes gens qui ont besoin de force de travail, comment on va faire avec la production si on n'a plus de bétail, les salariés sont trop chers, l'homme ne peut pas faire tous les travaux, c'est pas des mauvais traitements, ils ne sont pas comme nous, ce sont des êtres inférieurs, ils ne ressentent pas ce qu'on ressent, et cætera et cætera. On les connaît. On les a déjà vus dans l'histoire. Ça va passer, Jacob, ces salopards de fauneurs s'y feront.*

Simplement, peu de temps auparavant, les spécistes et les indécis représentaient presque la majorité de la population. La loi n'imposait pas encore les mesures jugées aujourd'hui obsolètes contre les carnistes, maîtres des bêtes, sadiques ou inempathiques. La force publique retardait souvent son application face aux arguments des familles condamnées pour recel de chair animale. *À l'époque, c'était normal pour tout le monde, toutes les recommandations officielles de santé publique nous disaient de manger des « protéines animales » comme ils appelaient ça, hypocritement, on l'enseignait même à l'école, des dizaines de milliers de gens travaillaient dans ces mouroirs, tu sais. C'est monstrueux quand j'y pense, mon chéri, monstrueux.* Viviane avait essayé de répondre aux questions de Jacob et de lui décrire la société dans laquelle Ari et elle avaient grandi, bien avant celle que leur fils connaissait, bien avant la Peine des faunes, lui expliquer pourquoi les gens mangeaient aussi massivement d'autres individus, même si cela les rendait malades. Mais Jacob avait du mal à se figurer ce que lui racontait sa mère autrement qu'en tableaux gigantesques et indistincts d'abomination. Comment était-ce possible ? Il avait été éduqué par Viviane et Ari, deux écologistes, bercé ses premières nuits par la voix de son arrière-grand-mère Nyanya, avait grandi entouré par les faunes, n'avait fréquenté quasiment que des enfants et des milieux scolaires avec le même type d'éducation, avant même que l'environnementalisme actif ne devienne la norme pout tout le monde. En grandissant, Jacob n'avait jamais pu imaginer que les spécistes étaient si nombreux, les fauneurs si massifs, il pensait qu'il s'agissait d'une bande de fous réactionnaires et de détraqués psychiques, jusqu'à ce qu'il soit le témoin direct de leurs actes et qu'il comprenne que ces gens et leur manière de raisonner, qu'il pensait totalement déconnectés du monde réel, étaient en réalité le monde même d'avant sa naissance.

Désormais, Jacob se retrouvait aspiré par une déferlante d'idées qu'il pensait, dans le sillage de ses parents, devoir combattre de toutes ses forces. C'était ce à quoi il s'était résolu lorsque sa tante Jina avait téléphoné à sa mère pour lui parler des premiers signes de ce qui s'annonçait :

— Les faunes sont désorientées et perdent la tête. Avec le pipeline et la plate-forme d'extraction, elles ne peuvent plus emprunter l'itinéraire qu'elles connaissaient pour aller aux lacs Momella. Elles vont vers le mont Meru. Grand-mère Omra dit que les hyènes se sont remises à attaquer les chiens des Maasaï.

— Mais quel âge a grand-mère Omra, Jina ?

— Si c'est vrai qu'elle a eu Nyanya à quarante ans... cent trente ans passés, maintenant.

— C'est impossible, elle a dû l'avoir beaucoup plus jeune.

— Elle ne marche plus désormais, il faut la porter à l'extérieur de la maison et l'asseoir au village. Ce sont Oria et sa fille qui prennent soin d'elle. Moi je lui tiens compagnie. C'est triste depuis qu'oncle Marcus n'est plus avec nous. Nous sommes quatre femmes de la famille dans notre village maintenant. Quatre femmes comme Nyanya, maman, toi et moi nous l'étions.

Quand la Peine des faunes vint accélérer la répression contre le Mouvement humain, de nombreux meurtres eurent lieu contre les Protecteurs qui organisaient le système des abreuvoirs et mangeoires continus dans les villes traversées par le chaos des animaux affolés pour leur permettre de survivre. Les plus récalcitrants parmi les braves gens mobilisés pour leurs libertés, la frange extrémiste des carnistes violents autour de laquelle gravitait un amas de personnes motivées par la perte de leur emploi ou d'une partie de leurs revenus, devinrent tout simplement des « fauneurs », c'est-à-dire les tueurs de faunes. Les rustres réfractaires prisonniers du passé. Les derniers membres de l'espèce humaine qui croyaient encore à la hiérarchie entre espèces. Et les fauneurs devinrent très actifs, une part intégrante de la société avec laquelle il fallait composer tant bien que mal. À leur initiative, d'innombrables attaques eurent lieu contre les sanctuaires, anciens terrains des fermes. D'innombrables embuscades tendues aux chiens, qui mouraient embrochés, carbonisés, scalpés, démembrés ou fracassés. Un énorme réseau de contrebande de chair déshydratée ou lyophilisée, d'œufs, de lait non stérilisé, se développait dans les villes où ces produits étaient désormais interdits.

En suivant les cohortes défensives des Protecteurs pendant la Peine des faunes, Jacob avait vu tout cela. De ses yeux. La pagaille écervelée d'une espèce qui refusait d'être sevrée du lait acide de la honte, malgré quatre décennies de mise en garde par les scientifiques du monde entier, malgré l'impossibilité désormais d'inverser la courbe du climat avant au moins un siècle, malgré le dépeuplement des océans devenus trop pollués, les incendies massifs et meurtriers pour tant de créatures, les crues répétitives en ville, vingt-cinq ans de réfugiés climatiques par millions jusqu'à l'érection du mur de la Manche derrière lequel l'Angleterre se barricadait, malgré l'érosion de la Barbade, la disparition de dizaines de kilomètres des Pays-Bas, le déplacement chaotique de plusieurs grandes agglomérations côtières... Pourtant toute la société continuait de fonctionner, en s'adaptant à de nouvelles activités, à de nouveaux métiers, à de nouvelles gastronomies, de nouvelles technologies. Les mesures de protection animale étaient acceptées en général comme des ajustements nécessaires pour le climat, des mesures de prophylaxie au profit des humains et des autres faunes, mais toujours pas unanimement et Jacob vit donc, de ses yeux, la folie aveugle des fauneurs, issue de leur entêtement stupide ou bien de leur illusion de la permanence, ou bien d'un mélange des deux.

Quand Jacob rencontra Eti, c'était de retour d'outre-Atlantique pour l'été, avant sa quatrième année d'études, lors d'un convoi de soutien à l'arrestation par la police d'une équipe de fermiers réfractaires dans la campagne de Bristol. La jeune femme était en première ligne à côté des policiers et tentait de convaincre un des propriétaires de la ferme d'élevage de moutons à laine de baisser son fusil et de laisser tomber. *Tu vois bien que c'est terminé, pense à tes enfants, à ceux qui sont plus jeunes que toi, c'est ça que tu veux comme modèle pour eux ? Ils peuvent devenir ingénieurs, obtenir facilement des bourses de soutien à la reconversion pour faire de grandes études dans les meilleurs instituts scientifiques du pays, et toi tu veux les coincer ici à tondre des pauvres faunes ? Réfléchis, mon vieux. Le monde que tu as connu est fini, les choses changent, pense à leur futur, ne fais pas n'importe quoi.* Mais l'homme se renferma. Il mit en joue une des faunes et tira. En entendant le coup de feu, tous les fermiers présents firent de même et ils assassinèrent presque la totalité des moutons de la ferme. Des Protecteurs pacifistes essayaient de s'interposer et d'attraper les faunes pour les mettre à l'abri, quitte à se servir de leur corps comme bouclier contre les balles des fermiers. La police n'interrompit pas les tirs. Les agents, pourtant armés, attendirent que les fermiers aient terminé leur carnage avant de les désarmer, moment où ces derniers n'opposèrent alors plus aucune résistance. Jacob fit fuir quatre faunes, puis dans la cohue finale saisit le bras d'Eti pour l'emmener à couvert. Eti hurlait de colère contre le cordon passif de la police. *Mais faites quelque chose, bon sang ! Pitié, empêchez-les ! Dis-leur, dis-leur toi, dis-leur de les arrêter !* Et, dès que les coups de feu se turent, Jacob lui répondit calmement : *C'est ça qu'on n'a pas compris. Ça ne sert à rien de leur parler. Dès qu'ils s'apprêtent à tuer, c'est à nous de les en empêcher. Puisque les faunes ne peuvent pas se défendre contre les armes à feu, nous devons le faire à leur place.*

Le massacre de Bristol émut le monde entier et raviva la discorde irréconciliable entre les spécistes, qui considéraient que la police avait bien fait de ne pas tirer sur les fermiers, et les Protecteurs qui invoquèrent la non-assistance fautive à personne en danger et dénoncèrent l'hypocrisie des mesures de protection animale non suivies d'effets en situation concrète. *Si ces faunes avaient vraiment été respectées en tant que personnes comme le prévoit désormais la loi, c'était du devoir de la police de les protéger au même titre que n'importe qui, et d'abattre les fermiers.*

Jacob et Eti ne se quittèrent plus. Écologue préparant une spécialité en anthropologie environnementale, Eti écrivait dans un journal universitaire qu'elle avait cofondé et invita Jacob à y rédiger un papier à la suite du drame auquel ils avaient assisté. Cet article fut repris dans la plupart des grands journaux anglophones, traduit et publié sur Internet et eut un retentissement mondial. Quatre mois plus tard fut publié un court et percutant essai : *Théorie de la légitime défense par substitution*, par Jacob Taub, écologue. Jacob y défendait l'idée selon laquelle toute violence envers une créature vivante représentait un crime, à l'exception de celle constituant une légitime défense d'ordre vital pour une créature incapable de l'exercer elle-même. En gros, il défendait la possibilité pour tout animal humain d'intervenir y compris en donnant la mort dans un cas de meurtre imminent d'une créature. Si l'on acceptait l'homicide permettant de sauver la vie d'un animal humain lorsque celle-ci était immédiatement menacée, alors on devait l'appliquer à toutes les créatures. Jacob consacra un chapitre entier de son livre à la circonstance aggravante lorsque la créature en danger était une femelle, et le chapitre final à condamner toute autre forme de violence physique contre les créatures, humaines ou non. L'essai fut un succès traduit dans près de quarante langues.

La Peine des Faunes ayant changé de manière irréversible le sort des créatures domestiquées, nombre d'entre elles se réensauvagèrent dans les forêts non exploitées. Le mur de la Manche fut finalement achevé. On ne pouvait plus rentrer par la terre depuis l'Europe sur le territoire britannique. Jacob et Eti s'installèrent dans la maison familiale avec Ari et Viviane, une ancienne ferme à trente kilomètres d'Édimbourg. Ils se marièrent et devinrent responsables du réseau local de Protecteurs.

III

UN

Campagne d'Édimbourg, Écosse, 2047

C'est ma boiterie, c'est ça ? Elle fait clocher ma jambe et me fait voir le monde un peu, disons, branlant, bancal, et les gens comme toi croient que ça me gêne. Que ma boiterie me gêne. Parce qu'ils n'ont jamais compris d'où elle vient. Du ventre de ma mère, du ventre de la mère de ma mère, de celui de sa grand-mère. Un pincement continu et éternel. La séquelle du combat de toutes les femmes dont je suis le fils, contre les forces obscures et humaines de la nuit du monde. Pour moi, c'est un cadeau. Et ce cadeau me fait voir les choses telles qu'elles sont. De travers.

Les animaux humains, parce que je boite, s'imaginent que je ne suis pas complet. Les capables me considèrent seulement à partir de mon infirmité. Qui n'en est pas une. Ils appelaient ça le handicap, avant. Maintenant ils ont inventé encore un autre mot pour taire ce qu'ils pensent. Que je ne suis pas un homme. Et c'est vrai. Je ne veux pas être un homme. Toi, regarde, tu en es un, d'homme capable. C'est bien pour ça que tu as tué ta femme. Tu t'es donné le droit de prendre une vie. En sachant bien que la tienne, personne ne la prendrait, que la vengeance est prohibée, et que la justice n'est pas là pour punir. En tout cas plus « depuis que le Déluge a raté » comme disait Nyanya, mon arrière-grand-mère. Pas du côté de mon père. Nyanya, la mère de ma grand-mère que t'as tuée.

Tu te rends compte ? Le Déluge. Détruire tout ce qui vit parce que la violence l'a entièrement corrompu. Des animaux mangeant la chair de leurs semblables. Alors table rase. Détruire tout ce qui respire pour n'épargner qu'un seul, un unique homme vertueux, ses fils, leurs épouses à tous, quelques couples de chaque espèce, et bazarder le reste. Et pourquoi, en définitive ? Pour engendrer des mecs qui pompent le lait des femelles contre un salaire. Et après quand les femelles sont trop infectées, septicémiques, d'autres mecs sont payés à tirer dans leurs crânes huit heures par jour. Et d'autres animaux humains dévorent leurs restes injectés de produits et se font des baskets avec la peau. Et leur lait est tellement plein de pus qu'il faut le pasteuriser ou j'sais pas quoi, et les mecs, ils envoient les veaux se faire empaqueter à la chaîne dans des barquettes de polystyrène pour les blanquettes et le kebab. Des hommes capables, ouais, ça c'est certain. Des hommes de ton monde qui pillent le lait des mères des autres. Et massacrent leurs gosses, juste pour le confort d'arroser un bol de céréales soufflées parce que ça leur casserait le cul de faire à bouffer à leurs propres gamins le matin. Toi, t'en es un.

Mon arrière-grand-mère, quand j'étais petit, c'est elle qui m'a appris à prier. Elle me racontait toutes ces histoires sur l'arche et les créatures. Elle me racontait l'histoire de sa grand-mère, de sa mère. Elle me répétait sans cesse que le monde ne pouvait plus continuer avec toute cette souffrance. Qu'il fallait qu'on en soit enfin tous libérés et qu'on serait jugés. Les humains, les autres animaux aussi, on serait tous jugés selon nos œuvres, et il y aurait enfin une justice. Tu l'as bien connue, toi, Nyanya. Un peu avant de s'éteindre, elle disait des tas de trucs sur le Déluge. Que c'était dommage qu'il n'y en ait plus de prévu, parce qu'on en avait bien besoin. D'être rincés. Une bonne trempe nette et finale. Mais seulement pour nous les faunes humaines. Elle disait que les autres créatures étaient innocentes. Qu'elles seules méritaient de vivre. À cause des hommes humains qui avaient fait trop de mal. T'en sais quelque chose, toi.

Mais toi et moi, on n'a rien à voir. Toi t'es un tueur, et moi un Protecteur. Et pourtant on descend des mêmes hommes. Qu'ont passé toute leur vie à bouffer du corps mort, qu'ont appris à leurs gosses à aimer ça, et qui sont trop crétins pour comprendre que la seule chose qu'ils laissent derrière eux quand ils crèvent enfin, c'est ni leurs rêves débiles ni leurs idées à la con, c'est juste douze tonnes de merde, quarante mille litres de pisse et vingt-cinq mille kilos d'ordures. En une seule vie. D'un seul homme. Et on est combien, neuf milliards ? Cent huit billions de kilos de merde à la surface du monde tous les douze mois. T'arrives là-haut au guichet pour faire les comptes : « Bonjour monsieur, qu'avez-vous fait pendant votre vie ? — J'ai vomi, j'ai chié, j'ai bouffé des myriades de restes de macchabées congelés avec des frites et du ketchup, j'ai buté mon chien à coups de pompes pour partir en vacances tranquille, j'ai payé des gars pour avoir le droit de shooter des girafes et me prendre en photo avec, avant d'en faire des brochettes, j'ai violé, j'ai battu et j'ai tué ma femme. » Ils vont te laisser passer, au paradis, t'inquiète, le vieux. Pour les gens comme moi, en revanche, et pour tout ce qui respire sur cette fichue planète, cette vie est un enfer.

Enfin, ce n'est que mon avis. T'avais que ça à me dire en me voyant : « Tu es un homme, maintenant, Jacob. Mais tu boites encore ? » Et me demander si ça me fait mal, ha ha ! C'est vrai que toi, t'as l'air en forme pour un ex-taulard de soixante-dix piges passées. Ça, c'est clair, y'a pas de justice.

— J'ai un cancer.

Jacob s'immobilisa. Pour la toute première fois, il faisait face à l'homme dont Nyanya lui avait parlé à tant de reprises, à l'homme dont sa mère Viviane ne voulait pas dire grand-chose mais dont elle mettait en garde : « Si tu le vois, tu tires à vue », celui qui avait voulu le rencontrer enfant et à cause de qui elles avaient dû fuir, les femmes, Margaret, Jina, Viviane, jusqu'à Paris, jusqu'au village reculé de l'arrière-arrière-grand-mère et jusqu'à cette ancienne ferme écossaise, fuir par tous les moyens, dans un autre pays, au-delà de la Manche, au-delà du mur anglais, au-delà de la Méditerranée, du danger. Et cet homme si terrible qu'il avait toute son adolescence imaginé hideux, pestilentiel, couvert de sang, se tenait devant lui, un grand gaillard saturé par l'âge, à la calvitie piquetée de taches de soleil dépigmentées, son grand-père, dont il avait un air de famille indéniable. Jacob avait tant de fois imaginé ce qu'il dirait avant de se battre, car il était pour lui évident que son grand-père ne se laisserait pas atteindre facilement, se défendrait, tenterait de s'en prendre à Viviane d'une façon ou d'une autre. Il avait refait des dizaines de fois cette scène dans sa tête, pour se tenir prêt le jour venu, *et hop !* comme disait Nyanya, fini l'ancien monde, fini les tueurs de femmes, Jacob avait envisagé recevoir toutes sortes de réactions, de réponses haineuses et sanguinaires, mais certainement pas cette phrase : « J'ai un cancer. » Il pensa que le vieil homme rusait et décida de ne pas se laisser prendre au piège de l'empathie.

— Ce *monde* a un cancer. Les types comme toi *vous êtes* le cancer. Navré que tu ne t'en sois pas rendu compte avant. Moi, ma mère et ma grand-mère m'ont bien enseigné ce qu'il faut leur faire, aux cinglés dans ton genre.

— Il me reste moins d'un an…

— … Barre-toi. Et que j'te revoie plus jamais dans le coin.

— … et j'ai besoin d'être avec ma famille.

— Ta famille, tu dis ? T'as pas peur de tuer toi, hein, mais t'as peur de crever seul, ha ha, laisse-moi rire.

Viviane sortit sur le porche. *T'entends ça, maman, il veut passer le temps qui lui reste, le temps qu'il a volé à sa femme, cette enflure, avec sa famille.* Elle fixa son père sans un mot. Jacob tourna le dos à Samuel et respira profondément. Il fit deux pas, profita de l'attention momentanément détournée du vieil homme pour saisir une pelle posée derrière un banc, se retourna et la brandit à deux bras comme une massue.

— T'as peur de crever tout seul ? Moi j'ai pas peur de t'achever. Et je ne te creuserai pas de tombe. Tu le mérites pas. Maintenant casse-toi avant que j'explose ta tête.

— Papa ?

— Noa, rentre.

— C'est qui ?

— Juste un monsieur qui allait faire demi-tour. Rentre à la maison.

— Mon arrière-petite-fille ?

— Je te laisse trois secondes pour retourner d'où tu viens, le vieux.

— Laisse-moi lui dire bonjour.

— Puisque tu ne veux pas comprendre…

— Jacob ! Non !

Eti saisit le manche de la pelle et s'en empara juste avant qu'elle ne s'écrase sur sa cible. Viviane restait immobile, bras croisés sur le buste. Elle scrutait, dans les yeux du père qu'elle n'avait pas revu depuis quarante-deux ans, la peur qu'il éprouvait sans la manifester. Une larme se mit à couler sur la joue du vieil homme et de la sueur perla du pourtour de ses lèvres.

— Viviane. Ma chérie. Ma fille.

— Je ne suis plus ta fille.

— Où est Jina ?

— Tu as entendu ce qu'a dit mon fils.

— Viviane, tu ne l'aurais pas laissé me faire du mal. Tu n'es pas comme ça.

— Tu n'es pas le bienvenu.

— Viviane, je t'en prie…

— Pars. Avant qu'on en finisse avec toi une fois pour toutes. Et ne reviens jamais.

— Je n'ai nulle part où aller. Je suis venu jusqu'ici pour vous revoir.

— Tu nous as vus. Maintenant tire-toi.

Ari apparut sur le porche, un seau à la main. Il ferma la porte de la maison avec précaution.

— Vous n'entendez pas ce qu'on vous dit, monsieur ?

— Qui êtes-vous ?

— Laissez ma femme et mon fils tranquilles et repartez d'où vous venez.

— Ari, c'est ça…

— Je vous laisse une dernière chance.

Jacob tenta de reprendre en main la pelle qu'Eti maintenait fermement hors de sa portée. Ari sortit du seau un des moellons prévus pour rehausser le muret de l'arrière de la maison, et visa les jambes du vieil homme. Jacob saisit des pierres à son tour, et malgré les entraves d'Eti qui lui faisait obstacle, se mit à les envoyer de toutes ses forces en direction de son grand-père, qui, pris de panique, essayait de se protéger la tête et les côtes avec les bras.

— Pitié ! Arrêtez !

Samuel, à bout de souffle, s'enfuit à travers le champ menant aux bois qui jouxtaient la maison et y disparut.

— Attendez-moi. Je m'en charge.

— Jacob, arrête !

— Il va rameuter un tas de fauneurs par ici, Eti, si ce n'est pas déjà fait. C'est ça que tu veux ? Je dois mettre fin à cette histoire.

— Jacob. Que t'arrive-t-il ?

— Cet homme a tué la mère de ma mère et a répété pendant vingt ans que s'il avait dû le refaire, il aurait recommencé. À son procès il a dit qu'il déplorait seulement de ne pas avoir eu le temps de tuer ses filles.

— Je te parle de toi.

— Il a tué une femme, Eti. Une femme ! Il a détruit les femmes de ma famille. Toi, toi, qu'est-ce qui t'arrive ? Tuer une femme, Eti, c'est comme tuer dix hommes et toute leur descendance. C'est comme tuer des milliers de gens qui ne naîtront jamais. Il n'a jamais exprimé aucun regret. Et tu veux qu'on le laisse tranquillement traîner autour de chez nous ?

— Je te parle de toi, Jacob. Je ne te reconnais plus… Cette histoire avec ton grand-père, je ne pensais pas que tu croyais sérieusement à tout ça.

— À tout quoi ?

— Eh bien, qu'il faudrait le tuer, venger ta grand-mère, protéger ta mère, ces choses-là. Je pensais qu'on t'avait raconté ça pour te préparer à l'affronter au cas où il te ferait du mal, Jacob, dans ton enfance, mais aujourd'hui c'est un vieillard et les choses ont changé, le monde a changé.

— Je ne lui laisserai pas l'occasion de t'approcher, ou d'approcher ma mère. Et tu as pensé à Noa ?

— Tu ne peux pas ôter la vie à quelqu'un sur la base d'un raisonnement a posteriori, Jacob. Ce n'est pas la justice, ce n'est pas de la protection, mais de la vengeance.

— Alors que doit-on faire ? Attendre que le pire se produise ? Le regarder comme on a regardé les fauneurs de

Bristol ? C'est un homme qui tue des femmes, Eti. Il n'y a pas de place sur terre pour des gens comme lui.

— C'est un vieillard malade, seul et blessé qui cherche un refuge. Nous, nous sommes tous ensemble. On va simplement être prudents.

— Si je le vois autour de chez nous, Eti, ne serait-ce que sa silhouette à cent mètres, je l'achève… Maman ? Maman, ça va ?

Jacob vit Viviane, immobile et tremblante, pleurer pour la première fois.

Le vieux Samuel s'enfonça dans les bois. Lentement, mais jusqu'à l'épuisement de ses forces. Après tant d'années de recherche, après avoir traqué tous ses descendants, par Internet, par des enquêtes infructueuses, puis des pistes sérieuses, être arrivé à les retrouver, maintenant il devait fuir. Son cœur palpitait, les battements irréguliers le privaient d'oxygène. Le vertige le prit, il vacilla contre un arbre, y colla son dos et se laissa glisser à terre. Les pleurs et la peur avaient boursouflé son visage, la panique avait trempé ses vêtements. Il ferma les yeux. *On sera tous jugés, hein. Vous aussi, vous serez jugés. Toi le premier, Jacob. T'es un tueur. Tout comme moi.* Il éclata de rire. *Rébeccaaaaaa ! Rébeccaaaaaaaa, vieille sorcière ! Où que tu sois, sale mégère, regaaaaaarde ! Le gamin, c'est moi ! C'est mooi !* Une vive douleur l'interrompit et il posa sa main au côté gauche. Une pierre, ou plusieurs, avaient atteint ses côtes avant qu'il n'ait pu fuir. Il souleva une jambe de son pantalon et vit un large hématome violacé entouré de tachetures sanguines sur son tibia.

Samuel décida de rassembler ses forces et de poursuivre plus loin dans la forêt. Il inspecta autour de lui, vit des branches d'arbres se dégager du sol mousseux, en saisit une en guise d'appui, mais elle s'effrita dans sa main. Soudain, le vieil homme prit peur. Il regrettait d'avoir crié. Les autres étaient sûrement à sa poursuite. Il redoutait d'avoir pu malgré lui leur indiquer où il se trouvait. Il se releva péniblement et poursuivit sa route, à la recherche d'une branche adéquate et d'une zone abritée, et s'enfonça, entre les arbres, dans une direction nouvelle.

La lumière de l'après-midi berçait la danse haute des épicéas et des ifs aux contours clairsemés. Avec un peu plus d'acuité, Samuel aurait distingué la fuite des martres au son des craquellements sous ses chaussures et de son souffle court, mais il ne discernait que de timides mouvements constants entre les branches qui se confondaient avec le vent. Le chahut des oiseaux devenait un friselis discret par endroits, et le poids de dizaines de murmures craintifs l'observait pour deviner sa conduite. Samuel se retournait sans cesse et croyait entrevoir, entre les feuillages ou derrière un tronc, la silhouette de Jacob prêt à lui sauter à la gorge. Il entendit un bruissement léger qu'il suivit. Il aperçut un genre de cabanon. Une case en bois, pas plus grande qu'un abri de jardin. Peut-être un vieux repaire de chasseur. En contrebas, la traversée d'un maigre ruisseau. Il ouvrit sa besace, sortit un petit couteau de son étui, le déplia et se dirigea vers l'entrée de la cabane. Il ouvrit la porte. À l'intérieur se trouvait du matériel abandonné : une casserole sans anse et défoncée, des morceaux de bûche coupés et un genre de sommier fabriqué avec des rondelles de bois.

Samuel sortit. Anxieux, il vérifia les alentours, dans toutes les directions. Personne. Il décida de descendre vers l'eau, puis de dépasser l'abri pour trouver une cachette à proximité. *C'est sûr qu'il doit connaître cet endroit, le gosse.* Le tannin des plantes des berges brunissait une mousse délicate sur le ruisseau. Il se méfia tout d'abord, puis plongea ses mains où il n'y avait pas de mousse, but et se rinça le visage. L'après-midi s'estompait. La lumière déclina. Le vieux Samuel, épuisé, s'endormit derrière un arbre. Couteau à la main.

L'oiseau préféré de Nyanya était partout. Son esprit habitait les rouges-gorges qui voletaient autour de la maison de sa petite-fille et de son arrière-petit-fils. En grandissant, lorsque Jacob se sentait perdu, lorsque les enfants moquaient sa boiterie ou qu'il devait prendre une décision difficile, il s'adressait à son arrière-grand-mère, comme elle lui avait intimé de le faire, *Quand je ne serai plus sur cette terre, mon petit, parle-moi, parle à la vieille Nyanya, même au-delà du monde des faunes, comme un petit oiseau, je serai toujours avec toi.* Et Jacob lui parlait.

« Ils me regardent tous pour savoir ce que je compte faire, maintenant, Nyanya. Toi aussi tu me regardes, mais toi tu as fait mes yeux recouverts de cils, des cils comme la première lettre de mon nom. Quand je cligne des yeux, c'est un battement de commencements, un scintillement de débuts, mais souvent je ne sais plus où regarder ni sur quelle route nouvelle m'engager, alors je reste sur la même. Les vieux cils tombent, avec eux les aurores possibles s'éclipsent, d'autres les remplacent et tes paroles soufflées sur mon visage enfant repoussent encore sur mes paupières, alors je sais que rien de mal ne pourra nous arriver. Je m'endors calmement. Mes cils sont *tournés vers le dedans de la roche* de mes yeux, *j'échange le salut avec l'obscurité* des rêves, oui, car je sais que rien de mal ne pourra nous arriver. Mais parfois, en me réveillant, j'en ai un dans l'œil. Un début inachevé dans l'œil. Et qui me gêne la vue, comme ce vieil enfoiré.

Ils me regardent tous, Nyanya, avec une espèce de jugement que chacun réprime parce qu'ils savent qu'ils ne peuvent pas se prononcer sur le bien ou le mal de ce que je dois décider de faire face à ce vieil homme. Ma mère, mon père, Eti. Ici la vie dépend de l'unité. Et les protecteurs de la vie ont aussi des boucliers et des glaives au côté, à cause de la terreur pendant les nuits comme celles-ci, la terreur que j'ai lue dans les yeux de ma fille. Alors je monte la garde, car c'est ce que tu m'as appris à faire, être un gardien, *Quand le féroce Samuel reviendra nous embêter, toi Jacob tu lui couperas la tête, et hop !* Mais si aujourd'hui tu me demandes de laisser cet animal humain s'approcher de Noa, je n'en serai pas capable, Nyanya. À un homme qui a meurtri une fois une femme on ne peut plus jamais faire confiance. Cette femme était ta fille, elle était la mère de ma mère, alors dis-moi, Nyanya, comment puis-je renoncer au prix de vos efforts pour faire de moi une bonne personne ? Je ne veux pas que Noa touche les morts en laissant cet homme lui prendre la main. Qu'elle s'accoutume à l'odeur de sa sueur quand il viendra avec nous au champ. Qu'elle s'habitue à sa présence, qu'au détour d'une histoire, elle apprenne comment les hommes ne font que tuer et qu'elle finisse par trouver inoffensif ce vieux fauneur sous prétexte qu'ils ont le même lignage. Jusqu'à ce qu'une âme soit de nouveau insufflée dans nos ventres, et qu'un frère ou une sœur vienne égayer l'enfance de ma fille, elle seule est l'héritière de son père et de toutes les femmes avant elle, elle seule n'a pas encore été corrompue. Noa n'a rien connu du règne où je suis né. Elle n'a rien connu de notre histoire, de l'histoire de toutes les femmes qui nous précèdent.

Les fauneurs s'accrochent à la chair comme une gangrène à un talon fêlé. Ils s'accrochent aux tripes de leurs victimes qu'ils font fumer et qu'ils pendent dans leurs granges pour pouvoir les conserver longtemps. Qui voudrait que cet homme glisse près du rire de ma fille ? S'il devait revenir me mettre à l'épreuve, mettre en danger tout ce que nous protégeons par l'effleurement de son haleine, je n'aurais pas la force de l'épargner. Les trappeurs aux sacs putrides, les traqueurs des créatures, ma fille n'a rien connu de tout cela.

Qu'aurait-elle à comprendre de la terre éventrée. Qu'aurait-elle à savoir des enfants engloutis par les galeries suffocantes de coltan et d'argent. Des femmes disparues aux abords des mines de cuivre. Des canaux de naphte rompus vers les nappes phréatiques qui tuent tout ce qui pousse et tous ceux qui boivent. Qu'aurait-elle donc à dire : je ne suis qu'une femme future au milieu du bestiaire, et une seule femme ne peut détruire le cirque, libérer les fauves, démolir l'arène, relever le globe et paver tous les sols abîmés de la splendeur fertile de sa vie. Ma fille deviendrait comme moi, un gîte pour l'affliction. Alors, je me tais. Car Noa est mouvante vers l'avant de la terre. Paumelle d'une porte ouverte vers un autre temps.

L'autre temps où elle grandit.

À présent l'ombre de la souillure s'est disséminée sur les mains de chacun d'entre nous. Chaque matin je les lave comme tu me l'as appris, avant même que mon pied ne touche le sol. Je me tiens ici, Nyanya, avec la petitesse des feuilles que tes oiseaux effleurent. Et je voudrais laver ensemble toutes les mains du monde. »

Ari était debout, au seuil de la porte du séjour. Chaque fois qu'il saisissait l'oraison de Jacob à son arrière-grand-mère, le murmure de sa réflexion, une présence s'emparait de la pièce où la voix de son fils résonnait, et Ari réprimait la sève fluide mêlée de larmes et de moiteur qui attaquait ses joues. Il assistait, presque impuissant, à la résolution d'années d'échappée volées à la tranquillité, jusqu'à l'arrivée aussi tardive qu'incroyable de Samuel devant la maison familiale, plus de quarante ans après son arrestation pour le meurtre de sa femme. Ari sentait le filet de la lignée féminine qui précédait son fils se refermer sur le jeune homme, pris dans le bourbier de la prédestination, et prêt à faire ce qu'il croyait qu'on attendait de lui sans frémir.

— Va dormir, fils. Je te relève.

— Je n'ai pas sommeil.

— Il faut être alerte demain.

— Je le serai.

— Peu de chances qu'il ose quoi que ce soit, tu sais.

— Comment vont les filles ?

— Eti m'a réveillé pour te remplacer. Elle n'a pas fermé l'œil non plus. Noa dort dans ses bras.

— Je vais prendre sa place avec la petite.

— Ta femme ne veut pas dormir. Elle est encore plus têtue que toi.

— Alors veillons ensemble ici toi et moi.

— Il ne viendra pas, fils.

— Les hommes de son genre ne renoncent pas facilement. C'est l'orgueil. Ça les gangrène. Tu les connais mieux que moi.

— Je sais aussi qu'ils sont lâches. Ils préfèrent la surprise. Et il se doute qu'on l'attend.

Ari s'aida des reflets de lune qui filtraient par les coins de vitre nus pour se guider à travers la pièce et trouva le deuxième fauteuil. Les deux hommes, dans le noir, se faisaient face, contre le mur du fond, à l'opposé des fenêtres. Depuis la porte d'entrée, on ne distinguait rien d'eux.

— Maman savait qu'il reviendrait. Toute ma vie, elle m'a préparé pour ça. Le moment où son fils buterait son père. Alors que ce n'est pas elle.

— Ta mère a vu pour la dernière fois ton grand-père dans une salle d'audience il y a plus de quarante ans. Elle était enfant. Elle a grandi dans la peur de cet homme, c'est normal. Elle a juste voulu que tu saches te protéger si tu étais obligé d'en arriver au pire à cause de lui.

— Qu'est-ce qu'il me veut ?

— Il a eu deux filles. Tu es son seul petit-fils. C'est un truc d'homme. Quand il a assassiné Margaret et ensuite, à son procès, il disait en boucle qu'elle avait tué son fils, son unique garçon. Une espèce d'obsession chez lui. Écoute, on monte la garde une semaine et on attend de voir ce qu'il se passe.

— Je ne peux pas attendre, père. Je vais aller le débusquer.

— Ce n'est ni bon qu'on se sépare toi et moi, ni bon que tu t'éloignes de Noa et d'Eti. Si tu vas sur ses traces, je devrais rester ici surveiller les filles avec ta mère. Et tu seras seul.

— Alors on attend comme tu as dit. Mais si dans trois jours le vieux n'est pas revenu, j'irai le chercher. Il faut en finir avec cette histoire.

— Emmène Thébé et Amiaz avec toi.

— Non. J'irai seul. Si ça se trouve, ce fou mange les chiens.

Le chant d'un rouge-gorge extirpa en premier le vieux Samuel de son cauchemar. Son corps se secoua et il serra par inadvertance la lame du couteau qu'il avait inconsciemment retournée vers lui pendant son sommeil et s'y coupa. *Rébecca, vieille bique, tu viens jusque dans ce bled paumé pour me pourrir ma nuit.* Samuel ne distinguait pas l'oiseau, le jour était encore timide, mais l'entendait nettement se rapprocher. À trois mètres, peut-être deux. Il plissa les yeux et examina les alentours. Incapable de discerner aucune forme avec précision, il décida de ne pas bouger, jusqu'à la clarté. Son estomac se resserrait en modulant des plaintes. Samuel sortit de sa besace un morceau de faune fumé infesté de fourmis. Il en découpa un bout, l'essuya avec sa chemise, le dépiauta avec sa lame, l'avala, puis en coupa un nouveau et finit la viande qui lui restait. Le chant du rouge-gorge s'arrêta. Le jour fut là d'un coup. Le vieux Samuel retint sa respiration et scruta les environs, sans geste brusque. Quand il fut certain d'être seul, il quitta l'arbre contre lequel il avait dormi et se dirigea vers le ruisseau pour se nettoyer le visage, boire et déféquer. Puis il revint s'asseoir derrière l'arbre qu'il avait choisi, et se cacher de nouveau à proximité du cabanon. *Quand ils laisseront tomber, je pourrai enfin me pieuter là-dedans.* Il toucha son tibia endolori, releva la jambe de son pantalon et vit que l'hématome avait rougi par endroits, noirci et gonflé ailleurs, se propageait. Un papillon se posa presque sur sa jambe. Le vieux Samuel l'attrapa d'un coup sec entre deux doigts et l'enferma dans un mouchoir qu'il glissa dans son sac. Chaque geste était pénible. Sa côte le rendait toujours perclus de douleur et lorsqu'il y mettait la main, la pression de sa paume aggravait sa blessure. Comme un déchirement intérieur. Il dégagea sa chemise et son maillot sous sa veste pour observer la plaie. En levant le bras gauche, son aisselle exhala l'odeur moite d'une excrétion malade. Sa peau n'était pas ouverte, mais l'endroit était coloré et bombé. L'odeur le gêna. Elle était de plus en plus nauséabonde. *Je suis en train de pourrir ou quoi ?* Le vieux Samuel rapprocha son nez de ses côtes, mais le relent ne venait pas de là. Il renifla sous son aisselle gauche, l'émanation était poivrée et lourde, différente de l'odeur nauséeuse qu'il sentait. Il se pencha vers sa jambe, inhala longuement plusieurs fois et cela ne venait pas non plus de sa plaie au tibia. *C'est quoi ce bordel ?* Il ferma les yeux quelques secondes et respira lentement pour détecter l'origine de l'effluve. Le vieux Samuel prit sur lui, se releva et suivit l'exhalaison vers le cabanon, puis vers le ruisseau. Il retrouva ses propres déjections. *Tu me persécutes, vieille tarée.* Il se souvint du jour où Nyanya lui avait asséné : *Les chiens ne chient pas où ils mangent, Samuel... Ouais, t'as raison vieille sorcière, mais elle le méritait, ta traînée de fille, à me faire un gosse dans le dos et à avorter de mon fils, elle le méritait, maintenant lâche-moi, Rébecca, t'entends ?* Sa voix résonna entre les feuillages. La forêt s'immobilisa. Le vieux Samuel retourna vers son arbre.

Il entreprit de rassembler des pierres et des branches solides. Il explorait le périmètre de l'arbre quand il vit une forme brune s'agiter entre les branches d'un pin puis descendre vers un bosquet qui formait une sorte de charmille. Le vieux Samuel crut distinguer des baies dans le fourré et s'en approcha. La martre le vit bouger, remua de peur et s'enfuit. Sur les branches à épines de l'arbuste poussaient des boutons de fleurs sauvages d'églantier. *T'as décidé de me harceler aujourd'hui, Rébecca. Avec ton oiseau de merde, ton odeur de merde et tes roses de merde.* Le vieux Samuel se retourna pour assurer ses arrières. Inquiet, il retourna vers les pierres et les branches qu'il avait amassées au pied de son abri. Il passa presque tout le reste de la journée à aiguiser des bâtons pour en faire des javelots de fortune et fabriqua même un petit lance-pierre, grâce à une branche en forme de rameau et à la bande élastique avec laquelle il fermait sa boîte en métal. La faim le tenaillait une fois de plus. Il murmura entre ses dents. *Je vais le choper, ton rouge-gorge, Rébecca, demain matin. Et je vais embrocher cette mignonne petite bête et me la glisser dans le bide, ça te fera fermer ton clapet et tu me foutras la paix. On ne vient pas hanter un vieil homme malade impunément.*

Soudain, Samuel entendit une série de clappements suivis de bruits étranges, comme si quelqu'un ou quelque chose frottait du métal. Il se figea. Les clappements reprirent, accompagnés de froissements. Samuel tourna très lentement sa tête en direction du son, le corps caché derrière son arbre. Il distingua un grand oiseau noir en train de faire des petits pas sur le tapis de feuilles et d'humus, les plumes de la queue déployées en arc. Un autre oiseau, couleur feu, aux ailes barrées de blanc et de noir, était à un mètre et demi du premier. Le vieux Samuel assistait à la parade du grand tétras. Il réfléchit prestement, retint son souffle. Tendit l'élastique de sa fronde et visa. Il retint sa main longtemps, puis lâcha la pierre et toucha la femelle à la tête, après quoi il se précipita sur elle et la lui broya à coups de pierre. Le mâle fuit. Le vieux Samuel perça ce qui restait de la tête de l'oiseau avec un des bâtons qu'il avait aiguisés durant la journée et emporta la dépouille derrière son arbre. *T'as décidé d'être enfin d'accord avec moi, hein, Rébecca. Tu veux pas que je touche à ton rouge-gorge.* Samuel fit un feu et passa la fin de l'après-midi à plumer le grand tétras, à le vider de ses organes, puis il l'embrocha et le mit à cuire.

— Vas-y, explique.
— Eti, je t'en prie.
— J'attends.
— Ce n'est pas le moment d'en parler.
— Ce sera le moment d'en parler après que tu l'auras tué et pas encore enterré ou après que tu l'auras bel et bien enterré ? Dans tous les cas ce sera le moment d'en parler quand il sera déjà trop tard, c'est ça ?
— C'est un homme qui tue des femmes, Eti. Un animal humain qui mange et tue des femelles. Il a effacé sa propre femme à mains nues. On ne peut pas le laisser rôder autour de chez nous.
— Répète-le encore quatre ou cinq fois tiens, ça remplacera un raisonnement. Il a tué une femme. Il y a quarante ans. Il a purgé sa peine. Il est vieux et il a un cancer.
— Pourquoi c'est à moi que tu t'en prends ?
— Parce que c'est toi, Jacob, qui as passé des années à nous expliquer à tous ici et partout où t'es allé qu'un homme ne peut pas se faire justice par le sang. Et qu'on devrait attaquer les fauneurs seulement quand on les prend sur le fait, sur le point d'assassiner une créature, et uniquement

pour les en empêcher, Jacob. Les empêcher de tuer : sur le fait. Ça s'arrête là. Et ça doit s'arrêter là.

— Je vais l'empêcher de tuer ma mère, et sans doute notre fille.

— Et comment tu comptes t'y prendre ? S'il ne les approche pas, je ne vois pas comment il pourrait les tuer. Nous sommes avec elles. Il est ailleurs et il est seul. Alors explique-toi, et maintenant, pas quand il sera trop tard ! Explique comment tu vas t'autoriser à finalement tuer un homme en dehors de ta magnifique théorie de la légitime défense par substitution. Tu vas faire croire à un accident, c'est ça ? Tu ne vois pas que c'est complètement cinglé, Jacob ? Tu vas aller pourchasser ce vieillard dans la forêt pour quoi faire, hein ? Vas-y, je t'écoute !

— J'ai réfléchi.

— Ah oui, tu as réfléchi ? À quoi, Jacob ?

— Eti, on n'a pas le choix. Je sens qu'il veut s'en prendre à Noa.

— Tu le sens, et donc comme tu sens des trucs, ça te donne le droit d'être un assassin.

— Je ne suis pas un assassin. Non mais est-ce que tu t'entends ? C'est ce type qui a tué sa femme et c'est moi que tu traites d'assassin ? Pourquoi es-tu si dure avec moi ?

— Parce que je *suis* avec toi et que tu es avec moi. Je ne peux pas te laisser devenir ce contre quoi on s'est tous battus, Jacob. Les cruels. Les hommes qui prévoient la mort des créatures à l'avance et les exécutent de sang-froid. Comme à Bristol. Je ne peux pas te laisser agir comme eux au prétexte que toi, tu serais vertueux, tu aurais de bonnes raisons.

Il n'y a pas de bonne raison, Jacob. Et d'ailleurs, ta mère, moi, nous sommes parfaitement capables de nous défendre et de défendre Noa.

— Tu exagères.

— Alors tue-le, ton fauneur, tue-le et mange-le, vas-y. Faut être logique au bout du compte. Tue-le et mange-le, ton fumier de grand-père. Viviane, mais dites-lui quelque chose bon sang !

Viviane demeurait muette. Une colère sourde se lisait sur ses traits, mais elle était toujours sous le choc d'avoir revu son père. Eti rentra dans la maison en claquant violemment la porte. Ari sortit sur le perron.

— Tu devrais aller voir ta femme, fils. Elle n'est vraiment pas dans son assiette.

— Eti est ma conscience. Je ne peux pas lui parler maintenant.

— Tu sais, finalement, je préfère y aller moi-même, demain, trouver ce vieux type dans les bois. Et que tu restes à la ferme avec ta mère, ta femme et ta fille.

— Ce n'est pas la meilleure idée.

— Je vais le convaincre de partir et de nous laisser tranquilles, crois-moi.

— Ça me rassurerait si tu restais plutôt ici.

— Tu sais qu'on ne peut pas partir à deux, sinon j'irais avec toi.

— C'est à moi de le faire, père.

Le soir venu, Jacob étendit une large nappe en coton sur la grande table de la salle à manger, y déposa cinq assiettes creuses et des verres, puis un faitout aux anses brûlantes.

— Noa, ma chérie, apporte le pain à ton père.

Eti tendit à sa fille la boule tendre et encore chaude enveloppée dans un torchon.

— Tiens, papa. Pourquoi tu es triste ?

— Merci, ma fille.

— Tu es triste à cause du vieil homme qui est venu aujourd'hui ? Pourquoi les fauneurs mangent-ils les créatures, papa ? Ils les tuent, ils les brûlent et ils les mangent. C'est ça ?

— Qui t'a dit cela ?

— J'ai compris, tu sais. J'ai compris que les fauneurs tuent les faunes.

— Est-ce que tu sais ce que c'est que tuer, ma fille ?

— C'est quand quelqu'un fait souffrir une créature jusqu'à ce que le sang coule de son enveloppe et que son âme crie tellement fort qu'elle s'échappe pour toujours. Et sa vie est terminée.

— Et c'est horrible. Quand une créature meurt par la faute d'un fauneur, nous ne pouvons pas nous réjouir ni l'ignorer, Noa. C'est une grande tristesse. Une honte pour les hommes. Dans notre monde, nous avons tous décidé de ne plus faire de mal aux autres. Sauf les fauneurs.

— Mais pourquoi les fauneurs font-ils ça ?

— Les fauneurs d'aujourd'hui font cela par habitude. Ils croient que manger la chair de ce qui a vécu leur donne de la force. Ils pensent que l'homme est devenu intelligent en mangeant le sang des autres créatures.

— Mais dans ce cas, pourquoi ils les brûlent alors ?

— Parce qu'aucun homme n'est fait pour manger une faune, Noa. Mais un jour la violence s'est disséminée partout, et presque tous les hommes se sont mis à manger les faunes.

— Les fauneurs, ils mangent aussi d'autres hommes ?

— Ils mangent tout ce qui respire, défèque, saigne et a une mère.

Noa explosa en pleurs.

— Tu es content Jacob, tu viens de traumatiser cette enfant pour sa vie entière !

— On ne peut pas la préserver éternellement, Eti. Noa doit comprendre ce qui est bien et ce qui est mal. Plus tard, elle aussi, devra peut-être se défendre contre les fauneurs.

— Mais aujourd'hui ce n'est qu'une enfant, Jacob ! Une enfant ! Tu aurais dû m'en parler d'abord avant de lui raconter tout ça.

Noa se retourna vers son père. Elle réprima un sanglot, essuya d'une manche la mucosité sous ses narines.

— Papa, je veux savoir. Les fauneurs, quand ils croient qu'ils deviennent plus forts… Est-ce que c'est vrai ?

— Quoi ?

— Est-ce que c'est vrai, qu'ils sont plus forts en mangeant des faunes ?

— Non, Noa. C'est complètement faux.

— Alors pourquoi on a peur d'eux ?

— Nous n'avons pas peur d'eux, ma fille.

— Alors pourquoi on ne les punit pas ?

— Ils sont trop nombreux, Noa. Encore beaucoup trop nombreux. Ce serait un grand crime de tous les punir.

— Mais chaque jour où les fauneurs mangent, ils tuent. Ils tuent des faunes. Et personne ne les punit !

— Un jour, ils seront punis, Noa. Tous.

Eti grimaça dans un murmure :

— Ravie de t'entendre enfin revenir à la raison, Jacob. Noa, ma chérie, on ne les punit pas parce que nous ne sommes pas comme eux, nous n'aimons pas la violence ni faire du mal à qui que ce soit.

Jacob prit sa fille dans ses bras.

Viviane rejoignit la famille dans la salle à manger, puis sortit jusqu'à l'étable pour nourrir les faunes. La présence de Samuel dans les parages la soulevait d'écœurement. Avant qu'il ne se présente ici, devant la maison, la dernière fois qu'elle le vit elle n'était qu'une jeune adolescente. Aujourd'hui, c'était elle, Viviane, la mère et la grand-mère. Le vieillard malade qu'elle vit, décharné et chétif, l'apitoyait pourtant. Elle voulait simplement qu'il disparaisse, une bonne fois pour toutes. Que la figure de femme condamnée à la tristesse et à la disparition qu'elle avait vue au cinéma, lue, aimée, Mouchette, Jeanne, Ophélie, change enfin son histoire, définitivement et se débarrasse de ce fardeau de père, de mari et d'homme capable de commettre l'indicible par orgueil. Ari avait raison, lorsqu'il la mit en garde, avant qu'ils ne quittent la France, Samuel retrouverait Jacob n'importe où. Maintenant il était temps que son fils accomplisse ce à quoi Nyanya, Jina et elle-même l'avaient préparé avec toute leur douleur.

Après dîner, Viviane et Eti éteignirent la lumière principale et emmenèrent la petite se coucher. Ari fit entrer deux des chiens dans l'étable afin qu'ils montent la garde de nuit, revint vers la maison et ferma derrière lui.

Jacob était assis dans un coin mal éclairé, sur un des fauteuils. On pouvait entendre ses murmures.

« Quand ton souvenir ceint mes reins de force et enclot en mon cœur dur une lumière froide de jade, j'ai mal au côté. Mes cauchemars, pierres de néphrite qui obstruent mes artères. Substance médullaire, calcifiée, qui m'écrase les côtes. Tu connais mon poids. Tu me places au-devant et me pousses à agir. Le côté de ma jambe faible se penche avec plus d'effort, mon dos se courbe et je prends ton fardeau, Nyanya, le fardeau de ta fille, le fardeau de ma mère. Tu me montres où être un homme et où n'être rien que rafale. Alors mon sang se fige. Alors je pense moi aussi à fauner le mauvais. À tuer rouge avant le jour dans tous mes rêves contraints de justice. À tuer à l'interrogation du soir sur l'intention de l'aube. Je ferme les yeux et je tue, je lui coupe la tête, à Samuel le féroce, et hop ! Je ferme les yeux et je suis devenu, comme toute faune sur cette terre, corrompu par les drains de la violence, exténué par la peur. Là-bas dans la forêt se tient encore vivante la honte des veines de mon corps. Là-bas se tient encore vivant l'homme violent dont je viens. Et maintenant. Que dois-je faire ? »

Eti attendit Jacob toute la nuit dans leur chambre. Il ne se coucha pas. Jacob veilla jusqu'à l'aube. Ses murmures avaient empli la pièce d'un halo de pesanteur. On entendait, dans l'obscurité, ses plaintes et le frottement appliqué d'un chiffon contre son arme de poing. Juste avant le crépuscule, Jacob se mit en route vers les bois jouxtant la maison.

Le rouge-gorge était revenu à l'aube ranimer le vieil homme. Une toux grasse et douloureuse captura son premier souffle au réveil. Les paupières gonflées et collées de Samuel se désunirent à cause de la lymphe, l'irritation provoquée par sa toux irriguait ses yeux. Il expectora des glaires épaisses, en quantité. Les cracha dans son mouchoir pour les examiner. La mucosité était polluée par un sang rouge vif. Sa côte gonflée le tiraillait à chaque saccade. Après trois, peut-être quatre minutes, la toux se calma. Samuel était comme asphyxié, ses lèvres étaient ceintes de sueur et leur bord détouré par un trait d'aquarelle grenat. Le vieux Samuel s'y reprit à deux fois pour se lever. Pris de vertige, il se dirigea vers le ruisseau. Le rouge-gorge le suivait. *Alors c'est ça, hein, vieille peau. Tu m'as fait grâce d'un dernier repas. J'aurais dû m'en douter. Rébecca la sorcière. La plus fourbe des mégères que ce monde ait jamais portées. Même dans ma tombe tu viendras me faire chier.* L'odeur des fèces avait été engloutie par le feuillage humide, ou bien alors Samuel n'était plus apte à la sentir. Il remonta du ruisseau avec peine. Le rouge-gorge piaillait, bondissait vers l'arrière à chaque pas du vieillard. Samuel décida d'en terminer avec cet oiseau, mais ne laissa rien paraître. Quand l'oiselet serait en confiance, il se laisserait approcher, et là, Samuel l'écraserait en serrant son poing de toutes ses forces. Alors il le suivit. L'oiseau l'emmenait aux abords des champs, à l'orée du bois. *Tu veux qu'ils me crèvent, vieille sorcière ?* Samuel se risqua à sortir d'entre les arbres. L'éclat de la ligne d'horizon roussit vaguement son visage. Le jour était à peine sur le point de naître. Il vit le hameau. Et la ferme de Jacob. *Putain. J'étais à leur merci.* Le vieux Samuel pensait qu'il s'était éloigné davantage et fut stupéfait d'avoir pris si peu de distance avec la maison dans sa fuite. Il décida de traverser prudemment le champ qui menait à une clôture à l'arrière du bâtiment. À mesure qu'il approchait, il distinguait la silhouette mince et courte de son arrière-petite-fille, ses cheveux ambre frisés relevés par le vent. L'enfant remplissait un seau à un robinet extérieur. Elle perçut une silhouette. Samuel atteignit la barrière et s'accroupit.

— Non, attends, Noa. N'aie pas peur ma petite.

— Mon père dit que tu es un fauneur.

— Je suis ton arrière-grand-père. Je ne te ferai jamais aucun mal.

— Mais tu tues des créatures.

— Tous les animaux font cela pour survivre, ma petite.

— Nous ne tuons plus et ne mangeons pas les faunes. On n'a pas le droit de faire ça. Va-t'en tout de suite ou bien j'appelle !

— Tu sais, ma chérie, ta grand-mère aussi mangeait des faunes quand elle était petite. Quand elle avait ton âge.

— Grand-mère Viviane ? Tu dis n'importe quoi.

— C'était il y a très longtemps. À cette époque, personne ne pensait que c'était mal. On faisait comme les autres animaux.

— Tu mens. Les animaux ne mangent que des flores. C'est grand-mère Viviane qui prépare leur nourriture aux chiens et à toutes les faunes qui vivent avec nous. Et dans leur gamelle il n'y a que des flores.

— Chez toi, peut-être. Mais d'où nous venons, les animaux mangent les autres animaux pour survivre. On ne veut pas leur faire du mal, ma chérie. C'est la nature.

— La nature ?

— Tu ne sais pas ce que c'est, pas vrai ? Comment vous appelez ça maintenant ? La nature, c'est tout ce qui nous entoure. Les faunes, les flores. Et dans la nature, certains animaux mangent les autres animaux.

Noa resta interdite. Elle regardait les yeux tristes du vieillard.

— Approche. Regarde ce que je t'ai apporté.

D'un geste lent, Samuel ouvrit sa besace et en sortit un mouchoir en tissu qu'il déplia délicatement.

— Regarde comme il est beau. Je l'ai attrapé pour toi.

Il déposa le papillon dans sa main et la tendit à Noa. La petite fille pencha la tête en avant pour mieux voir.

— Il est magnifique, hein ? Oh, et regarde, je t'ai amené autre chose.

Samuel extirpa de son sac un faisceau de plumes rousses qu'il avait arrachées la veille à la poule du grand tétras.

— Touche comme c'est doux.

Il fit un pas de plus vers Noa, les mains ouvertes.

— Tu sais, Noa, le plus important, c'est de ne pas faire souffrir les faunes.

— Ce n'est pas possible de tuer une créature sans la faire souffrir. Et si on ne veut pas la faire souffrir, pourquoi on la tue alors ?

— Les êtres humains ne sont pas méchants, ma petite. C'est la nature. C'est comme ça qu'on a évolué et qu'on est devenus plus forts que les autres animaux.

— On ne peut pas devenir plus forts en mangeant des faunes mortes. Ça ne sert à rien de devenir plus forts. Mon père lui, il est fort et il ne mange pas les faunes. Il empêche les fauneurs de leur faire du mal.

— On ne veut pas leur faire du mal, Noa.

— Alors pourquoi tu le fais quand même ? Si tu dis que tu ne veux pas quelque chose, tu n'as qu'à ne pas le faire. Sinon, tu n'es qu'un menteur !

— Doucement Noa, ne parle pas si fort. Quel âge as-tu maintenant, ma petite ?

— Six ans.

— Tu verras, en grandissant, que les choses ne sont pas aussi simples qu'on le croit. Les hommes ne sont pas mauvais, Noa.

— Si ! Quand je serai grande, je ferai comme mon père, mais encore plus.

— Plus ?

— Oui. Il n'y aura plus de meurtres.

— Tu vas combattre la mort, Noa ?

— Il n'y aura plus de fauneurs. Vous serez tous punis.

Le vieux Samuel était toujours accroupi derrière la barrière, les deux coudes posés sur un des barreaux en bois, les mains tendues vers l'enfant. Il n'arrivait pas à étouffer ses larmes et retenait difficilement sa toux.

— Tu ne veux pas de mes cadeaux ? Je t'ai apporté tout ce que j'ai, ma Noa. Tout ce que j'ai de plus beau.

Noa secoua la tête.

— Dis à ton père que je m'en vais, ma petite. Et qu'il vienne creuser demain. J'ai pas envie que les bêtes me bouffent jusqu'à l'os.

Il toucha les mains de son arrière-petite-fille, les ouvrit, y déposa la plume et le papillon, se leva et se tourna en direction de la forêt. Noa le regarda s'éloigner. Elle hésita à crier pour appeler sa mère et sa grand-mère, et laissa partir l'homme. Une flétrissure s'empara d'elle. Elle s'agenouilla devant la clôture du champ, déposa gracieusement les plumes et le papillon derrière son dos et se mit à creuser à doigts nus. Elle voulait faire un trou large et profond.

— Noa ! Noooooaaaaa ! Où es-tu ?

La petite fille ne répondit pas aux appels de sa mère, qui, revenant de l'arrière-cour où elle s'était occupée de nourrir les faunes, finit par la trouver au sol, les mains brunes.

— Qu'est-ce que tu fais Noa ?

— Je les enterre.

Eti aperçut les plumes et le papillon et mit sa main sur la bouche pour étouffer une interjection de peur mêlée de fureur.

— Il me les a apportés.

— Le vieux fauneur ?

— Oui.

— Qu'est-ce qu'il t'a dit ? Il t'a fait du mal ? Noa, réponds-moi !

— Il m'a dit que c'était ce qu'il avait de plus beau et qu'il les avait apportés pour moi. Et qu'il voulait que papa empêche les bêtes de le manger.

— Qu'est-ce qu'il t'a dit d'autre ?

— Il a dit que tuer et manger des faunes, c'était la nature. Que dans la nature les hommes mangent les créatures pour être plus forts. Après il a pleuré et il est parti.

— C'est lui qui t'a appris ce mot, Noa ? Il ne faut pas le croire, Noa. Les fauneurs sont des menteurs.

— Je sais maman...

Eti et Noa déposèrent dans le sol les plumes et le papillon apportés par Samuel, puis, mains mêlées, remplirent la petite tombe de terre et les inhumèrent, comme jadis la vieille Omra et Marcus avec l'impala.

Eti serra sa fille dans ses bras, regarda alentour et la porta jusque dans la maison. Ari et Viviane enfilaient leurs vestes et se préparaient à sortir.

— Où allez-vous ?

— Je vais chercher le voisin McAinsh pour qu'il vienne monter la garde ici avec toi.

— Jacob a dit qu'il voulait y aller seul.

— Jacob est parti à l'aube. Il vaut mieux qu'on ne le laisse pas affronter son grand-père seul.

— Et moi je dois y aller aussi, c'est mon père.

— Grand-mère, alors c'est vrai ? Le vieil homme est ton père ?

— Oui, ma chérie. Et c'est un très méchant monsieur. Nous n'avons rien en commun avec lui. Nous devons l'empêcher de nous faire du mal et lui demander de partir. Reste avec ta maman. Je vais chercher McAinsh. Ari, attends-moi.

— Sois prudente.

Viviane enfourcha une bicyclette et ne mit que deux ou trois minutes à atteindre la ferme voisine.

— Ari, qu'allez-vous faire ?

— Jacob risque de dépasser les limites Eti. Je ne peux pas le laisser faire sans bouger.

— C'est un vieillard, Ari. Un vieillard contre une famille entière. Il ne peut rien.

Viviane était déjà de retour, dans l'entrée, accompagnée par McAinsh, fusil à l'épaule. Elle traversa la maison à grands pas vers l'arrière-cour, y prit une large pelle, puis alla dans sa chambre, saisit un drap plié dans l'armoire, le mit dans un sac qu'elle glissa à l'épaule et revint vers l'entrée.

— On compte sur vous, Colm.

— Vous pouvez être tranquilles. Et s'il y a besoin, envoyez le signal, mes fils viendront vous aider.

— Mais de quoi vous parlez, monsieur McAinsh ? s'époumona Eti.

— Un fauneur, c'est un fauneur !

— C'est un vieillard blessé. Il ne représente aucune menace.

— Vous savez, Eti, ils n'ont pas de pitié avec les faunes ou même avec nous autres, faut pas en avoir avec eux. Il ne faut pas qu'il s'approche de la petite. On a des enfants nous aussi, et au hameau il y en a une bonne dizaine. Vous croyez que les gens vont laisser ce gars-là traîner dans l'coin ? Faites ce que vous avez à faire, Viviane, je reste ici. S'il débarque à nouveau, je lui fous ça dans le bide.

Jacob s'était enfoncé dans le bois près de la maison, sans un bruit, arme au poing, à la recherche du vieux Samuel. D'instinct, il s'était dirigé vers l'ancien abri de forêt, convaincu que son grand-père s'y était réfugié. *Des types comme lui ne supportent pas l'inapprivoisé. Ils ne peuvent pas s'empêcher d'aller vers le bâti. Ça les rassure.* Lorsqu'il arriva près du ruisseau, la forêt vibrait d'un bruit anormal. Il reconnut les traces du vieux fauneur. Le feu sur lequel il avait cuit le grand tétras, les os, les plumes et des entrailles carbonisés de l'animal, plus loin des bâtons et des pierres amoncelés autour d'un arbre qui devait être l'endroit où le vieux Samuel s'asseyait, une odeur d'excréments mêlée à l'humidité. Jacob reconnut la foulée dessinée vers l'orée : le chemin qu'avait dû emprunter Samuel. *Tu savais que j'allais venir te chercher, vieil assassin.* Il décida de se poster debout contre un pan extérieur à l'arrière du cabanon et d'attendre muettement le retour de son grand-père pour le surprendre et lui tirer dessus. Presque une demi-heure passa, et rien. Aucune trace du fauneur. L'attente bien que brève était pénible, elle sembla d'un coup inutile. *Encore une ruse du meurtrier. Allez, vieux tueur, qu'on en finisse !* Jacob sortit à pas extrêmement lents de derrière le cabanon en pointant le revolver sur la forêt alentour dans un grand mouvement circulaire. Il s'attendait à voir le visage du vieux Samuel se détacher d'un arbre ou d'un talus à tout instant. Il essaya d'assourdir ses battements cardiaques et sa longue respiration pour entendre ou sentir la pulsation d'une autre présence que la sienne. Une forme froissa discrètement le feuillage d'un arbuste à baies au pied des ifs. La lueur oculaire était très claire, et Jacob visa. Le collier ivoire du pelage de la martre se détacha, elle s'avança légèrement vers Jacob. *Pardonne-moi, faune. Je ne voulais pas t'effrayer.* Mais Jacob ne se laissait pas distraire et scrutait rigoureusement alentour, l'arme toujours en joue vers chaque cible potentielle d'où se détacherait inopinément l'ombre de Samuel. La martre s'approcha de la relique du feu de camp de la veille, un tas pyramidal de charbon qu'elle renifla avant de fuir. *T'as raison ma belle, détale. Quand tu sens un animal humain, c'est ça qu'il faut faire, détaler.* Jacob se décida à suivre les empreintes du vieux Samuel vers l'orée du bois, en direction d'un des champs qui jouxtait la maison. Si le vieux était allé vers le hameau, il le verrait revenir de loin. S'il était allé vers la maison, les chiens aboieraient et Ari le tuerait. Dans tous les cas, il serait piégé. Il n'aurait aucune chance d'en réchapper. À une centaine de mètres, Jacob distingua nettement les silhouettes à découvert de ses parents s'approcher de la forêt. Il se dirigea vers eux lentement, en continuant à jeter un regard circulaire sur les alentours, pointant son revolver, de crainte qu'un piège ne les attende. Viviane et Ari s'arrêtèrent soudain, à l'entrée du champ. Ils reconnurent le pas décidé et inégal de leur fils et l'attendirent, le visage orienté vers les hautes herbes. La silhouette cachée du vieux Samuel apparut. Jacob braqua son arme vers lui. À mesure qu'il se rapprochait, il devinait les vêtements de cuir de son grand-père et son odeur moite, rebutante. Des tressaillements les soulevaient par instants. Jacob entendit les halètements de Samuel. Il se rapprocha jusqu'à voir nettement son visage, qui le fixait, yeux plissés, étendu à terre exactement à la lisière des bois, un sourire naissant sur les lèvres. Jacob le mit en joue. Tout le monde se tut. Le vieux Samuel vit le rouge-gorge s'agiter sur une branche de pin derrière son petit-fils. *Rébecca.* On entendit le cliquetis d'une amorce.

— Tu vas me tuer, petit ? Tu as peur de moi ?

— Jacob, attends, interrompit Ari. Baisse ton arme, mon fils. Tu ne peux pas faire ça.

Jacob fixa sa mère qui, les yeux comme perdus dans les herbes, tête baissée, ne disait rien.

— Fils, on va l'attacher et l'emmener au poste le plus proche. D'accord ?

— Tu sais ce qu'ils feront à un vieux fauneur comme moi. Je n'ai même pas l'autorisation de voyage obligatoire, je n'ai pas le droit d'être ici. Ils causeront ma mort dans leurs centres pour les mecs en instance d'expulsion ou bien ils me remettront en taule. Finis-en maintenant, fiston.

— Jacob, ne l'écoute pas. Viviane, dis quelque chose !

Mais Viviane restait muette. Jacob pointait toujours le revolver vers son grand-père.

— Pourquoi t'es venu ?

— Hein ?

— Pourquoi tu es venu jusqu'ici ? Qu'est-ce que tu veux ? Tu veux t'en prendre à ma mère, à ma femme, c'est ça ?

— Je voulais juste te voir. Te connaître. J'ai toujours voulu avoir un fils.

— Qui t'a dit que j'existais ?

— L'assistante sociale de la prison. Elle avait fait des recherches à l'époque. Elle avait trouvé des photos sur Internet. C'est bien tombé… Je ne suis pas ce qu'on t'a raconté, petit.

— Tu n'as pas tué ta femme ?

— Si, j'ai tué Maggie… Mais j'avais perdu la tête, j'étais devenu fou de douleur. Je ne vous ferai jamais de mal à toi ou à personne.

— C'est impossible que je te croie. Tu es la pire chose au monde aujourd'hui, tu ne t'en es pas rendu compte depuis tout ce temps dehors ? Un tueur de femmes, un tueur de faunes, le pire exemple de l'humanité.

Le vieux Samuel dévisageait Jacob et pleurait.

— Mais je suis ton grand-père. Et on ne tue pas sa famille, petit.

— Tu es mal placé pour me dire ça. Tourne-toi.

— Pitié, ne fais pas ça.

— Tourne-toi, j'ai dit.

— Non, tu n'as qu'à me regarder. Tu n'as qu'à me regarder et le faire de sang-froid, c'est pas ce que t'as écrit dans ton bouquin ? Qu'il faut tuer les tueurs ? Alors assume.

Jacob visa le front de Samuel, se prépara à tirer, et entendit les sanglots de Viviane qui se détourna brusquement. Il s'interrompit.

— C'est bien mon fils. Donne-moi ton arme.

Et son père Ari le désarma. Le vieux Samuel tomba au sol. La famille décida de l'emmener à la ferme, dans la grange, puis de choisir quoi faire de lui une fois les premiers soins prodigués. Devant la maison, les McAinsh braquèrent leurs fusils sur Samuel et Eti se précipita vers Jacob. Il la rassura :

— Ne t'inquiète pas, on le porte mais il n'est pas mort.

Samuel s'éteignit dans la journée. Il s'endormit après qu'Ari eut désinfecté ses plaies et que Viviane lui eut apporté un repas, et ne se réveilla plus.

Ils décidèrent de l'enterrer vers la forêt, à l'endroit du cabanon dans lequel le vieux Samuel avait trouvé refuge. Viviane déshabilla lentement son père. Elle marcha vers le ruisseau, trempa son pull et son étole, puis retourna vers le corps de Samuel et le nettoya avec délicatesse, en retenant souvent sa respiration. Puis elle l'enveloppa dans le drap blanc propre qu'elle avait apporté, et Ari et elle le portèrent dans la tombe que Jacob, en sueur, avait creusée.

Tous trois rentrèrent à la nuit tombée vers la maison, en silence, remercièrent McAinsh toujours sur le porche, debout, fusil à l'épaule, qui gardait Noa, effacèrent chacun leur tour, en se lavant, l'empreinte du défunt, sa mémoire et la peur qui les avait habités. Viviane, entre ses pleurs, téléphona à Jina pour tout lui raconter. Et elles rirent, à la fois de peine et de soulagement.

— Le cauchemar de cette famille est terminé, sœurette. Terminé.

La petite Noa se réveilla en sursaut vers le milieu de la nuit. Elle appela son père par des cris.

— Noa, qu'y a-t-il ? Tu as fait un cauchemar ?

— *J'ai vu les nuages venir*
le sang était plein de nuages
il y en avait dans les yeux
et sur la nappe où l'on mange

— Ce que tu as vu, ma fille, c'est pour le mieux. N'aie pas peur et rendors-toi. Papa est réveillé, ne t'inquiète pas. Je veille sur vous tous. Je vous protège.

— Qu'y a-t-il, Jacob ? Noa, ma chérie, est-ce que tout va bien ? s'enquit Eti.

— Elle a fait un mauvais rêve, mas je lui ai dit que c'était un bon rêve. Dors, ma fille. Dors maintenant.

Eti et Jacob sortirent dans le couloir et refermèrent doucement la porte.

— De quoi Noa a-t-elle rêvé ?

— De notre exode. De tout ce que nous avons vécu. Les enfants comprennent, Eti.

— On ne peut pas fuir, à chaque génération, comme ta mère et ton père ont fui, dès qu'on a peur et tout démolir parce qu'un homme a fait une fois quelque chose de mauvais. Et pour quoi, en fin de compte ? Cette histoire devait s'arrêter, Jacob, avec ton grand-père et son vieux monde dans sa tombe, mais pas comme tu le pensais. Et ce n'est pas tout…

Eti saisit les mains de son mari et les pressa contre son ventre. Jacob embrassa le ventre de sa femme. Il s'illumina d'une intense lumière blanche et ils comprirent que l'Éclat des légendes de Nyanya et d'Omra était revenu les habiter, d'une teinte différente cette fois : ils auraient un garçon. Eti se dirigea vers la chambre de Noa et dormit près d'elle. Jacob s'assit, dans la pénombre du séjour, sur un fauteuil. Des rayons de lune traversaient timidement les coins non couverts des vitres. Un rouge-gorge vint à la fenêtre avec les premières lueurs du jour. Jacob le laissa entrer :

« Ah, Nyanya, comme tu nous manques. Nous nous tenons devant les faunes avec la petitesse des feuilles. Nous nous tenons dans le sillage des femmes avec la vie au poing. Et nous ne bégayons qu'une phrase. Devant chaque obscurité, avant de nous démettre de nos souffles entre les doigts de la nuit jusqu'au seuil du jour, et de faire les bons choix, qui nous éloignent du sang. Une seule et unique phrase : *Que reste-t-il de nous ?* »

« En vérité, parce que cette douleur
est en vous, ce que vous faites
pour votre vie,
vous ne le faites pas pour votre vie,
et ce que vous faites pour votre honneur
ne se fait pas à votre honneur. »
Ingeborg Bachmann

Remerciements

Mon fils, *mon morceau d'indigo*
Ma mère, *pour ton humour, ton amour pour tout ce qui vit*
Mon père, *pour être un homme de sagesse qui marche dans la beauté*
Hermine, *pour accepter d'habiter ce monde avec moi*
Boris Sztulman, *pour nos jeudis, toi qui entends toujours l'adresse d'un texte*
Vanessa Springora, *pour accueillir les voix de mon voyage humain*

À la mémoire d'Anne-Marie Buhoro,
militante des droits des femmes engagée
auprès des survivantes de violences sexuelles en RD Congo,
assassinée par son compagnon le 29 janvier 2022.

À la mémoire des 227 protecteurs environnementaux
assassinés dans le monde en 2020.

Composition et mise en pages
Nord Compo à Villeneuve-d'Ascq

FSC
www.fsc.org
MIXTE
Papier issu de sources responsables
FSC® C003309

L'éditeur de cet ouvrage s'engage dans une démarche de certification FSC® qui contribue à la préservation des forêts pour les générations futures.

Pour en savoir plus :
www.editis.com/engagement-rse/

CET OUVRAGE
A ÉTÉ ACHEVÉ D'IMPRIMER
SUR ROTO-PAGE
PAR L'IMPRIMERIE FLOCH
À MAYENNE EN JUILLET 2022

Dépôt légal : août 2022
N° d'édition : 63845/01 – N° d'impression : 100760
Imprimé en France